Alia Trabucco Zerán

Mein Name ist Estela

Roman

Aus dem chilenischen Spanisch
von Benjamin Loy

Hanser Berlin

Die spanischsprachige Originalausgabe erschien 2022 unter
dem Titel *Limpia* bei Lumen, Penguin Random House
Grupo Editorial, Santiago de Chile.

Das vorangestellte Motto ist aus *Der Fall* (1956) von Albert Camus,
aus dem Französischen übersetzt von Guido G. Meister
© Rororo, Reinbek 1997. Alle Rechte bei und vorbehalten
durch Rowohlt Verlag.

1. Auflage 2024

ISBN 978-3-446-27727-4
© Alia Trabucco Zerán, 2022
Alle Rechte der deutschen Ausgabe
© 2024 Hanser Berlin in der
Carl Hanser Verlag GmbH & Co. KG, München
Umschlag: Anzinger und Rasp, München
Nach einem Entwurf von Penguin Random House Group Portugal
Illustration: © Ana Teixeira
Satz: Gaby Michel, Hamburg
Druck und Bindung: GGP Media GmbH, Pößneck
Printed in Germany

Die Frage ist nur, wer wen säubert.

Albert Camus, Der Fall

Mein Name ist Estela, können Sie mich hören? Ich habe gesagt: Es-te-la-Gar-cí-a. Ich weiß nicht, ob Sie das hier aufnehmen oder sich Notizen machen und ob da überhaupt jemand auf der anderen Seite sitzt, aber wenn Sie mich hören, wenn Sie da sind, dann will ich Ihnen einen Vorschlag machen: Ich erzähle Ihnen eine Geschichte, und wenn ich fertig bin, wenn alles gesagt ist, dann lassen Sie mich hier raus.

Hallo? Ist da jemand?

Ich werte Ihr Schweigen mal als ein Ja.

Diese Geschichte hat mehrere Anfänge. Ich würde sogar so weit gehen, zu sagen, dass sie nur aus Anfängen besteht. Aber erklären Sie mir doch, was ein Anfang ist. Erklären Sie mir zum Beispiel, ob die Nacht vor oder nach dem Tag kommt, ob wir nach dem Schlafen erwachen oder ob wir nur schlafen, weil wir wach waren. Oder noch einfacher, um Sie nicht mit meinen Abschweifungen zu nerven, sagen Sie mir doch, wo ein Baum beginnt: beim Samen oder bei der Frucht, zu der dieser Samen vorher gehörte? Oder doch beim Ast, an dem diese Blüte keimte, ehe sie später zur Frucht wurde? Oder bei der Blüte selbst? Kommen Sie noch mit? Nichts ist so simpel, wie es scheint.

So ähnlich ist es auch mit den Ursachen, sie sind so verworren wie die Anfänge. Die Ursachen meines Durstes, meines Hungers. Die Ursachen dafür, dass ich hier eingesperrt bin. Eine Ursache führt zur anderen, eine Karte fällt mit der nächsten. Nur der Ausgang ist gewiss: Am Ende bleibt kein Stein auf dem andern. Und der Ausgang dieser Geschichte ist folgender (wollen Sie das wirklich wissen?):

Das Mädchen stirbt.

Hallo? Keine einzige Reaktion?

Ich sage es besser noch einmal, falls Ihnen gerade eine Fliege ins Ohr gesummt hat oder Sie etwas Wichtigeres oder Schrilleres als meine Stimme abgelenkt hat:

Das Mädchen stirbt. Haben Sie das jetzt verstanden? Das Mädchen stirbt, und es bleibt tot, egal wo ich auch anfange.

Aber auch mit dem Tod ist es nicht so simpel, darin sind wir uns doch einig. Es verhält sich damit so ähnlich wie mit der Länge und Breite eines Schattens. Der unterscheidet sich von Mensch zu Mensch, von Tier zu Tier, von Baum zu Baum. Es gibt keine zwei identischen Schatten auf der Welt, und ebenso wenig gibt es zwei identische Tode. Jedes Lamm, jede Spinne, jede Morgenammer stirbt auf ihre Weise.

Nehmen wir zum Beispiel das Karnickel … Werden Sie nicht ungeduldig, das ist wichtig. Haben Sie mal ein Karnickel im Arm gehabt? Das ist, als hielte man eine Granate, eine flauschige Zeitbombe. Ticktack, ticktack, ticktack, ticktack. Es ist das einzige Tier, das häufig vor Angst stirbt. Der Geruch eines Fuchses, der entfernte Verdacht einer Schlange reichen schon aus, damit das Herz zusammenzuckt und sich seine Pupillen weiten. Dann versetzt das Adrenalin dem Herzen einen Hammerschlag, und das Karnickel stirbt, noch ehe sich die Eckzähne in sein Genick bohren. Die Angst bringt es um, verstehen Sie? Die reine Erwartung tötet es. Im Bruchteil einer Sekunde spürt das Karnickel, dass es sterben wird, es ahnt, wie und wann. Und diese Gewissheit seines eigenen Endes ist sein Todesurteil.

Bei den Katzen oder Spatzen oder Bienen oder Echsen kommt so etwas nicht vor. Ganz zu schweigen von den Pflanzen, beim Tod einer Weide oder einer Hortensie, einer Ulme oder eines Canelo. Oder beim Tod eines Feigenbaumes, diese robusten Exemplare mit Stämmen so fest und grau wie Zement. Um so einen umzubringen, braucht es schon schwerere Geschütze. Einen tödlichen Pilz etwa, der Winter um Winter, Jahr um Jahr in seine Äste kriecht und nach Jahrzehnten schließlich seine Wurzeln zersetzt. Oder eine Säge, die seine Äste amputiert und seinen Stamm in einen Sack Brennholz verwandelt.

Und so ist es mit jeder Spezies, mit jedem Lebewesen, das diesen Planeten bewohnt. Ein jedes muss die passende Todesursache finden. Eine Ursache, die in der Lage ist, sein Leben zu bezwingen, einen hinlänglichen Grund. Und das Leben klammert sich, wie Sie wissen, an manche Körper mit ganz besonderer Kraft. Es wird zäh, widerspenstig und ist kaum loszubekommen. Man braucht dafür das richtige Werkzeug: die Seife für den Fleck, die Pinzette für den Stachel. Können Sie mich da drüben hören? Passen Sie überhaupt auf? Ein Fisch kann nicht auf dem Grund des Meeres ertrinken. Und ein Angelhaken wird dem Wal höchstens den Gaumen zerkratzen. Und überhaupt hat alles seine Grenzen, mehr als sterben kann man nicht.

Ich schweife nicht ab, keine Angst, wir befinden uns im Randbereich der Geschichte. Und es ist notwendig, ihn zu umkreisen, bevor wir weiter ins Innere vorstoßen. Damit Sie verstehen, wie ich hier gelandet bin, welche Taten mich in diese Zelle gebracht haben. Und damit Schritt für Schritt die Todesursache des Mädchens ans Licht kommt.

Ich habe getötet, das stimmt. Ich verspreche, dass ich Sie nicht anlügen werde. Ich habe Fliegen und Motten getötet, Hühner, Würmer, einen Farn und einen Rosenbusch. Und vor langer Zeit habe ich aus Mitleid ein verletztes Ferkel umgebracht. Das habe ich aufrichtig bedauert, aber ich tötete es, weil es ohnehin sterben würde. Es wäre langsam und schmerzhaft gestorben, also bin ich dem zuvorgekommen.

Aber diese Tode interessieren Sie nicht, das ist nicht, was Sie hören wollen. Keine Sorge, ich werde zum Punkt kommen, zur ersehnten Todesursache: eine Handvoll Tabletten, ein Flugzeugabsturz, ein Strick um den Hals … manche überleben trotz allem. Für diese wenigen ist die Aufgabe zu sterben keine leichte. Männer, die die Wucht eines Lastwagens benötigen, einen Schuss in die Brust. Frauen, die aus dem sechsten Stock springen, weil der fünfte nicht reichen würde. Bei anderen wiederum genügt eine einfache Lungenentzündung, eine Verkühlung, ein im Hals steckengebliebener Kern. Und einigen ganz wenigen, wie dem Mädchen, reicht schon eine Idee. Eine gefährliche, schneidende Idee, die aus einem schwachen Moment heraus entsteht. Von dieser Idee will ich Ihnen berichten, Ihnen erzählen, wann sie erstmals aufkam. Und jetzt lassen Sie liegen, was auch immer Sie gerade tun, und hören Sie mir zu.

Die Stellenanzeige lautete:

Hausmädchen gesucht, gepflegtes Erscheinungsbild, Vollzeit.

Sonst stand da nichts, außer einer Telefonnummer, die sich bald in eine Adresse verwandelte, zu der ich mich in weißer Bluse und dem gleichen schwarzen Rock aufmachte, den ich auch jetzt trage.

Sie öffneten mir gemeinsam die Tür. Ich meine den Señor und die Señora, den Chef und die Chefin, die Bosse, die Hinterbliebenen. Sie werden schon wissen, wie Sie sie nennen wollen. Sie war schwanger, und als sie die Tür öffnete, musterte sie mich von oben bis unten, noch ehe sie mir die Hand gegeben hatte: mein Haar, meine Kleidung, meine noch weißen Turnschuhe. Es war ein prüfender Blick, als ob sie dadurch etwas Wichtiges über mich in Erfahrung bringen könnte. Er dagegen schaute mich nicht einmal an. Er tippte eine Nachricht in sein Handy und deutete, ohne den Blick zu heben, auf die Tür, die zur Küche führte.

Ich kann mich an die Fragen nicht mehr erinnern, die sie mir stellten, aber dafür an etwas sehr Kurioses. Er hatte sich rasiert, und ein Hauch von Schaum glänzte unter seiner rechten Kotelette.

Hallo? Was denn? Darf ein Hausmädchen etwa nicht das Wort »Hauch« benutzen?

Mir war, als hätte ich da Gelächter, ein nicht eben freundliches Lachen auf der anderen Seite der Wand gehört.

Ich wollte sagen, dass mich dieser Fleck aus der Fassung gebracht hat, als ob man ihm ein Stück Haut herausgerissen hätte und darunter weder Blut noch Knochen zum Vorschein gekommen wären, sondern etwas Weißes, Künstliches. Der Señora fiel auf, dass ich nicht aufhören konnte, ihn anzustarren, und als sie schließlich den Schaum bemerkte, feuchtete sie ihren Daumen an und säuberte seine Haut mit ein wenig Spucke.

Sie werden sich fragen: Warum ist das von Bedeutung? Überhaupt nicht, lautet die Antwort, auch wenn ich mich gut an die Geste des Señor erinnere, die Art und Weise, wie er die Hand seiner Ehefrau wegschob, als werfe er ihr vor, etwas derart Intimes vor einer vollkommen Fremden zur Schau zu stellen. Einige Wochen später machte ich gerade das Ehebett, als er plötzlich aus dem Badezimmer kam. Ich dachte, er sei schon zur Arbeit gegangen, aber da stand er nun, mir gegenüber, vollkommen nackt. Bei meinem Anblick erschrak er nicht, es schien ihn nicht einmal zu irritieren. In aller Ruhe suchte er nach seiner Unterhose, ging ins Badezimmer zurück und schloss die Tür hinter sich. Erklären Sie mir, was zwischen dem ersten Tag und den darauffolgenden passiert war.

Sie benötigten so schnell wie möglich jemanden. Der Señor sagte: Am besten ab Montag.

Die Señora: Am besten ab heute.

Am Kühlschrank hing ein Zettel mit all meinen Aufgaben. So umging man die Frage, ob die Angestellte lesen, ob sie den Einkaufszettel schreiben oder die Nachrichten von Anrufern notieren konnte. Ich ging ein Stück näher, las die Liste, nahm den Zettel und verstaute ihn in meiner Rocktasche. Ordentlich, folgsam, eine Angestellte mit ausreichender Bildung.

Ich kann am Montag anfangen, sagte ich.

Sie nahmen mich sofort. Nicht einmal ein Empfehlungsschreiben verlangten sie. Später verstand ich, dass alles in diesem Haus ein Wettlauf gegen die Zeit war, auch wenn ich ihre Eile, diese ewige Eile, nie nachvollziehen konnte. Wer sich beeilt, verliert die Zeit, das sagte meine Mama immer, wenn ich zu spät zur Schule aufbrach und die Abkürzung durch den Gemüsegarten nahm. Und gegen die Zeit, warnte sie, kann man nicht gewinnen. Dieses Rennen ist vom Tag unserer Geburt an entschieden. Aber ich schweife ab ... Ich sprach von den Stunden, die ihren Tagen fehlten, und von den wenigen Tagen, die noch fehlten, bis ihre erste Tochter auf die Welt kommen sollte.

Ich weiß schon, was Sie mich fragen wollen, und die Antwort lautet nein. Ich hatte keine Erfahrung mit Kindern, und ich log sie diesbezüglich nicht an. Meine Mutter hatte mir am Telefon gesagt: Lüg sie nicht an, Lita, lüg nie am ersten Tag. Also sagte ich, ohne zu zögern:

Ich habe keine Kinder, ich habe keine Nichten und Neffen, ich habe noch nie eine Windel gewechselt.

Aber die Entscheidung war bereits gefallen. Der Señora hatten meine weiße Bluse, mein langer und ordentlich geflochtener Zopf gefallen, meine geraden und sauberen Zähne und dass ich zu keinem Zeitpunkt versucht hatte, ihrem Blick standzuhalten.

Sobald die Fragen geklärt waren, zeigten sie mir den Rest des Hauses:

Hier sind die Putzmittel, Estela.

Die Gummihandschuhe, der Mopp.

Hier das Erste-Hilfe-Schränkchen.

Die Schwämme, das Chlor, das Spülmittel, die Bettwäsche.

Hier das Bügelbrett, der Korb für die Schmutzwäsche.

Die Seife, die Waschmaschine, das Nähkästchen, die Werkzeuge.

Dass ja nichts vergammelt, Estela.

Dass ja nichts abläuft.

Grundreinigung am Montag.

Nachmittags den Garten gießen.

Und niemandem aufmachen, nie, unter keinen Umständen.

An viel mehr erinnere ich mich nicht mehr, außer dass ich an jenem Tag einen Gedanken hatte und dieser Gedanke in mir haften blieb. Während ich durch den Flur ging, durch die Bäder, und den Kopf in jedes Zimmer streckte, während ich das Wohnzimmer betrachtete, das Esszimmer, die große Terrasse und das Schwimmbad, dachte ich mit großer Klarheit: Das hier ist ein richtiges Haus, mit Nägeln, die in den Wänden stecken, und Gemälden, die an diesen Nägeln hängen. Und dieser Gedanke, ich weiß nicht, warum, schmerzte mich genau hier, zwischen den Augen. Als ob er ein Feuer entfachte, das genau hier brannte.

Das Hinterzimmer zeigten sie mir nicht. Ich rede vom Tag des Vorstellungsgesprächs. Dieses Zimmer, das sie »dein Zimmer« nannten und das ich das Hinterzimmer nennen werde. Erst am folgenden Montag, meinem ersten Arbeitstag, bekam ich es zu Gesicht. Die Señora nahm mich in Empfang, bleich war sie, das Gesicht schweißgebadet.

Fühl dich wie zu Hause, sagte sie und ging davon, um sich auszuruhen.

Ich ging allein in die Küche und wunderte mich, diese merkwürdige Tür nicht schon vorher bemerkt zu haben. Sie verlor sich zwischen den Fliesen an der Wand, wie eine Geheimtür. Ich trat ein Stück näher und schob sie auf. Wussten Sie schon, dass es sich um eine Schiebetür handelte? Um keinen Raum zu vergeuden. Um nicht an das Bett zu stoßen. Man öffnete sie also nicht wie eine normale Tür, sodass ich sie nach links schob und zum ersten Mal hineinging.

Notieren Sie bitte, was es dort drinnen alles gab, vielleicht ist das irgendwie von Bedeutung: ein Einzelbett, einen kleinen Nachttisch, ein Lämpchen, eine Kommode, einen alten Fernseher. In der Kommode sechs Schürzen: Montag, Dienstag, Mittwoch, Donnerstag, Freitag, Samstag. Sonntag war mein freier Tag. Es gab keine Bilder, auch keine Dekoration, nur ein kleines Fenster. Dafür ein Bad mit Dusche, ein alter Schminktisch und ein paar feuchte Stellen an den Wänden, die sich vor Lachen auszuschütten schienen.

Ich schloss die Tür hinter mir und blieb stehen, die Lippen plötzlich ganz trocken. Ich spürte, wie meine Beine weich wurden, und setzte mich auf die Bettkante. Und dann hatte ich ein

Gefühl … wie soll ich das beschreiben. Ich fühlte, dass ich das Zimmer noch gar nicht betreten hatte und dass ich selbst, von draußen her, die Frau betrachtete, die ich ab jenem Moment sein würde: die über dem Rock gefalteten Hände, die trockenen Augen, der trockene Mund, die schnelle Atmung. Ich bemerkte, dass die Zimmertür aus geripptem Milchglas war. Der Señor musste hier eines seiner Lieblingswörter benutzt haben: ge-schlif-fen. Eine Tür aus mattem Glas verband das Schlafzimmer mit der Küche. Und dort lebte ich sieben Jahre lang, auch wenn ich es nie, nicht ein einziges Mal, »mein Zimmer« nannte. Schreiben Sie das in Ihre Akten, na los, keine falsche Scheu: »Weigerte sich kategorisch, den Raum als ihr Zimmer zu bezeichnen«. Und am Rand fügen Sie noch hinzu: »Weigerung«, »Ressentiment«, »mögliches Tatmotiv«.

Nach einer Weile hörte ich, wie jemand in die Küche kam und draußen auf mich wartete … oder drinnen. Ich weiß es nicht. Womöglich war das Zimmer draußen und die Küche drinnen. Diese Dinge sind verworren, für mich zumindest: drinnen, draußen; gegenwärtig, vergangen; vorher, nachher.

Die Señora räusperte sich, ich schluckte und sagte:

Ich komme.

Oder vielleicht räusperte sich auch niemand, und ich sagte nichts, und jene Frau, die ich für die folgenden sieben Jahre sein würde, zog sich aus und streifte sich die Kittelschürze über den Kopf. Sie kam mir am Hals sehr straff vor, zu eng für mich, aber als ich den obersten Knopf öffnen wollte, merkte ich, dass da kein Knopfloch war. Ein dekorativer Knopf am Hals der Hausangestellten. Die anderen fünf Schürzen hatten den gleichen falschen Knopf.

Es ist seltsam, dass ich mich gerade an dieses Detail erinnere, aber nicht die geringste Ahnung habe, was ich den Rest des Tages über tat. Ich weiß nicht, ob ich kochte. Ich weiß nicht, ob ich wusch. Ich weiß nicht, ob ich die Pflanzen goss. Ich weiß nicht, ob ich bügelte. Aus diesen Wochen erinnere ich mich an nichts außer an unsere anhaltende Verfolgungsjagd. Wenn ich das Wohnzimmer betrat, entschwand die Señora leise ins Esszimmer. Wenn ich das Esszimmer betrat, flüchtete sie Richtung Badezimmer. Wenn ich das Badezimmer saubermachen wollte, sperrte sie sich in ihrem Arbeitszimmer ein. Ich wusste nicht, was ich tun, wohin ich gehen sollte. Wegen ihrer Schwangerschaft bewegte sie sich nur mit Mühe, doch sie nahm lieber Reißaus vor mir, als allein und stumm mit einer Fremden zusammen zu sein. Denn das war ich ja, eine Fremde. Ich weiß nicht, zu welchem Zeitpunkt ich aufhörte, es zu sein. Als sie mich zu bitten begann, ihre Unterhosen mit der Hand zu waschen, mir zu sagen, Estelita, die Kleine hat gebrochen, bitte, wisch den Boden mit Chlor. Aber fragen Sie sie mal nach meinem Geburtstag, fragen Sie sie, wie alt ich bin.

In jener ersten Woche wussten sie nicht einmal, wie sie mich anreden sollten. Immer wieder rutschte ihnen der Name der Frau heraus, die vorher im Haus gearbeitet hatte. Diejenige, die ihnen bisher den Grund der Kloschüssel geschrubbt und dienstags und freitags den Müll rausgebracht hatte. Die Salat Olivier für sie zubereitet und ihnen beim Schlafen zugesehen hatte. Sie sagten es mir nie, aber ich weiß es, weil keiner der beiden in der Lage war, meinen Namen richtig auszusprechen.

Mmmestela, sagten sie.

Ich frage mich immer noch, wie wohl der Name meiner Vorgängerin lautete: María, Marisela, Mariela, Mónica. Der Anfangsbuchstabe steht außer Frage, erst nach Monaten verschwand er.

Ich für meinen Teil nannte sie immer »die Señora«. Die Señora ist nicht da. Möchte die Señora etwas essen? Um wie viel Uhr kommt die Señora zurück? Aber sie heißt Mara, Doña

Mara López. Sicher haben Sie, als Sie sie vorgeladen haben und die Señora Sie wie einen Fleck angestiert hat, als registrierte sie einen Fehler, zu ihr gesagt: »Señora Mara, nehmen Sie bitte Platz. Möchten Sie ein Glas Wasser? Einen Tee? Zucker oder Süßstoff?«, während Sie sich, genau wie ich, gefragt haben, wer in aller Welt so heißt. Als würde man Jula oder Veronca heißen. Wie man mit so einer Lücke leben konnte.

Da war etwas an ihr. Wie … lassen Sie mich nachdenken. Verdrossenheit. Oder nein, das ist nicht das richtige Wort. Verachtung, das ist es. Als ob alle Welt Langeweile in ihr hervorriefe oder sie jegliche Form von Nähe ablehnte. Das war zumindest ihre Fassade. Die Maske, die sie sorgfältig Morgen für Morgen anlegte. Darunter lief sie vor Wut rot an, wenn ihr Mann zu spät von der Arbeit kam oder ihre Tochter das schon durchgekaute Essen auf den Teller zurückspuckte; und ihr Lid, das linke, zuckte unablässig, als ob ein Stückchen ihres eigenen Gesichts sich davonmachen und nie wiederkommen wollte.

Aber ich schweife ab, das stimmt. Muss die mangelnde Gewohnheit sein. Das Gesicht der Señora hat keinerlei Bedeutung, ich muss Ihnen auch von ihm erzählen.

Ihn nannte ich, Sie haben es schon erraten, den »Señor«, auch wenn ich ihn manchmal auch »dein Papa« nannte. Wo ist dein Papa? Ist dein Papa schon da? Aber sein Name war Cristóbal. Don Juan Cristóbal Jensen. Ein etwas schroffer Mann mit frühen Geheimratsecken und hellblauen Augen, die der Flamme des Gasboilers ähnelten. Jeden Morgen murmelte er den gleichen Satz, ehe er zur Arbeit ging: Wieder ein neuer Arbeitstag. Vielleicht war es nur eine Marotte, oder aber er verabscheute sie wirklich. Ich rede von seiner Arbeit, kein Grund zur Panik. Er hasste seine Kollegen, die Krankenschwestern, jeden einzelnen seiner Patienten. Sicher haben Sie ihn schon gesehen mit seinem glatt gebügelten Hemd, den wohlpolierten Schuhen, in Erwartung, dass ihm jemand dafür dankt, sein Leben gerettet zu haben. Oder vielleicht hat er schon seinen weißen Kittel an, damit man ihn »Herr Doktor« nennt. Das liebte er nämlich, wenn man über ihn als »Doktor Jensen« sprach. Aber halten Sie das in Ihren Papieren fest: Doktor zu sein, bedeutet überhaupt nichts. Nicht, wenn deine einzige Tochter stirbt. Nicht, wenn du unfähig bist, sie zu retten.

Wir sprachen wenig miteinander, er und ich. Es genügte, ihm pünktlich das Essen zu servieren und seine Hemden zu waschen und zu bügeln. Ich wüsste nicht, wie ich ihn noch beschreiben sollte, vielleicht können Sie mir helfen. Wie würden Sie eine Person definieren, die nicht raucht, die kaum trinkt, die, bevor sie den Mund aufmacht, jedes Wort abwägt, abmisst, um so unbedachte Antworten zu vermeiden, die nur Zeit kosten würden? Ein Mann, besessen von der Zeit:

Wir essen in einer Stunde, Estela.

Wärm das Essen in fünfzehn Minuten auf.

Ich komme zehn Minuten zu spät in die Klinik.

Ich habe zwei Minuten fürs Frühstück.

In zehn Minuten bin ich da, öffne das Tor.

Ich zähle bis drei.

Zwei.

Eins.

Ein ewiger Countdown.

Das Mädchen kam am fünfzehnten März zur Welt, eine Woche nach meiner Ankunft. Ein Schmerzensschrei ließ mich aufschrecken, gefolgt von einer Anweisung: Hol Luft.

Es war fünf Uhr morgens, ich schlief noch, obwohl, wer weiß, manchmal zweifele ich daran, ob ich wirklich jemals Schlaf fand in diesem Zimmer. Der Schrei ließ mich hochschrecken, ich stand auf und spähte in den Flur. Die Señora hielt sich den Bauch. Der Señor hatte sie an den Hüften gepackt und versuchte sie davon zu überzeugen, zur Autotür zu gehen. Ein Schritt, ein Schrei. Sie schrie, als gäbe es keine Grenze für die Schreie, die man in einem Leben ausstoßen kann, als ob nicht ein einziger Schrei eine Million Wörter ersetzen könnte.

Ein paar Tage später kehrten sie zurück. Ich hatte sie viel früher erwartet, aber bei der Geburt hatte es Probleme gegeben, und mir hatte niemand Bescheid gesagt. Wozu auch … was teilt man schon der Hausangestellten mit. Das Warten war seltsam. Sie waren nicht zu Hause, aber auch nicht ganz weg. Ich erinnere mich, wie ich stundenlang im Esszimmer saß, die Hände auf dem Tisch, den Blick starr auf den Bildschirm über dem Kühlschrank gerichtet: Jahrhundertdürre im ganzen Land, Straßensperren in der Araucanía, Waschmaschinen im Flash Sale. So vergingen meine Tage, zwischen Tragödien und Werbung. Vermutlich hätte ich die Gelegenheit nutzen können, mich im Schwimmbecken abzukühlen, den ganzen Nachmittag zu telefonieren, die Reste aus der Whiskyflasche zu trinken und den Schmuck der Señora anzuprobieren. Das haben Sie doch erwartet, oder? Dass ich nicht lache.

Eines Morgens hörte ich schließlich die Bremsen des Autos,

die Schlüssel in der Tür. Ich war auf Geschrei gefasst, aber das kleine Wesen war nicht zu hören. Es hatte bei der Geburt nicht geweint, wussten Sie das? Der Señor würde, jedes Mal wenn das Mädchen einen Wutanfall hatte, über diese Stille scherzen. Jedes Mal wenn es ihm nicht gelang, die Ausbrüche seines kratzbürstigen Mädchens zu besänftigen, würden er und seine Frau sich daran erinnern, wie ihre Tochter die ersten Tage ihres Lebens in vollkommener Stille zugebracht hatte. Als ob es ihr an nichts gemangelt hätte. Als ob sie zufrieden auf die Welt gekommen wäre.

Die Señora trug das Bündel im Arm und im Gesicht ein steifes, gekünsteltes Lächeln, das einer Grimasse des Schreckens gleichkam. Ich merkte, dass die Anstrengung des Weges vom Auto zum Haus sie erschöpft hatte. Ihre Haut war verhärmt und gräulich, die Lippen rissig, und ein Schweißfilm bedeckte sie, der sie noch wochenlang begleiten sollte. Mach die Fenster auf, Estela, die Türen, alle Türen, schaff Durchzug, bitte. So sagte sie es, bitte, als ob es sich um einen Gefallen handelte, für den sie sich irgendwann bei mir revanchieren würde.

Sie tat ein paar kurze Schritte, blieb auf der Türschwelle stehen und stieß einen langen Seufzer aus. Ich glaube, es war das einzige Mal, dass ich Mitleid mit der Señora empfand. So sind wir Menschen, nicht wahr? Das pflegte meine Mama zu sagen, wenn sie den Streunern auf der Plaza von Ancud einen Teller Milch hinstellte. So sind wir, wiederholte sie, wenn sie einwilligte, auf ein paar fremde Katzen aufzupassen, oder irgendeinem Alten die Tüten vom Geschäft nach Hause trug. So sind wir, so sind wir. Aber es stimmt nicht. So sind wir Menschen nicht, unterstreichen Sie sich diesen Satz irgendwo.

Als ich es hochhob, überraschte mich das Gewicht des Mädchens, so unscheinbar und zerbrechlich, dass man in Tränen hätte ausbrechen können. Die großen Lider und das runde Gesicht sahen aus wie bei jedem neugeborenen Wesen. Der gleiche Geruch, die gleiche Verzweiflung, wenn sie die unscharfen Augen öffnen. Es erschien mir kleiner, als ich es mir vorgestellt hatte, aber was wusste ich schon. Sehr bald würde es wachsen und mit ihm seine Nägel, die ich Tausende Male würde schneiden müssen im Laufe seines robusten und trotzigen Lebens, wie das Leben eben zu sein hatte.

Als ich es im Arm hielt, sagte die Señora, dass sie sich ausruhen müsse und ich auf es aufpassen solle. Seinen Namen nannte sie nicht, wissen Sie? Sie sagte »es«, sonst nichts. Pass auf es auf, Estela. Leg es bitte schlafen. Vielleicht war sie deswegen für mich immer nur das Mädchen, aber eigentlich hieß sie Julia, auch wenn Sie das sicher schon wissen.

Ich nahm es mit in das Zimmer am Ende des Flurs. Sie hatten es mit Gänseblümchentapete, einer Holzwiege und einem sich unaufhörlich drehenden Mobile mit Zebras und Sonnen ausgestattet. Ich legte es auf den Wickeltisch aus Korb und begann, ihm die Kleider auszuziehen. Den Überwurf, eine Baumwolldecke, einen zu weiten Strampler. Bis es nur noch Windeln anhatte und ich den Rest seines Körpers betrachten konnte. In all seinen Nuancen, mit gelben Flecken und dem schwarzen Rest der Nabelschnur. Es zog die Arme an, als es die Kälte spürte, aber es weinte nicht. Es öffnete seinen zahnlosen Mund, doch außer Luft kam nichts heraus. Er würde sich schon mit Worten füllen: Gib mir, ich will, komm, nein.

Ich öffnete den Verschluss der Windel, und ein säuerlicher Geruch erfüllte das Zimmer. Ich dachte immer, Neugeborene hätten keinen Geruch, aber was wusste ich schon. Scheiße ist Scheiße, egal woher sie kommt, pflegte meine Mama zu sagen, während sie den Schweinestall oder die Sickergrube auf dem Feld saubermachte, und vermutlich hatte sie damit recht.

Ich tupfte das Mädchen mit ein paar Feuchttüchern ab, bis

es tadellos sauber war. Ich zog ihm eine frische Windel an, einen kleineren Strampler, und am Ende steckte ich seine Hände in ein Paar winzige weiße Handschuhe. Ich hatte gehört, dass sich die Kinder nach der Geburt das Gesicht zerkratzen. Was für ein Reflex aber auch: auf die Welt kommen und sich das eigene Gesicht zerschrammen.

Ich nahm es auf den Arm, und erst da blinzelte es. Seine Augen waren grau, verloren, unfähig, die Umrisse der Dinge zu fixieren. In dem Moment dachte ich: So muss die Stille sein, wenn die Dinge ihre Kontur verlieren. Und ich wiegte es hin und her, um diese Stille loszuwerden, die mich überkam. Glücklicherweise schlief das kleine Wesen sofort ein. Oder vielleicht schloss es auch nur die Augen und blieb wach, ich weiß es nicht. Ich legte es sanft in die Wiege und sah zu, wie es sich darin räkelte. Nie zuvor hatte ich auf ein kleines Mädchen oder gar ein Neugeborenes aufgepasst. Ich hatte die Señora darauf hingewiesen, als sie mich einstellte, aber sie ging davon aus, dass ihre Angestellte schon wissen würde, wie man mit der Waschmaschine, dem Bügeleisen, mit Nadel und Faden umging. Und dass sie es, selbstverständlich, verstehen würde, sich um ihre Tochter zu kümmern. Um ihre Julia, die jetzt schlief und dabei einige spitze und traurige Töne von sich gab.

Ich habe keine Ahnung, wie viel Zeit seitdem vergangen ist. Wie viel Zeit sich angehäuft hat, während ich über den Schlaf dieses Mädchens wachte: zehn Minuten, sieben Jahre, der Rest meines Lebens. Ich verharrte wie gelähmt, über das Gitter der Wiege gebeugt, ohne meine Augen von dieser Brust abwenden zu können, die sich hob und senkte, unfähig, Zuneigung von Verzweiflung zu unterscheiden.

Eines Morgens, das war noch am Anfang, nahm ich eine Dusche, zog mir die Kittelschürze über und ging in die Küche, wo ich eine Nachricht an der Kühlschranktür bemerkte. Ich war überrascht, dass die Señora mir nicht Bescheid gesagt hatte, dass sie so früh mit der Kleinen aus dem Haus gehen würde. Ein Test, dachte ich. Sie wollte prüfen, ob die neue Angestellte bei der ersten Gelegenheit allein zu Hause am Telefon hängen würde, um mit ihren Tanten, ihren Cousinen, ihren unzähligen Nichten zu tratschen.

Ich vergewisserte mich, dass das Telefon ordentlich aufgelegt war, und nahm wieder den Zettel zur Hand:
Spülmittel
Windeln
Light-Joghurt
Vollkornbrot

Wörter und ein Geldschein, den ich tief in meine Tasche schob. Lesekundig, vertrauenswürdig, gepflegtes Auftreten.

Das Klingeln des Telefons ließ mich aufschrecken. Es war die Señora, wer sonst, zweifellos war sie es, aber ich wusste nicht, was ich tun sollte: abheben und ihr beweisen, dass die neue Angestellte aufmerksam war; oder nicht abheben, es bis zum Wahnsinn läuten lassen und der Señora am Ende der Leitung etwas noch viel Wertvolleres zu verstehen geben: dass niemand ans Telefon gehen würde und ihre Angestellte, effizient, wie sie war, sich schon auf dem Weg zum Supermarkt befand.

Ich hob nicht ab.

Draußen hatte die Hitze ihre Wut an den von der Sonne ausgezehrten Lorbeerbäumen ausgelassen. Ich ging aus dem Haus, wie ich war, in meiner Schürze und meinen Turnschuhen, und da sah ich auf der anderen Straßenseite eine Frau. Sie trug eine identische Schürze, mit den gleichen weißen und grauen Karos wie bei meiner, dem gleichen falschen Knopf, sie trug den gleichen Zopf und die gleichen Schuhe und führte ganz langsam eine alte Frau mit gefärbtem und frisiertem Haar am Arm, die Perlenohrringe und eine Handtasche über der Schulter trug. Ich korrigiere, nein ... das ist nicht ganz richtig. Sie führte die alte Frau nicht *am* Arm. Sie schleifte sie mühsam hinter sich her, in Trippelschritten und mit von dem Gewicht gebeugtem Rücken. Die Frau sah mich, wir schauten uns an und hielten gleichzeitig inne. Ihr Gesicht war meines, dachte ich, und ein Schaudern überkam mich. Wenn ich meinen Arm wegzöge, wenn ich plötzlich davonliefe, dann würde die Alte an ihrer Seite mit dem Gesicht voran zu Boden stürzen.

Ich schritt in aller Eile in die entgegengesetzte Richtung davon. Ich wusste nicht, wo der Supermarkt war, aber die reine Vorstellung, gegenüber von dieser Frau gehen zu müssen, kam mir unerträglich vor. Ich kam an einigen privaten Wohnstraßen und umzäunten Villen vorbei. Es war schon Spätsommer, und obwohl einige Bäume bereits ihre ersten Blätter verloren, lag kein einziges davon auf dem Gehweg. Makellos war er, frisch gefegt. Der Asphalt ohne Verwerfungen, die baumgesäumte Straße, kein Bus, der vorbeifuhr. Wie die Kulisse eines Films, das war mein Gedanke, und ich beschleunigte meine Schritte.

Ich glaube, wegen dieser durchdringenden Stille merkte ich auch, dass mir jemand folgte. Ein Schatten, ein Knirschen; hinter mir musste diese Frau gehen, die ich in einigen Jahren sein würde. Die mir auf die Hacken trat mit meinen Turnschuhen und mir mit meiner Stimme ein Geheimnis zuflüsterte. Ich spürte mein Herz schneller schlagen, meine kalten und feuchten Hände. Ich war mir sicher, dass ich ohnmächtig werden würde. Ich würde mir den Kopf auf dem Asphalt aufschlagen. Im Krankenhaus würde ich wieder zu mir kommen. Die Señora würde mich rauswerfen, weil ich zu schwach, zu kränklich war. Ich würde auf die Insel zurückkehren und meiner Mutter recht geben müssen: Alles war ein Fehler gewesen, ich hätte nie nach Santiago gehen sollen. Da sagte ich zu mir: Estela, es reicht. Und abrupt machte ich kehrt.

Ein Haus neben dem anderen, ein Elektrozaun nach dem nächsten, keine Menschenseele auf der Straße. Es herrschte Dürre, das wissen Sie schon, aber der Rasen, die Vorgärten, die Beete strotzten vor Grün. Ein harmonisches Viertel, friedlich, eine Miniaturstadt. Ich blieb stehen, um durchzuatmen, trocknete mir die Hände an der Schürze ab und sah, dass es an der Ecke gegenüber eine Tankstelle und den ersehnten Supermarkt gab.

Ich überquerte die Straße und lief diagonal durch die Tankstelle, um den Weg abzukürzen. Ich weiß nicht, warum ich das tat. Wozu wollte ich den Weg abkürzen, Zeit gewinnen, eher da sein. Der junge Tankwart starrte mich an, viel länger als erlaubt. Es schien ihn nicht zu kümmern, ob ich mich dabei unwohl fühlte, oder vielleicht hatte er es genau darauf abgesehen. Natürlich muss man sich auch fragen, wer auf die Idee kommt, in Hausangestelltenuniform und mit so einer Panik im Gesicht aus dem Haus zu gehen. Aus den Augenwinkeln schaute ich zu ihm rüber. Er war jung, drahtig, hatte einen Farn auf den Arm tätowiert, und vor ihm lag ein großer brauner Hund. Er ließ mich nicht aus den Augen, bis ich den Supermarkt erreicht hatte. Als ob jene Frau, also ich, eine wahrhaftige Erscheinung wäre.

Die Sonderangebote lenkten mich ab, und ich zog den Einkaufszettel aus der Tasche:

Spülmittel
Windeln
Light-Joghurt
Vollkornbrot

Ich strich die Dinge durch, wie manche von Ihnen wahrscheinlich einige meiner Worte durchstreichen. Die, die Ihnen unangemessen oder unwahrscheinlich vorkommen; die, die Sie für falsch halten. Ich zahlte, steckte die Quittung ein, zählte das Rückgeld und trat zurück auf die Straße hinaus. Und jetzt passt auf, meine Freunde. Ja, ihr habt mich schon verstanden, mit euch rede ich, mit euch, die ihr auf ein Geständnis wartet. Was ist los mit euch? Ich meine, da einen Vorwurf hinter der Tür gehört zu haben. Stört es euch, wenn ich euch »Freunde« nenne? Zu übergriffig? Wie würdet ihr denn gerne von mir genannt werden? Eure Hoheit, Eure Durchlaucht, hochverehrte Damen und Herren?

Mehr als einmal habe ich mich gefragt, wer ihr eigentlich seid. Ob ich eure Gesichtsausdrücke erraten könnte, wenn ich ganz dicht an die Scheibe heranträte. Aber so dicht ich auch komme, so sehe ich doch nichts als mein eigenes Spiegelbild, und so betrachte ich meine Augen, meinen Mund, die ersten Falten auf meiner Stirn, und frage mich, ob die Müdigkeit nur ein vorübergehender Zustand ist und ob ich irgendwann in der Zukunft vielleicht wieder das Gesicht haben werde, das ich früher einmal hatte.

Aber jetzt ist mir die Geschichte wieder aus den Händen geglitten, habt Nachsicht mit mir. Als ich wieder vor dem Supermarkt stand und die Sonne mit voller Kraft auf meinen Körper knallte, geschah *es* zum ersten Mal. Ich hob den Kopf, schaute mich um und wusste nicht, wo ich war. Das ist keine Redensart. Ich spinne hier keine Geschichten. Meine Augen wanderten über den Asphalt, über die Blätter, die an den Quillayes zitterten, über den Namen, der auf dem Schild über der Tankstelle stand. Aber wie lange meine Augen auch durch diese Wirklichkeit streiften, die mich umgab, so wenig erschloss sich mir, wie ich in diese Straße, in dieses Viertel, in diese Stadt, zu dieser Arbeit gekommen war. Ich konnte die Erde nicht vom Asphalt unterscheiden, ein Fahrrad nicht von einem Tier, ein Bein nicht vom andern, jene Angestellte dort drüben nicht von mir selbst. Allein die Vorstellung von einem Tier, vom Asphalt über der Erde, von einer Angestellten, die in ihrer Uniform in der Sonne herumlief, war mir vollkommen fremd. Es war, als hätte ich mich verdoppelt … irgendwie war ich dort gelandet und konnte nicht mehr fort.

Geblendet vom Licht, vor Angst gelähmt, verharrte ich, während ich verzweifelt nach etwas Ausschau hielt, das mich in meinen Körper zurückbrächte. Ich schlug mir mehrmals ins Gesicht und rieb mir mit den Fäusten die Augen. Dann sah ich wieder diesen Hund: braun, struppig, wilder Blick. Der Hund, der tätowierte Farn auf dem Arm des Jungen, die makellose Straße, jene Frau, die ich eines Tages beim Spaziergang mit ihrer gealterten Chefin sein würde. Der Weg zum Haus fiel mir wieder ein, und ich lief los.

Kaum hatte ich die Tür geöffnet, hörte ich das Telefon.

Señora, sagte ich, ohne abzuwarten, dass sie etwas sagte.

Sie wollte wissen, wie ich erraten hatte, dass sie es war, die anrief. Ich sagte nichts, wozu auch. Meine Hände zitterten immer noch, ich wollte mich ein paar Minuten lang hinsetzen, aber ich musste so schnell wie möglich zurück zum Supermarkt. Die Señora hatte vergessen, Olivenöl und Seife aufzuschreiben.

Guten Morgen, Estela.
Gute Morgen, Señor.
Gute Nacht, Estela.
Gute Nacht, Señora.

Die Augen aufmachen, aufstehen, schnell duschen. Kittelschürze überziehen, Haare zusammenbinden, in die Küche gehen. Wasser kochen, einen Tee machen, ein Butterbrot essen. Ihr Frühstück zubereiten, es ihnen ans Bett bringen, die Anweisungen für den Tag erhalten.

Wenn sie endlich zur Arbeit gegangen sind, in ihr Schlafzimmer zurückkehren. Die Pyjamas vom Boden aufheben, durchlüften, dem aufgebrachten Gezeter der Sittiche in den Kiefern lauschen. Die Bettdecke und die Wolldecken packen und sie am Fußende zusammenrollen. Dann das Bettlaken abziehen, es kraftvoll ausschütteln und zusehen, wie sich der Stoff wie ein großer Fallschirm bläht.

Jeden Tag, den ich in diesem Haus arbeitete, machte ich das Ehebett. Das sind einige hundert Morgen, bis jetzt hatte ich das noch nie hochgerechnet. Hunderte Male, die ich die Falten im Bettlaken betrachtete. Die Fusseln auf Höhe der Füße, Ergebnis der nächtlichen Tritte des Señor und der Señora. Diese Fusseln auf dem Stoff fand ich immer besonders kurios. Seltsam, wie sie im Schlaf strampelten, bis sie ihre Socken abgestreift hatten. Ich schlafe, seit ich ein Kind war, ruhig wie eine Mumie, vielleicht weil ich das Bett immer mit meiner Mutter geteilt habe. Im Sommer schlief jede auf ihrer Seite der Matratze, aber im Winter fürchtete ich, der Wind könnte die Zinkplatten herunterreißen, oder das Haus könnte mit dem Schlamm bis an den Strand gespült werden oder es könnte ein gewaltiger alter Eukalyptusbaum auf uns herabstürzen. Und so drehte ich mich von einer Seite auf die andere, um auf die knarzenden Zweige zu horchen, auf das Trommeln des Regens und den gleichmäßigen Atem meiner Mutter, die nach einer Weile zu mir sagte:

Mach die Augen zu, Zicklein, nur die Eulen schlafen nicht.

Aber mir sind schon wieder meine Erinnerungen dazwischengekommen, entschuldigt. Ich sprach über das Bett, die Wolldecken, die verlorenen Fäden. Die Kopfkissen muss man durchklopfen, damit sie ihre Form wiedergewinnen. Auch die übrigen Kissen gehören geklopft, ebenso die Vorhänge und die Teppiche. Die Handflächen klatscht man aneinander, nachdem man die schweren Einkäufe geschleppt hat, auf den Wasser- und Honigmelonen trommelt man, um die süßeste ausfindig zu machen, in der Kirche haut man sich auf die Brust und, wenn das Irreale einen überkommt, auf die eigenen Wangen. Nur Schläge bezwingen den Staub und treiben Luft zwischen die Federn. Und ich sorgte jeden Morgen für Luft. Bis an den Rand füllte ich die Kopfkissen mit Luft, auf denen der Señor und die Señora nachts ihre Häupter zur Ruhe betteten.

Am dritten Tag weinte das kleine Geschöpf endlich. Die Señora stillte auf dem Bett bei sperrangelweit offenem Fenster. Ich erinnere mich, weil ich den Flur fegte und die Staubflocken durch den Luftzug aufgewirbelt wurden. Sie rief mich aus ihrem Zimmer und bat mich flüsternd um eine Tasse Kamillentee.

Ich kam gerade mit dem Tablett ins Zimmer, als das Mädchen sich verschluckte. Es gab einen hohlen, erstickten Laut von sich – und verstummte. Die Stille war furchtbar. Das Mädchen bekam keine Luft. Die Luft fand einfach keinen Weg hinein, sein Gesicht wurde immer röter. Die Señora schüttelte es, schlug ihm auf den Rücken, aber es reagierte nicht.

Cristóbal, schrie sie.

Der Schrei klang verzweifelt. Der Señor arbeitete an seinem Schreibtisch. Er hatte darum gebeten, nicht gestört zu werden. Er studierte einen schwierigen Fall. Er musste entscheiden, ob er den Versuch wagen wollte, die Patientin zu retten, oder nicht, ein junges Mädchen, hatte er gesagt und sich mit seinen Unterlagen eingeschlossen. Zum Glück hörte er den Schrei.

Er kam hereingerannt, packte das Mädchen, drehte es kopfüber und schüttelte es. Ein weißer Strahl Erbrochenes ergoss sich über den Teppich. Das Mädchen begann zu weinen, den Mund offen, das Gesicht rot, die Arme steif zu beiden Seiten angelegt. Wie es weinte, mit welcher Kraft. Der Señor legte es der Señora zurück in die Arme.

Wechsele die Position, sagte er. Und dann:

Ich fahre in die Klinik, hier kann man unmöglich arbeiten.

Die Señora versuchte, ihre Tochter zu beruhigen, aber es gelang ihr nicht. Sobald sie das Kind an ihre Brust führte, drehte es den Kopf weg und schrie wie von Sinnen. Ich stand weiter da, versteht ihr? Mit dem Tablett in den Händen, darauf die Tasse Kamillentee, beobachtete ich stumm und regungslos, wie dieses Wesen beim geringsten Kontakt mit dem Körper seiner Mutter aufheulte. In diesem Moment schaute mich die Señora an, daran erinnere ich mich genau. Mich, den Fleck auf dem Boden, wieder mich. Sie sagte kein einziges Wort. Das war auch nicht nötig. Ich stellte das Tablett auf dem Nachttisch ab und holte einen Lappen.

All das ist wichtig, denkt nicht, dass ich Zeit gewinnen will. Das Bett machen, lüften, die Kotze aus dem Teppichboden bürsten. Ich habe es euch schon einmal gesagt: Man muss die Ränder abgehen, ehe man ins Herz vorstößt. Und wisst ihr, was sich im Herzen einer Geschichte wie dieser befindet? Vor Dreck schwarze Socken, Hemden mit Blutflecken, ein unglückliches Mädchen, eine Frau, die nur so tut als ob, und ein Mann, der rechnet. Der Buch über jede Minute, jeden Peso, jede Eroberung führt. Der vor dem Morgengrauen aufsteht, um noch joggen zu können, der sich die Zähne putzt, während er aufräumt, der seinen Kalender durchgeht, während er joggt, der die Zeitung liest, während er isst. Dieser Typ Mensch, der sein Leben nach einem Plan lebt und genau weiß, wie er seine Minuten, seine Stunden füllt. Weil auch die Minuten und Stunden Teil jenes Plans sind.

Nichts in seinem Leben hat den Señor je von seinem Weg abgebracht. Nicht der Tod seiner Mutter, selbst wenn die Trauer ein paar Falten um seine Augen herum hinterlassen hatte. Nicht die Streitereien mit seiner Frau, selbst wenn ihm das den Appetit verschlug. Und auch nicht diese widerspenstige Tochter, die nicht essen wollte. Alles verlief weiter nach Plan und ohne Zwischenfälle: Medizin studieren, heiraten, ein Haus kaufen, es für unzureichend erachten. Es verkaufen, ein neues kaufen, Probleme mit dem Chef haben. Selbst Chef werden, eine Tochter zeugen, ein paar Leben retten, andere nicht. Dann, ganz oben, stolpern und sich verquatschen. Das werde ich euch schon noch erzählen, ganz ruhig, lasst euch von der Spannung nicht auffressen. Eines Morgens redete der Señor mehr als sonst, und die Wirklichkeit erhob sich und schlug ihm mit einem Streich seinen Plan aus den Händen.

Einige Monate nach der Geburt verkündete die Señora, dass sie wieder arbeiten gehen würde. Sie sagte zu mir, sie sei in etwa zwei Stunden zurück, sie müsse ein paar Hosenanzüge und einen kleinen Koffer kaufen, um in den Süden zu reisen. Sie arbeitete für ein Holzunternehmen, wusstet ihr das? Papier, Kiefern, Papier, noch mehr Kiefern. Sie hatte zahllose Ordner voller Unterlagen über Kiefern: gehobeltes Kiefernholz, Sägespäneverkauf, Kiefernmaßholz, Grundstückskäufe. Der Nachteil daran, eine Hausangestellte zu haben, die lesen kann. Sie liest Akten, die sie nichts angehen, Geheimnisse, die schriftlich vermerkt werden. Wie viel sie verdienen, wie viel sie ausgeben, wie viel sie erben werden. Aber ich habe schon wieder den Faden verloren. Ich war dabei, euch zu erzählen, dass die Señora shoppen ging und ich brav allein zu Hause blieb.

Was rede ich ... allein. Ich meine natürlich, dass ich bei dem Mädchen blieb. Ich weiß nicht, ab wann ich dachte, dass bei ihm zu sein bedeutete, nicht allein zu sein. Vermutlich ist das ein wichtiger Moment, aber ich bemerkte ihn gar nicht.

Die Señora brauchte länger als angekündigt, und das Mädchen begann zu weinen. Es war jetzt sechs Monate alt und hatte einen unstillbaren Appetit. Später würde sich jede Mahlzeit in eine echte Schlacht verwandeln. Es vergingen Stunden, bis es ein paar Erbsen aß, ein paar Reiskörner zu sich nahm. Ich versuchte, ihm Zuckerwasser zu geben, aber das funktionierte nicht. Es warf das Fläschchen auf den Boden, und sein Weinen verwandelte sich in ein schrilles Kreischen. Es war kein Milchpulver im Haus, die Señora stillte noch, also entschied ich mich, eine Banane zu zerdrücken, zu warten und das Beste zu hoffen. Das Mädchen verschlang sie und schlief wenig später ein.

Bei ihrer Rückkehr bemerkte die Señora den dreckigen Teller auf dem Tisch und schaute mich argwöhnisch an. Nur selten sah sie mich direkt an, wisst ihr? Ich war in der Küche, in ihrem Schlafzimmer, harkte ihren Garten. Ich war überall, aber sie schaute mich nie an. An jenem Tag aber tat sie es. Es gefiel ihr nicht, dass die Hausangestellte dem Mädchen sein erstes Obst zu essen gegeben hatte, und so warf sie mir einen wütenden, zornesroten Blick zu. Ich habe euch ja schon gesagt, dass sie schnell rot wurde: rot, weil ich dem Mädchen den Pony schnitt, rot, weil ich es auf sein Zimmer schickte, rot, weil die Kleine nur aß, wenn die Nana für sie das Flugzeug machte. Ich ertrug das Geschrei der Señora, ohne zu antworten. Was hätte ich auch sagen sollen. Sie war fast drei Stunden weg gewesen, ihre Tochter hatte nicht zu weinen aufgehört, und jetzt schlief sie zufrieden in ihrer Wiege.

Nach einer Weile bereute die Señora ihren Ausbruch. Es ist nicht ratsam, die im Haus wohnende Angestellte zu schelten. Eine Frau mit Zugang zu den Lebensmitteln, den Geheimnissen der Familie. Sie hatte ihren Fehler bemerkt und wollte Frieden mit mir schließen.

Estelita, sagte sie. Schau mal, was ich mir gekauft habe.

Das Kleid lag in einer Schachtel mit einer blauen Satinschleife.

Ich habe es im Angebot gekauft, sagte sie.

Dafür arbeite ich hart, sagte sie.

Dafür arbeitete die Señora Mara López hart.

Sie stellte sich vor mich und hielt sich das Kleid an den Körper. Der glänzende schwarze Stoff schmiegte sich an ihren noch schlaffen Bauch.

Wie findest du es, fragte sie.

Es handelte sich um ein kurzes und enganliegendes Kleid. Man würde ihre Krampfadern sehen, und das Gummi ihrer Unterhose würde sich auf ihren Hüften abzeichnen.

Hübsch, antwortete ich.

Sie lächelte und bat mich, es aufzuhängen.

Die Señora machte sich unten einen Tee, und ich ging nach oben ins Schlafzimmer. Ich öffnete die Tür des Kleiderschranks, nahm das Kleid aus der Schachtel und hielt es, ohne nachzudenken, vor meine Schürze. Im Spiegel glitzerte es, wie ich es noch nie gesehen hatte, aber das reichte mir nicht. Mit einem Schlag streifte ich die Uniform ab und zog mir das Kleid über.

Der Stoff war glatt, fast nicht zu spüren, von einem changierenden Schwarz. So weich, dass das Kleid von einem Moment auf den anderen zu verschwinden schien und ich mit ihm. Ich hob meine Hand, legte sie auf meinen Bauch und schaute mich im Spiegel an. Ich sah vulgär aus in dieser Verkleidung. Vulgär in diesem schwarzen Kleidchen und meinen abgenutzten Turnschuhen. Mir schien, als ob der Stoff in Flammen stünde, mir die Haut verbrannte.

Ich hatte die Señora nicht die Treppe hochkommen hören. Auch nicht, wie sie ins Zimmer gekommen war. Ich bemerkte erst, dass sie in der Tür stand, als sie zu reden anfing.

Estela, sagte sie.

In jenen Tagen nannte sie mich Estelita. Bring mir einen Fächer, Estelita, die Pantoffeln, Estelita, eine Tasse koffeinfreien Kaffee ohne Zucker, Estelita.

Ich wusste nicht, was ich sagen sollte. Was hätte ich antworten können. Ja bitte? Nein, ich sagte nichts. Ich wartete, dass sie mir den Rücken zudrehte, den Blick abwandte, aber da verstand ich, dass die Señora sich nicht von der Stelle bewegen würde. Ich würde mich vor ihr ausziehen müssen, so wie sie sich viele Male vor mir ausgezogen hatte, als ob ihre Angestellte keine Augen hätte, um ihre entzündeten Achselhöhlen zu sehen, die eingewachsenen Haare zwischen ihren Beinen, den Bauch einer frisch entbundenen Mutter.

Ich packte das Kleid am Saum und zog es mir über den Kopf. So stand ich da, in Unterhose und BH, und schaute ihr direkt in die Augen. Sie waren braun, normal, ein Paar eher ausdrucksloser Augen. Und während ich sie so anschaute, kam mir plötzlich ein Gedanke. Schreibt euch das in eure Notizblöcke, das wird euch gefallen. Es war ein flüchtiges Bild, eine Explosion, eine so dröhnende Idee, dass ich sie hier vielleicht deshalb laut ausspreche, um mich ihrer endlich zu entledigen.

Ich wollte sie tot sehen.

So ist es, ich habe ja schon gesagt, dass ich nicht lügen werde. Das war mein Wunsch, aber ich sagte nichts. Ich tat auch nichts, keine Sorge, die Señora ist quicklebendig. Ich bückte mich, hob meine Schürze auf und zog sie mir, so schnell ich konnte, über. Danach strich ich sorgsam ihr Kleid glatt und machte mit der Hand etwas Platz im Schrank. Und während ich zwischen ihren Röcken nach einem verdammten Bügel suchte, unterbrach mich die Señora und sagte:

Wasch es lieber, Estela.

Das Mädchen wuchs, wie alle Neugeborenen, mit atemberaubender Geschwindigkeit. Im gleichen Tempo, in dem wir altern, aber darüber sehen wir lieber hinweg. Von einem Tag auf den andern konnte sein Nacken bereits den Kopf halten, seine beiden Hände das Spielzeug, und aus seinem Zahnfleisch lugten ein paar winzige weiße Zähne hervor. Und eines Tages sagte es sein erstes Wort.

Es saß in seinem Hochstuhl gegenüber von mir, während ich, vornübergebeugt, versuchte, es zum Essen zu bewegen. Im Hintergrund war das Murmeln des Fernsehers zu hören, ein Mann hatte sich vor einer Bank angezündet. Sein brennender Körper flackerte über den Bildschirm, eine kniende rote Glut. Man hatte sein Haus wegen seiner Schulden bei einer Klinik gepfändet. Seine Ehefrau war an Krebs gestorben. Nun war er Witwer und obdachlos. Eine Selbstverbrennung, sagte der Fernsehjournalist. Geopfert, tot. Das Mädchen starrte auf die Flammen, als die Señora hereinkam und den Fernseher ausschaltete.

Dass dir die Nana immer so viele Tragödien zeigen muss, sagte sie, oder so was in der Art, ich erinnere mich nicht genau.

Das Mädchen wurde unruhig ohne den Bildschirm und begann, auf seinem Stuhl hin und her zu wackeln. Es brabbelte vor sich hin, hob die Arme in die Luft, schrie und spuckte, bis es mit einem Mal still wurde. Es blickte um sich, als suchte es etwas an den Wänden, etwas, das es auf der Küchenablage verloren hatte, und als wäre es plötzlich fündig geworden, deutete es mit seinem winzigen Zeigefinger auf mich. Ich sah die Entschlossenheit in seinen Augen, sah, wie sich sein Mund öffnete und zwei identische Silben hervorbrachte.

Na-Na, sagte es mit vollkommener Bestimmtheit.

So nannte mich die Señora, das dürfte offensichtlich sein: Na los, die Nana badet dich, die Nana füttert dich, die Nana macht dir ein Fläschchen.

Die Señora hatte es gehört. Ich hatte es auch gehört. Und beide wollten wir, dass das Kind sofort verstummte, dass der Bildschirm ansprang und der brennende Mann wieder darin aufleuchtete. Ich tauchte den Löffel in den Brei und führte ihn zu seinem Mund, aber das vom Wunder des Zeigens und Sprechens ganz besessene Kind schrie mit aller Kraft »Na-Na, Na-Na«.

Die Señora schaute es an und wusste einige Sekunden lang nicht, was sie tun sollte. Eine schiefe Grimasse hing in ihrem Gesicht. Dann stürzte sie sich auf ihre Handtasche und zog ihr Handy hervor.

Cristóbal, sagte sie.

Sie rief den Señor an. Ihr Tonfall war der gleiche, wie wenn sie log oder wütend war, nur ein wenig schriller als für gewöhnlich. Ich fütterte das Kind weiter mit Brei und schaufelte jedes Mal größere Portionen auf den Löffel, um die Worte in seiner Kehle zu ersticken. Doch es schrie, mittlerweile den Tränen nahe, immer weiter »Nana«.

Die Señora sprach lauter, ihr Tonfall jetzt noch schriller. Ich merkte, dass sie nervös war. Sie befeuchtete ihre Lippen, schluckte. Erst zögerte sie, als fände sie nicht die richtigen Worte. Dann setzte sie an. Sie erzählte ihrem Mann, dass Julita endlich das erste Mal gesprochen habe, so früh, so fortgeschritten für ihr Alter, so schlau wie sonst keine, und rate mal ihr erstes Wort, rate, was sie gesagt hat, Cristóbal, komm, nun rate schon:

Ihr erstes Wort war Mama.

Das sagte die Señora.

Wir machen lieber morgen weiter. Das war's für heute.

Es ist schwer zu sagen, was im ersten Jahr geschah, im zweiten, im dritten. Das Vorher vom Nachher zu trennen, einen Sommer vom nächsten. Das erste Wort, das erste Essen, der erste Wutanfall. Eine klare Reihenfolge würde mir dabei helfen, diese Geschichte besser zu ordnen. Dann könnte ich Schritt für Schritt, Stunde für Stunde voranschreiten, ohne von Ereignis zu Ereignis, von Einfall zu Einfall zu springen.

Es lutschte am Daumen, das Mädchen. Es lutschte ihn grimmig, den Blick starr ins Leere gerichtet. Ich fragte mich manchmal, was wohl in diesem Köpfchen vorgehen mochte. Ob es vielleicht an die Bilder aus den Kindermärchen dachte oder ob das Denken eines Kindes einfach aus Formen und Farben bestand, mehr nicht. Die Señora hasste es, dass ihre Tochter am Daumen lutschte. Sobald es ihn zum Mund führte, schlug sie ihm auf die Hand.

Nein, sagte sie. Und dann:

Du wirst noch schiefe Zähne kriegen, Julita. Weißt du, wie Mädchen mit schiefen Zähnen aussehen? Hässlich, so sehen die aus.

Die Milchzähne des Mädchens standen auseinander, und es betrachtete mit offenem Mund seinen vor Speichel glänzenden Daumen. Kurze Zeit später hatte es ihn, ohne es zu merken, wieder im Mund.

Es war sehr hübsch zu jener Zeit. Auch später war es hübsch, aber zu dünn und bleich, ein Mädchen ohne Appetit. Als Kleinkind hingegen war es proper und lachte viel. Es krabbelte durch das Haus und stieg auf meine Füße, während ich den Boden wischte. Oder es klopfte an die Milchglastür, damit ich mit ihm eine Spinne anschaute, eine Kellerassel, eine schwarze Katze auf der Mauer der Nachbarn.

Zuerst robbte es über den Boden, und die Señora machte sich ein wenig lustig. Die Schlange, nannte sie es, und beide mussten wir lachen. Wenig später lernte es zu krabbeln, auch wenn das nur eine kurze Phase war. Ein paar Wochen später, wenn überhaupt, begann es zu laufen.

Die Señora lag auf dem Sofa und schaute auf ihr Handy, als das Mädchen, das mit einem Puzzle auf dem Boden gespielt hatte, sich an der Armlehne hochzog und auf die Füße stellte. Es ging schnell. Sitzen, aufstehen und plötzlich zwei kurze Schritte. Ich sah es in dem Moment, in dem ich der Señora einen Toast mit Frischkäse brachte.

Fast schrie ich es:

Die Kleine läuft.

Die Señora hob den Blick. Das Mädchen stand, überrascht von sich selbst. Es tat noch einen Schritt, ehe es auf den Hosenboden fiel. Sofort fing es an zu lachen. Ein weiches, süßes Lachen. Es schaute mich an und lachte sich kaputt dabei. Es war ein ansteckendes, offenes Lachen, das es jetzt nicht mehr gibt. Die Señora hob es hoch, umarmte es und drehte sich mit ihm wie ein Kreisel. Eine Drehung, noch eine, inmitten des Gelächters. Ich betrachtete sie aus einigen Metern Entfernung. Die Tochter, ihre Mutter, diesen vollkommenen und glückseligen Tanz.

Mit den ersten Schritten kamen die ersten ärztlichen Untersuchungen. Der Señor setzte sein Kind auf den Hochstuhl, zog ihm die Socken aus und schaute sich seine Füße an. Zehn Zehen, Sohle, Rücken, Gewölbe. Zwei makellose Kinderfüße, dachte ich beim Kochen. Der Señor sah das anders.

Sie hat deine Füße, sagte er zur Señora, die gerade die Einkäufe in den Vorratsschrank räumte.

Platt- und Senkfüße, sie wird Einlagen tragen müssen.

Als Nächstes waren die Augen an der Reihe. Er hielt es für wichtig, so bald wie möglich einen Augenarzt aufzusuchen. Ihm zufolge war die Kurzsichtigkeit bei Kindern außer Kontrolle. Außer Kontrolle – das waren seine Worte, die ich hörte, während ich den Brei zerstampfte. Es gab ihren Lieblingsbrei: Hähnchen, Kartoffeln, Kürbis.

Er fuhr mit seiner Untersuchung fort. Er packte die Kinderarme und zog sie nach oben. Er betrachtete den Muskelumfang. Dann drehte er sich um und wollte von mir wissen, wie viel ich dem Kind zu essen gab.

Einen von diesen Tellern, sagte ich und deutete auf eine Schüssel mit Zeichentrickfiguren.

Und zum Nachtisch?

Obst.

Wie viel?

Ich antwortete nicht. Die Señora stand ebenfalls da. Beide schauten sie die Angestellte an, wägten ihre Antworten ab.

Sie wird schon dick, sagte der Señor. Und dann:

Wir müssen auf ihre Ernährung achten, Estela. Das Übergewicht bei Kindern ist außer Kontrolle.

Auch das war also außer Kontrolle. Übergewicht. Kurzsichtigkeit. Das Mädchen schaute zu ihm hoch und fing an zu weinen. Ein spitzes, eindringliches Weinen. Der Señor nahm es auf den Arm und versuchte es zu beruhigen. Geheul. Geschrei. Die Señora nahm es ihm ab. Tritte, Schläge. Außer Kontrolle, dachte ich, aber sagte nichts.

Stattdessen sagte die Señora:

Kümmere du dich darum, Estela.

Ich packte es und nahm es mit in den Garten. Es war Frühling, das weiß ich noch, aber es war ziemlich warm. Das Mädchen tobte weiter und schrie mir ins Ohr, während ich versuchte, mich an irgendein Kinderlied zu erinnern. Keine Chance, es gelang mir nicht. Das Geschrei ließ mich nicht klar denken. Ich ging mit ihm auf dem Arm im Kreis um das Schwimmbecken herum. Dann dachte ich, ich könnte es mit den Bäumen ablenken.

Das ist ein Feigenbaum, sagte ich. Wenn du groß bist, kannst du da raufklettern.

Das ist ein Magnolienbaum, sagte ich.

Ein Pflaumenbaum.

Eine Kamelie.

Meine Mutter hatte mir die Namen der Bäume beigebracht, falls ihr euch fragt, woher ich sie weiß. Alle auf einmal an einem Wintermorgen. Es hatte ein Unwetter gegeben, ein Baum lag quer auf der Straße, und das Sammeltaxi, das mich nach Hause bringen sollte, kam nicht mehr weiter.

Aussteigen, sagte der Fahrer und schmiss uns an Ort und Stelle raus.

Ich war acht oder neun, nicht älter. Und ich musste im Regen und ohne Schirm querfeldein marschieren. Meine Schuhe versanken im Schlamm, der Wind pfiff mir um die Ohren, die Zweige der Bäume bogen sich bis auf den Boden. In meiner Erinnerung lief ich stundenlang, aber ganz sicher bin ich nicht. Hungrig und durchnässt kam ich zu Hause an. Meine Mutter zog mir die Kleider aus, packte mich in einen Wollponcho, und während sie mir das Haar mit einem Handtuch trockenrieb, stellte sie mir eine einzige Frage.

Was für ein Baum war das, Lita?

Ich zuckte mit den Achseln. Für mich war es einfach ein Baum, ein gewaltiger Stamm quer auf der Straße, ein Baum mit Zweigen und Blättern, wie alle anderen Bäume auch. Meine Mutter ließ nicht locker.

Wie sah der Stamm aus? Was für eine Farbe hatte er? Wie dick war er, Lita?

Am darauffolgenden Tag weckte sie mich im Morgengrauen und nahm mich mit auf einen Spaziergang. Sie zeigte mir den Ahornbaum, den Raulí, die Zypresse, den Pehuén, den Arrayán, die Ulme. Jeden Stamm berührte sie mit der Hand, als handelte es sich um eine Taufe. Ich musste den Namen wiederholen und den Stamm ebenfalls berühren. Dann brachte sie mir bei, die Maqui- von einer Voquibeere, von der Myrte und der Himbeere zu unterscheiden. Als wir fertig waren, schaute sie mir mit festem Blick in die Augen.

Namen sind wichtig, sagte sie. Oder haben deine Freundinnen etwa keine Namen, Lita? Sagst du nur Mädchen, Junge zu ihnen? Nennst du die Kuh einfach Tier?

Als ich ihm alle Bäume im Garten gezeigt hatte, beruhigte sich das Mädchen. Vorsichtig berührte es die Blätter und betrachtete die Stängel, die Baumkronen, die von der Trockenheit staubigen Farnwedel. Ich ging zurück in die Küche, um ihm sein Mittagessen zu geben, und stellte fest, dass der Señor und die Señora nicht mehr da waren. Ich setzte es in seinen Stuhl, betrachtete seine Füße und gab ihm auf jeden einen Kuss.

Empanada-Füßchen, sagte ich zu ihm.

Es lachte und war wieder zufrieden. Ich servierte ihm einen großen Teller Brei, den es sogleich verschlang. Ich hörte, wie die Badezimmertür ins Schloss fiel. Dann die Haustür. Als ich sicher war, dass sie nicht zurückkommen würden, öffnete ich den Kühlschrank. Ich nahm die Brombeermarmelade, stellte sie auf das Tischchen des Mädchens, griff nach seiner Hand und tunkte den Daumen hinein. Das Mädchen betrachtete seinen schwarzen, klebrigen Finger und verstand. Glücklich steckte es ihn sich in den Mund. Den ganzen Tag über lutschte es an seinem Daumen.

Ich weiß, was ihr jetzt denkt: dass ich undankbar bin. Ich hatte zu essen, ein Dach über dem Kopf, eine Arbeit, ein warmes Bett. Ein festes Einkommen am Monatsende. So etwas wie ein Zuhause. Und sie behandelten mich gut, das stimmt. Keine einzige Rüge in sieben Jahren.

Untereinander stritten sie manchmal, das schon. Über den Kindergarten, die zukünftige Schule des Mädchens und ob es wohl gut war, dass ihre Tochter sich mit der kleinen Gómez traf, die immer so dreckig daherkam und die Nase voller Rotz hatte. Dann wieder stritten sie über Geld. Ausgaben für teure Hemden, Markenanzüge und italienische Schuhe, wo der Plan doch war, für ein Ferienhaus mit Meerblick zu sparen. Sie schrien sich nicht an, unter keinen Umständen. Nur hin und wieder eine zugeschlagene Tür und durch die Zähne gezischte Flüche, die allein ich hören konnte.

Nach einem Streit überkam die Señora der Ordnungsdrang. Sie räumte ihre Unterlagen auf, ihre Ordner, faltete die schon zusammengelegten Bettlaken neu, holte die Blusen aus dem Kleiderschrank und ordnete sie nach Farben. Wenn ihr irgendwas nicht gefiel, was auch immer das war, lief ihr Gesicht rot an:

Fass mir bloß diese Unterlagen nicht an, Estela.

Hast du den blauen Ordner gesehen?

Ich werde dir zeigen, wie man Unterhosen zusammenlegt: eine Seite, die andere, nach unten, so.

Hast du die Fußleisten abgestaubt, oder willst du, dass ich an meiner Allergie sterbe?

Einmal räumte sie alle Schuhe aus dem Kleiderschrank,

Dutzende von Paaren, die sie auf der Terrasse aufreihte und eines nach dem anderen polierte. Danach sahen sie wie neu aus.

So poliert man, sagte sie danach, die Hände schwarz vor Schuhwichse.

Mit genau zwei Jahren schien ihnen der Zeitpunkt gekommen, das Mädchen zu sozialisieren. Dieses Wort benutzte der Señor, während sie im Esszimmer den Nachtisch aßen. Ich hörte das Gespräch beim Geschirrspülen, die tiefen Suppenschalen, die flachen Teller für den Hauptgang.

Die Señora sagte:

Ist sie dafür nicht noch zu klein?

Und der Señor:

Was willst du? Dass sie den ganzen Tag mit Estela zubringt?

Der Señor sagte, diese Jahre seien entscheidend. Dass die Kinder, die nicht in den Kindergarten gingen, in der Schule hinterherhinkten.

Sie ist alt genug, sagte er. Wir müssen an ihre Zukunft denken.

Die Señora nickte, so schien es mir zumindest.

Einige Tage später erklärten sie dem Mädchen, dass es in einen Kindergarten gehen würde. Es rannte hin und her, während der Señor und die Señora versuchten, es einzufangen.

Du wirst dich gut benehmen, sagte der Señor. Du wirst das schlauste Mädchen dort sein.

Sie zeigten ihm die hellblau karierte Uniform, die es würde tragen müssen. Eine Uniform, die sich – keine Sorge – von meiner unterschied, mit Knöpfen von oben bis unten und weißer Spitze als Schmuck für den Hals des hübschen Mädchens. Ich selbst stickte ihr den Namen auf die Brust: J-U-L-I-A. Sie würde von acht bis zwölf, von Montag bis Freitag hingehen und im darauffolgenden Monat beginnen. Das Mädchen schaute sie beide eine Sekunde lang an, seinen Vater, seine Mutter, und führte dann seinen Daumen an den Mund. Ich dachte, es würde am Daumen lutschen, aber dem war nicht so. Es verdrehte ihn, betrachtete seinen Nagel und knabberte vorsichtig an dessen Rand. Die Señora versetzte ihm einen kleinen Schlag auf die Hand.

Nein, das nun aber wirklich nicht.

Der Señor ignorierte es. Er würde sich später um dieses Zwangsverhalten kümmern, diese Manie, mit der sich seine Tochter ihre Finger akribisch in den Mund schob. Sie bekamen es nie in den Griff. Die abgekauten Nägel, die blutige Nagelhaut, die Sorgfalt, mit der es von einem Finger zum nächsten wanderte, von einer Hand zur anderen.

In jener Nacht konnte ich nicht einschlafen, wie in so vielen Nächten. Ich dachte an das Kind, an seine Nägel, an die plötzliche Reife dieser Geste, an seine speckigen und trägen Hände, die immer da waren, um in den Mund geschoben, um von seinen Zähnen zerbissen zu werden. Ich hatte nie Nägel gekaut, meine Mutter auch nicht. Dafür, denke ich mir, muss man die Hände frei haben.

Ihr werdet sicher sagen:

»Die Ereignisse gehen auf diesen Schlafmangel zurück.«

Ihr werdet schreiben:

»Die Schlaflosigkeit hat bei ihr Verwirrung, Halluzinationen, Anwandlungen von Hass ausgelöst.«

Ihr werdet zu dem Schluss kommen:

»Sie war nicht mehr fähig, Tag und Nacht zu unterscheiden, eine Anweisung von einem Gefallen, die Wirklichkeit von der Fantasie.«

Täuscht euch da nicht, es bringt nichts: Ich habe nie irgendwelche Fantasien gehabt. Es gibt das Reale und das Irreale, wie es das Tote und das Lebendige gibt, das, was zählt, und das, was nicht zählt, aber dazu komme ich noch.

In jener Nacht überfiel mich ein ähnlicher Durst, wie ich ihn jetzt verspüre. Als herrschte in mir, im Inneren meiner Kehle, eine Dürre. Ich öffnete die Augen, drehte mich zur Seite und sah die Uhrzeit auf meinem Handy: ein Uhr zweiundzwanzig. Das heißt, es war zwei Uhr zweiundzwanzig in der Früh. Ich wollte meine Uhr noch nie auf Sommerzeit umstellen. Nur der Winter spricht die Wahrheit, sagte meine Mutter immer, als es vor dem Fenster regnete und regnete.

Ich setzte mich im Bett auf und streckte meine Hand in Richtung des Nachttischs aus. Jeden Abend stellte ich mir dort ein Glas Wasser hin und trank es Schluck für Schluck, Stunde für Stunde, bis mit dem leeren Glas der Tag anbrach. Diesmal jedoch stieß meine Hand gegen den Nachttisch. Diese Berührung erschreckte mich. Meine Hand erwartete das Glas, und das Glas war nicht da. Und so dachte ich, dass ich wohl auch nicht da sein konnte; dass, wenn eine Hand mich zu berühren versuchte, sie nur eine leere Stelle auf dem Bett finden würde.

Die Berührung meiner Füße mit den Fliesen ließ mich in meinen Körper zurückkehren, aber das Unbehagen vermochte ich nicht abzuschütteln. Barfuß ging ich aus dem Zimmer, mein Hals tat weh, und mir war heiß vor Durst. Im Haus würden sie alle schlafen, und so ging ich auf der Suche nach einem Glas im Nachthemd in die Küche. Ich schob die Tür auf und ging auf den Wandschrank zu. Die Küche lag ebenfalls im Dunkeln, doch ich bemerkte, dass im Esszimmer Licht und die Tür nur angelehnt war. Ich fragte mich, ob ich vergessen hatte, sie zu schließen.

Ich weiß nicht, wieso ich sie nicht gehört hatte. Wahrscheinlich, weil ich nicht erwartet hatte, irgendetwas zu hören oder jemanden zu sehen. Ich öffnete die Tür zum Esszimmer, und da sah ich sie. Die Señora war vollkommen nackt und wandte mir den Rücken zu. Sie saß mit weit gespreizten Beinen auf dem Esstisch im gelblichen Licht der Stehlampe. Ich hörte ihre rhythmische Atmung, wie von einem erschöpften Tier, und sah, wie sich ihr Rücken leicht nach hinten krümmte. Ein Rücken voller Leberflecken, etwas schlaff um die Taille, mit dem roten Abdruck eines zu engen BHs. Vor ihr stand mit geschlossenen Augen der Señor. Seine Hose und Unterhose hingen auf den Knöcheln, aber sein makelloses Hemd war bis zum Hals zugeknöpft, jenes Hemd, das ich sehr früh am Morgen gebügelt hatte.

Ich verharrte in völliger Stille, ohne zu wissen, was ich tun sollte. Wenn ich mich nicht bewegte, nicht atmete, würden sie mich vielleicht nicht bemerken. Das Ruhige verschwimmt mit der Landschaft, sagte meine Mutter beim Anblick der braungescheckten Eule, die sich dem Canelo anpasste. Ich stand weiter wie angewurzelt da, mein Durst ungestillt und meine Augen fest auf jenen Mann gerichtet: auf seine straffe, rote Haut, die leicht geöffneten Lippen, die gerunzelte Stirn und seine Lider, die so zugepresst waren, dass die Augen in seinem Gesicht zu versinken drohten. Er bearbeitete seine Frau von vorn nach hinten mit einem gewissen Überdruss, wieder und wieder, und mit einem zunehmend verzerrten Gesichtsausdruck. Die Señora sah mich zu keinem Zeitpunkt, ihre Augen schauten zur Wand; aber die des Señor, die jenes Mannes, öffneten sich plötzlich. Er sah mich, ich bin mir sicher, aber das hielt ihn nicht auf. Er machte einfach weiter, da in seinem Esszimmer, und fickte seine Frau.

Ich weiß, dass ihr dieses Wort nicht transkribieren, sondern ganz scheinheilig tun werdet, aber es beschreibt am besten, was sich vor mir zutrug: Der Ehemann fickte seine Ehefrau in einer Mischung aus Abwesenheit und Raserei, vor und zurück, mit wachsendem Groll. Sie wirkte dabei wie eine Statue, wie sie da auf dem Tisch saß, die Beine geöffnet, den Nacken steif, den Rücken ganz so, als bräche er gleich entzwei.

Benommen ging ich rückwärts, nicht ganz sicher, ob ich wirklich wach war, ob ich in mein Zimmer zurückkehren können oder vor Durst an Ort und Stelle sterben würde, einige Meter nur von der Küche entfernt, wo der Wasserhahn einen Tropfen fallen ließ, noch einen Tropfen und noch einen, als machte er sich über mich lustig. Beim Zurücktreten knarzte der Boden, er hielt inne und sah mich. Diesmal hatte ich keinen Zweifel. Kurz stierte er auf mein Gesicht, dann sofort auf meine Füße. Und den Blick auf die nackten Füße seiner Hausangestellten geheftet, auf die zehn Zehen, die schon einen feuchten Fußabdruck auf dem Boden gebildet hatten, begann er, verzweifelt seine Bewegung wiederaufzunehmen und dabei immer heftiger zu knurren und zu stöhnen.

Ich drehte mich um, ohne ein Glas in der Hand, ohne Wasser, das meinen Durst gelöscht hätte, ohne zu wissen, ob ich bei der Rückkehr in das Zimmer die andere Frau im Bett vorfinden würde, die morgens mit einem Lappen mit Möbelpolitur über den Tisch, mit dem dampfenden Bügeleisen über das Hemd, mit dem Ätzstift über den Rücken ihrer Chefin fahren würde, um ihre Leberflecke zu entfernen. Ich schob die Tür auf, schloss sie wieder und stellte fest, dass die Dunkelheit dort weiter so dicht war wie zuvor. Ich schlüpfte rasch unter die Decke und wollte nur schlafen. Einmal bis zum nächsten Tag schlafen, bis zum nächsten Jahr, zum nächsten Leben.

Auf der anderen Seite wurde das Stöhnen lauter, schwer und lang bei ihm, spitz und abgehackt bei ihr, und ich spürte eine Hitze, mit der ich nicht gerechnet hatte, eine plötzliche, erregende Hitze, die von meinen Füßen aufstieg. Von den gleichen Füßen, an die er seine aufgerissenen Augen geheftet hatte. Die nackten Füße seiner Hausangestellten auf dem Boden. Die Hitze kroch über meine Fußrücken nach oben zu meinen Waden, sie weitete sich aus auf meine jetzt weichen und warmen Schenkel. Ich öffnete unmerklich meine Beine. Die Hitze war immer noch da. Draußen das Stöhnen. Drinnen die Stille. Ich drehte mich auf den Bauch, das Gesicht in das Kopfkissen gepresst und der Durst wie eine Spalte, die durch meine Kehle bis in meinen Bauch verlief. Ich steckte mir die Finger in den Mund, bis sie feucht und warm waren. Und dann, mit geschlossenen Augen, mit diesem Durst, der mich noch umbringen würde, mit der Dunkelheit und Hast in mir drinnen, begann ich mich zu berühren, immer schneller, immer heftiger.

Am Tag darauf sah ich die Señora nicht. Sie ging zur Arbeit, ohne sich zu verabschieden, und rief mich gegen drei an.

Estela, schreib auf, sagte die Señora.

Kompetent, fleißig, eine diskrete Angestellte.

Ich sollte die Hühnerbrüste auftauen und sie mit Spinat und gerösteten Mandeln füllen. Außerdem ein paar Ofenkartoffeln und einen ordentlichen Pisco Sour zubereiten.

Es geht nichts über einen hausgemachten Pisco Sour, sagte sie, als redete sie mit einer anderen Person.

Die Señora wollte wissen, ob ich die Maßangaben kannte. Ich sagte ja, aber sie wiederholte sie trotzdem. Dreimal warnte sie mich, nicht zu viel Zucker hineinzutun.

Es gibt nichts Schlimmeres als einen zu süßen Pisco Sour, sagte sie.

Dann fragte sie mich, ob ich vielleicht zum Supermarkt gehen könnte.

Estelita, sagte sie, könntest du Angosturabitter, Zitronen und Bio-Eier kaufen gehen?

Sie fragte mich, als hätte ich antworten können: Nein, Señora, wissen Sie, ich kann nicht, habe keine Lust, ich konnte nicht mehr schlafen, nachdem ich Sie mit Ihrem Mann im Esszimmer habe ficken sehen.

Ich spürte, wie sich etwas in meinem Hals verhärtete, als ob an der weichsten Stelle meines Körpers ein Stein hervorbräche. Und ich sah sie wieder auf dem Tisch, mit dem Rücken zu mir, nackt, die Beine weit gespreizt, aber anstelle ihrer Füße sah ich meine.

An jenem Morgen hatte ich den Boden gewischt und gewachst, die Laken und Handtücher gewechselt, den Gehweg gewässert, und in ein paar Stunden würden die Gäste zum Abendessen kommen. Ich hätte es einfach gut gefunden, wenn sie mir früher Bescheid gegeben hätte, das war alles. Dann hätte ich das Wachsen verschoben, meine Kräfte gespart. Aber was zählten schon meine Kräfte. Diskret und beflissen, wie ich war, machte ich mich zum Supermarkt auf.

Die Hitze draußen schlug mit voller Kraft auf meinen Körper. Eine trockene, feindselige Hitze, vor der es kein Entkommen gab. Ich sehnte mich nach der Frische des Südens, dem Geräusch des Regens auf dem Dach, aber der junge Tankwart unterbrach meine Träumereien. Als er mich sah, hob er die Augenbrauen und eine Hand und entblößte seine Zähne. Sie waren klein und viereckig, das Lächeln eines anständigen Mannes, würde meine Mutter sagen. Die Hündin an seiner Seite schaute mich ebenfalls an. Ihr Fell war stumpf, die Augen verklebt, eine typische Streunerin.

Hallo, sagte er, als würden wir uns kennen.

Ich wusste nicht, was ich tun sollte, so verloren in der Vergangenheit, wie ich war, und so machte ich nur eine ungeschickte Geste, die wie eine Verbeugung wirkte. Mein Gesicht fühlte sich so heiß und mein Mund so trocken an wie jetzt. Er schien das zu bemerken, und sein Lächeln wurde noch ein bisschen breiter.

Sammelst du die?, fragte er.

Er hatte mich beobachtet und wollte wissen, was ich auf dem Boden suchte. Warum ich mich bückte und einen Haufen Steine in die Tasche steckte.

So was in der Art, antwortete ich und ging weiter.

Ich war schon einige Meter weiter, als ich wieder seine Stimme hörte.

Wir sehen uns, sagte er, und ich lief noch ein wenig schneller.

Als ich zurück nach Hause kam, hatte ich die Begegnung schon vergessen. Ich konnte nur an das Gewicht dieser Steine in meiner Schürze denken. Rund, perfekt, nicht zu groß und nicht zu klein. Genau wie die, die meine Mutter am Strand aufklaubte und dann weit ins Meer hinauswarf. Sie suchte sie sorgfältig aus. Die flachen flippte sie ins Meer, und sie sprangen gen Horizont. Die größeren steckte sie ein und nahm sie mit nach Hause. Weiße, graue, schwarze, gestreifte. Dort müssen sie noch liegen, auf der Fensterbank, als schauten sie aufs Meer hinaus. Meine dagegen schlugen gegeneinander: tack, tack, tack, auf dem Grund meiner Schürzentasche. Ich ließ sie dort und begann mit den Vorbereitungen für das Abendessen. Ich schnitt mit dem Messer die Haut der Hähnchenbrust ein und trennte mit meinen Fingern den Knorpel vom Fleisch. Dazwischen schob ich die Mischung aus Spinat und gerösteten Mandeln, die ich zubereitet hatte, bevor ich aus dem Haus gegangen war.

Hallo?

Was ist los?

Mir war, als hörte ich etwas auf der anderen Seite. War das ein Gähnen? Sehe ich wie ein Kochbuch aus? Na, so sah das Leben nun mal aus: Hähnchenbrust, Knorpel, die Kartoffeln nicht am Backblech anbrennen, den Wahnsinn nicht am Schädel kleben, die Augen nicht aus den Höhlen springen lassen. Ich wusch die Kartoffeln und schnitt sie, ohne sie zu schälen, in ganz dünne Scheiben. Ich verteilte sie in eine Porzellanform, übergoss sie mit Olivenöl und fügte Rosmarin und Salz hinzu. Um exakt neunzehn Uhr vierzig würde ich das Huhn in den Ofen schieben. Um acht die Kartoffeln dazu. Wenn die Gäste pünktlich waren, würden sie um Viertel vor neun essen können, um halb zehn die Nachspeise einnehmen, den Digestif um zehn, das Geschirr wäre um halb elf gespült, um elf die Küche gewischt und ich im Bett.

Die Türglocke läutete pünktlich. Die Señora wollte wissen, ob denn der Pisco Sour schon fertig war. Sie hatte mich gebeten, ihn erst im letzten Moment zuzubereiten.

So fällt der Schaum nicht in sich zusammen, sagte sie.

Schön stark, wiederholte sie zwei- oder dreimal.

Ich holte den Standmixer vom Regal und gab die Anteile an Pisco, Zitronensaft, Zucker, Eis und Eiweiß hinein. Nebenan hörte ich Begrüßungen und Standardfragen: Alter des Kindes, Kindergarten, Wetter, Arbeit. Mit jeder Antwort nahm ich einen Stein aus meiner Schürzentasche. Beim Hineinfallen machten sie ein dumpfes Geräusch und sanken zwischen Tausenden Bläschen auf den Boden des Mixers. Hübsch sahen sie aus da unten. Wie die Felsen eines gelblichen Meeres. Wenn nicht Eile geboten gewesen wäre, hätte ich sie gut und gerne eine Weile lang betrachten können. Immer diese Eile. Ich schloss den Deckel, legte meine Hand darauf, wählte die höchste Stufe aus und drückte, ohne nachzudenken, auf den Knopf.

Auf der anderen Seite der Tür breitete sich eine angespannte Stille aus, auf die das Weinen des Mädchens folgte. Der Knall war ziemlich laut gewesen, wie eine Explosion, und hatte sie aufgeweckt. Ich hörte, wie der Señor in ihr Zimmer ging, um sie zu beruhigen. Die Señora sagte:

Ich bin gleich zurück, sehe nur schnell nach, was da los ist.

Vom Tischrand tropfte eine gelbe Flüssigkeit. Meine Schürze war komplett vom Alkohol durchtränkt. Auf dem Boden vor meinen Füßen jedoch, zwischen den Glassplittern und den Eiswürfeln, lagen die unversehrten, makellosen Steine. Ich klaubte sie auf, trocknete sie mit einem Geschirrtuch ab und steckte sie zurück in meine Tasche.

Die Señora kam in die Küche.

Was ist passiert, fragte sie.

Sie erblickte die Scherben auf dem Boden, den verschütteten Pisco Sour, ihren unwiederbringlich verlorenen Aperitif. Unbeholfen, ungeschickt, eine Angestellte mit zwei linken Händen. Die Steine sah sie nicht, das dachte ich zumindest.

Sie beruhigte sich schnell wieder und sagte, ich solle mir nichts daraus machen, das Teil sei schon alt gewesen und habe ohnehin ausgetauscht werden müssen.

Geht's dir gut, Estela?

Ich nickte stumm, mit diesem Gewicht in den Taschen. Die Señora ging zum Kühlschrank, nahm eine Flasche Champagner heraus und hielt abrupt inne. Ich sah, wie sich ihre Schultern anspannten, und konnte ahnen, wie die Röte auf ihrem Gesicht sich bis in den Nacken ausbreitete. Ihr Blick war auf den Boden gerichtet. Dort lag neben ihrem Fuß ein feucht glänzender Stein. Sie sah ihn und verstand, und wie sie verstand. Sie bückte sich langsam und klaubte ihn vom Boden auf. Dann drehte sie sich um und wandte mir ihr rotes Gesicht zu, ihr linkes Augenlid zuckte unkontrolliert. Sie legte den Stein auf den Küchentresen und blickte mich durchdringend an. Ich würde diesen Gesichtsausdruck gerne beschreiben, aber ich weiß nicht, ob ich dazu in der Lage bin. Vielleicht fällt euch ein Wort für diese Mischung aus Überraschung und Verachtung ein.

Die Stille dauerte einige Sekunden, nicht länger. Draußen warteten ihre Gäste, ein Paar aus der Führungsetage der Firma. Sie musste sich beruhigen, wieder reingehen, die Fassung wahren. Mit dieser spitzen Stimme sagte sie mit zusammengepressten Lippen:

Den Mixer werde ich dir vom Gehalt abziehen, das waren ihre Worte.

Dann richtete sie sich rasch auf, klopfte sich ein paar Mal über den Rock und ging laut rufend mit dem Champagner in der Hand zurück zu ihren Gästen:

Surprise, Surprise.

Ich kann mir vorstellen, dass ihr euch mittlerweile fragt, warum ich weiter dort blieb. Das ist eine gute Frage, eine der wichtigen Fragen. Bist du traurig? Bist du glücklich? Solche Fragen halt. Meine Antwort lautet: Warum behaltet ihr eure Jobs, warum bleibt ihr in euren winzigen Büros, euren Fabriken, euren Läden, auf der anderen Seite dieser Wand?

Ich verlor nie den Glauben daran, dieses Haus eines Tages zu verlassen, aber die Routine ist verräterisch. Die Wiederholung der immer gleichen Rituale, Augen auf, Augen zu, kauen, schlucken, Haare kämmen, jeder Akt ein Versuch, die Zeit zu zähmen. Ein Monat, eine Woche, ein Leben in all seiner Breite.

Die Señora zog mir den Mixer vom Lohn ab und erklärte den Fauxpas für vergessen, das sagte sie, »Estela, der Fauxpas ist vergessen«, und ich, zwischen Kochen und Kind-ins-Bett-Bringen, traf eine Entscheidung. In einem Monat. In einem Monat würde ich aufs Land zurückkehren und den Regen gegen das Wellblechdach trommeln hören. Lieber dort als hier, lieber in Gesellschaft als allein, lieber Kälte als Hitze, lieber Regen als Dürre. Ich hatte nicht genug angespart, um das Haus meiner Mutter ausbauen zu können, um ein neues Zimmer, ein neues Bad für mich anzubauen, aber was soll's. Ich würde Arbeit in einer Bäckerei suchen oder Algen für die Japaner sammeln oder sogar, wenn nötig, auf den Lachsfarmen arbeiten. Dann würde meine Mutter sagen, kommt nicht infrage, Lita, alles, nur das nicht, sie zahlen schlecht und spät bis nie, vergiften die armen Viecher, und am Ende wirst du krank und gibst den Löffel ab, ohne zu wissen, warum. Ich überlegte ein paar Tage lang. Ich musste hier weg, so oder so.

Mein Entschluss war schuld, glaube ich. Meine Entschlossenheit reichte aus, dass das Handy klingelte und die Wirklichkeit sich an mir rächte.

Hallo, sagte ich.

Und am anderen Ende:

Estela.

Meine Cousine Sonia war dran. Sie sagte, meine Mutter sei gestürzt. Sie sei auf den Apfelbaum geklettert, der Ast sei gebrochen und auch der Knochen, der ihre Hüfte mit dem Knie verband. Geld, dieses Wort wiederholte Sonia. Sie brauchte Geld, um sie zum Arzt zu bringen, vom Arzt ins Krankenhaus, vom Krankenhaus in die Apotheke. Geld, um Medikamente zu kaufen. Geld für Essen. Geld, um sich frei zu nehmen und auf meine Mutter aufpassen zu können.

Ich war allein in der Küche. Der Señor war mit dem Mädchen spazieren gegangen. Die Señora war im Fitnessstudio. Es war kurz vor Weihnachten, und ich sollte Urlaub haben. Zwei ganze Wochen. In den Süden wollte ich fahren. Egal ob es regnete. Ob es kalt war. Ob Geld für Einkäufe da war. Ob es reinregnete. Ob das Holz durchfaulte. Ich konnte das Salz der Meeresbrise fast riechen. Das wilde Gelb der Espinillos am Wegesrand sehen. Das war der Moment, nehme ich an. Der Moment, in dem ich hätte aufbrechen sollen.

In dem ich zu Sonia hätte sagen sollen: Ich komme, morgen bin ich da.

Und zur Señora: Ich kündige.

Aber stattdessen hob ich nur den Blick und ließ meine Augen über die Wände wandern, über die Obstschale voller Feigen, über den Dampf, der zart aus dem Wasserkocher stieg, über die Tasse, die für das kochende Wasser bereitstand. Und ich konnte meine Mutter sehen. Meine Mutter, wie sie kochendes Wasser in eine große Tasse goss und ihren Zeigefinger und

Daumen hineintauchte, um so schnell wie möglich den Teebeutel herauszufischen und ihn für eine weitere Tasse zu verwenden. Ich beobachtete sie dabei, ohne zu verstehen, wieso diesen verfärbten Fingern die Berührung mit dem heißen Wasser nichts ausmachte, als spürten sie nichts. Mit den Jahren verstand ich es. Heute kann ich meine Finger auch in kochend heißes Wasser tauchen.

Immer am Dreißigsten eines Monats überwies ich ihr Geld. Fast mein ganzes Gehalt wanderte auf das Konto meiner Cousine Sonia. Und meine Mutter begann langsam wieder zu laufen, auch wenn sie hinkte. Die Señora ging wieder zur Arbeit, und ich war weiter in meiner gefangen. Und so verstrichen die Weihnachten und Neujahre, und das Mädchen wuchs heran. Und ich gewöhnte mich derweil wohl einfach daran. Oder nein, vielleicht ist das nicht der richtige Ausdruck. Streicht das bitte. Bei mir passierte etwas anderes: Das mit den Fingern im heißen Wasser ... das war es, genau.

Manchmal fragte ich mich nachts, wie seine Erinnerungen aussehen würden. Ich meine das Mädchen, wen sonst, das tote Mädchen, das uns in diesen Schlamassel geführt hat. Ich weiß, dass das nicht mehr von Bedeutung ist, aber manchmal fragte ich mich, nachdem ich es gebadet, seine Haare geföhnt und ihm den Schlafanzug angezogen hatte, nachdem ich sein Spielzeug aufgeräumt und ihm einen Gutenachtkuss gegeben hatte, ob es sich an mich erinnern würde, wenn ich einmal nicht mehr da wäre.

Ich zum Beispiel erinnere mich sehr gut an das erste Mal, als ich von Chiloé nach Santiago reiste. Es kam mir vor, als läge in der Luft der Geruch von Staub, als herrschte eine gewaltige Hitze und als hätte die Stadt nur zwei Farben: Gelb und Braun. Gelbe Bäume, braune Hügel; gelbe Gebäude, braune Plätze. Damals spielte ich gerne solche Spiele: Grundfarben, Wortwiederholungen, Anzahl der Tiere auf der Weide. Ich erinnere mich auch daran, auf einem braun-gelben Hügel gewesen zu sein, auf den ich mit einer Schwebebahn fuhr. Das Schwindelgefühl und die Angst drückten mir die Kehle zu, als wäre ich ganz alleine dort oben gewesen. Die Kabine schwankte von einer Seite zur andern, und das Herz schlug mir bis zum Hals. Meine Mutter saß neben mir und hielt meine Hand, aber die Angst löschte sie aus. In meiner Erinnerung schwebe ich allein unter einem braunen Himmel und über einer gelben Stadt, in der ich bald sterben werde.

Das Mädchen würde sich sicher daran erinnern, wie es Hähnchen mit Püree zum Abendessen gegeben hatte, wie es sauber und warm gewesen war und einen geflochtenen Zopf getragen hatte. Es würde sich vor allem daran erinnern, wie dieser Zopf am Haaransatz gespannt hatte, und an die Hände, die das Haar geteilt und Strähne für Strähne übereinandergelegt hatten. Vielleicht, wer weiß, würde sie sich sogar an meine Hände erinnern, so wie ich mich an die kräftigen Hände meiner Mutter erinnere. Meine Mutter starr vor Angst auf einem Feldweg, weil eine Meute wilder Hunde auf uns zukam. Meine Mutter in der Hocke auf diesem Weg, sie und ich ganz allein, ihre Hand ausgestreckt, direkt vor die Schnauzen der Tiere. Den schlaffen und zitternden Handrücken vor den spitzen Reißzähnen, das schnelle Schnüffeln, das Zaudern, das freundliche Schlecken. Diesen Trick hat sie mir beigebracht. Die harmlose Hand hinzuhalten, um Unterwürfigkeit zu demonstrieren. Nein, natürlich nicht. Das Mädchen würde sich nicht an mich erinnern, aber vielleicht hätte es sich an meine Hände erinnert, wenn es überlebt hätte.

Ich schlief bei meiner Mama, bis ich sieben war. Diese Gemeinsamkeit ist merkwürdig, als würden meine Kindheitserinnerungen sich anhäufen, bis ich sieben war, und dann, puff, verschwinden. Meine Mama arbeitete als Angestellte in einer alten Villa in Ancud. Sie brach im Morgengrauen bei uns auf dem Land auf und kam um zehn Uhr abends zurück. Wenn sie zurückkam, mit tiefen Augenringen, atmete sie schwer an der Tür. Ja, sie schnaufte richtig. Und zwischen Schnaufer und Schnaufer zog sie ihren Parka aus, den Pullover, die schlammbespritzte Hose. Ich stellte mich schlafend und spähte nach ihrem Nabel. Jener unter einer Hautfalte versteckte Nabel übte eine große Anziehung auf mich aus. Schon in Unterwäsche und BH, tunkte sie einen Wattebausch in Lavendelwasser und begann ihr Ritual. Sie strich ihn über ihre Stirn, ihre Wangen, ihren Hals, ihre Arme, ihre Handflächen; dann nahm sie noch einen und rieb ihn über ihre Achseln, ihre Knie, ihre Fußrücken und zwischen den Häutchen ihrer Zehen. Es dauerte eine ganze Weile, bis diese Wattebäusche über ihre Haut gewandert waren. Ich beobachtete sie vom Bett aus und fragte mich, wie groß wohl die Oberfläche ihres Körpers war. Und ob meine Mama diese Wattebäusche wohl über eine Fläche verteilte, die so groß wie der Raum war. So weit wie die Felder. So lang wie die Landkarte, die an der Tafel im Klassenzimmer hing.

Als sie endlich fertig war, quoll der Mülleimer vor lauter dreckiger Watte über, und meine Mama zog sich einen weißen Schlafanzug an und schlüpfte unter die Decke. Ich wartete wach im Bett auf sie, auch wenn ich die Augen geschlossen hielt. Ich wollte, dass sie mir etwas über ihren Tag erzählte, aber heute verstehe ich, warum sie nicht sprach. Was sollte sie mir schon erzählen. Vom einen auf den anderen Moment schlief sie ein. Meine ganze Mama schlief, außer ihre Hände. Ihre Finger blieben die ganze Nacht lang wach. Sie schüttelten sich in kurzen Zuckungen, vibrierten, klopften, ganz so, als ob sie nicht mehr wüssten, wie sie je zu arbeiten aufhören sollten.

Da ist diese Ungeduld ... kennt ihr das? Juckt es euch auch in den Fingern? Tut euch vom vielen Sitzen schon der Hintern weh? Kaut ihr auf euren Nägeln, während ihr darauf wartet, endlich die Todesursache zu erfahren? Das ist eine lange Geschichte, meine Freunde, darauf werdet ihr schon von selbst gekommen sein. Sie ist älter als ich, älter als ihr, älter als meine Mutter und deren eigene Mutter. Sie erwächst aus einer uralten Erschöpfung und aus einigen allzu vorlauten Fragen. Oder hat man euch mal gefragt, ob ihr Zuneigung für eure Arbeitgeber empfindet? Ob ihr euren Chef liebt, euren Vorgesetzten, euren Personalleiter? Ich putze ihr Haus, staubte ihre Möbel ab, setzte ihnen zuverlässig jeden Abend eine warme Mahlzeit vor. Das hat nichts mit Zuneigung zu tun.

Jeden Montag wurde das Haus von oben bis unten geputzt. Was sage ich da: wurde geputzt. Ich war es, die das machte, auch wenn »machen« ebenfalls nicht der beste Ausdruck dafür ist. Das Bad machen. Das Bett machen. Als ob ich selbst sie erschaffen würde.

Die Montagsroutine war folgende: die großen Fenster im Wohnzimmer weit aufreißen und mit den Deckenlampen anfangen. Sie sanft mit dem Staubwedel schaukeln und den goldenen Partikelregen beobachten. Es ist wichtig, oben anzufangen, damit der Staub zu Boden segelt. Dann die Kissen ausschütteln, die Beistelltische abstauben, die Blätter des Gummibaums abreiben. Ganz zum Schluss erst: fegen, durchwischen, wachsen und polieren. Und eine Woche später alles wieder von vorne.

Ich rede von den Montagen, bin ich zu weit gegangen? Habe

ich da Widerspruch auf der anderen Seite gehört? Wolltet ihr nur die wichtigen Vorfälle? Die, die unsere Geschichte voranbringen? Ich lege es nicht darauf an, euch zu unterhalten. Ich habe keine Lust, die Dinge zuzuspitzen. Den Anfang macht der Montag, auf dem Couchtisch: Aschenbecher hochheben, den Porzellankrug, das Kunstbuch und die Blumenvase. Jeden Gegenstand mit dem Lappen abwischen und ihn provisorisch auf das Sofa legen. Nichts bleibt dann noch auf dem Glastisch zurück, außer der Botschaft der Dinge. Jede Woche das gleiche Geheimnis auf der durchsichtigen Tischoberfläche: zwei mittelgroße, kugelförmige Abdrücke, ein kleines Quadrat, ein großes Rechteck. Alle sieben Tage murmelte der Staub diese Botschaft. Verborgen unter den Teppichen, hinter den Bilderrahmen, jenes immer gleiche Geheimnis, das ich zu entschlüsseln hatte.

Aber ich bin abgeschweift, genau, wie die Insekten, die an der Windschutzscheibe enden, weil sie zu tief fliegen. Ich glaube euch auf der anderen Seite der Scheibe gehört zu haben. Mit euch rede ich, die ihr euch Notizen macht und am Ende über mich richten werdet. Meine Stimme ist euch unangenehm, oder irre ich mich? Lasst uns darüber sprechen, über meine Stimme. Ihr hattet sie euch anders vorgestellt, nicht wahr? Gefügiger und dankbarer. Erfasst ihr meine Worte? Schneidet ihr meine Abschweifungen mit? Was ist jetzt wieder los? Darf die Hausangestellte auch das Wort »Abschweifung« nicht benutzen? Würdet ihr mir die Liste mit euren und meinen Wörtern reichen?

Wenn ich einkaufen ging, machte ich mir einen Spaß daraus, Münder zu sortieren: fröhliche, wütende, traurige, neutrale. Hochgezogene Mundwinkel und runtergezogene Mundwinkel. Immer verbergen sie etwas, die Münder, auch wenn niemand auf sie achtet. Worte hinterlassen Spuren auf ihrem Weg und zeichnen Furchen, die nicht mehr verschwinden. Schaut euch doch eure eigenen Münder an, wenn ihr mir nicht glaubt. Die Spuren der urteilenden Worte, der grausamen und unnötigen Sätze. Und jetzt schaut euch mal meinen an: dünne, rosige, vollkommen glatte Lippen. Der Mund von jemandem, der wenig gesprochen hat ... bis jetzt, klar.

Aber zurück zu meiner Stimme: Eine Hausangestellte sollte andere Wörter benutzen, ist es nicht so? Eine hastige, unbeholfene und vernuschelte Stimme haben. Eine fremde Stimme, um sie aus all den anderen heraushören zu können. Um sie zu identifizieren, auch wenn sie keine Schürze trägt.

Einmal sagte das Mädchen »dem seine«. Das war vor Kurzem, kennt ihr die Geschichte? Wenn wir schon beim Thema Wörter sind, erzähle ich euch davon.

Dem seine Gäste haben übernachtet. Das sagte sie beim Abendessen.

Der Señor bekam fast einen Herzinfarkt.

De-ssen, man sagt de-ssen, Julia, wo hast du denn so was her.

Der Señor dachte, das Mädchen hätte den Ausdruck von mir gelernt. Dass die Hausangestellte vor seiner Tochter in ihrer unmöglichen Sprache, in ihrem wirren Dialekt voller unrichtiger Wörter sprach. Nur weil ich mir einmal, ein einziges Mal, etwas geleistet hatte, das er »einen Ausrutscher« nannte.

Ich badete gerade das Mädchen. Das mochte es nie. Es war ein Kampf, ihm die Kleider auszuziehen und es in die Wanne zu kriegen. An jenem Tag allerdings war es mir ohne größere Anstrengung gelungen. Ich hob es hoch, seine Füße berührten das Wasser, und es setzte sich sofort. Es muss drei oder vier gewesen sein. Das Wasser reichte ihm bis zum Bauchnabel.

Lehn dich nach hinten, sagte ich zu ihm. Wir machen uns ein bisschen die Haare nass.

Es rührte sich nicht.

Leg den Kopf zurück, Mädchen, wir müssen uns waschen vor dem Kindergarten.

Der Körper hart, steif. Ich begriff, dass es sich nicht bewegen würde. Ich versuchte, es mit Gewalt nach hinten zu drücken, schaffte es aber nicht.

Ich drehte das kalte Wasser bis zum Anschlag auf und richtete den Duschkopf genau auf sein Gesicht. Es erschrak, schloss die Augen, verschluckte sich, aber es weinte nicht. Tut nicht so entsetzt. Wir verlieren alle mal die Nerven. Das Mädchen saß weiter stumm und nass da, während es in mir brodelte und ich ihm das Haar ausspülte und den Schaum über sein Gesicht fließen sah. Es musste ihm in den Augen brennen, es hätte würgen und Seife schlucken müssen, aber es bewegte sich nicht.

Das Ärmchen hoch, sagte ich.

Wieder nichts.

Du sollst den Arm heben, wiederholte ich.

Nicht die winzigste Bewegung.

Ich packte es fest am Handgelenk und zwang es dazu, den Arm zu heben.

Ich muss gesagt haben: Wir müssen diese klebrigen Griffel waschen oder du hast Drecksgriffel oder zeig mal diese Stinkgriffel her. Ich habe nicht die geringste Erinnerung. Ich weiß nur, dass mich der Señor hörte und von der Tür aus sagte:

Griffel sagt man nicht, Estela. Es heißt Finger. Vorsicht mit solchen Ausrutschern.

Nun gut, das Mädchen, das seinem Vater und seiner Mutter gegenüber am Tisch saß, hatte »dem seine« gesagt, und der Señor rief mich sofort ins Esszimmer.

Estela, sagte er.

Und dann:

Man sagt »dessen«, das korrekte Wort lautet »dessen«.

All das ist wichtig: die Richtung der Mundwinkel, die traurigen oder zufriedenen Münder, die Buchstaben, aus denen ein Wort besteht. Das Wort Wut, zum Beispiel, besteht aus gerade einmal drei Buchstaben. Drei Buchstaben, weiter nichts. Und trotzdem stand meine Brust in Flammen.

Habt ihr mein Alter in euren Akten notiert? Estela García, vierzig Jahre alt, Angestellte in einem Privathaushalt. So habt ihr mich sicher beschrieben und dann hinter meinem Rücken mein verhärmtes Gesicht kommentiert. Das Gesicht einer Frau von sechzig, von hundertzwanzig Millionen Jahren. Die schlaffe Haut am Hals, die ersten grauen Strähnen an den Schläfen, Falten hier und da, die sich in den Lidern ansammelnde Erschöpfung. Aber täuscht euch nicht, das Gesicht sagt nie die Wahrheit. Es trügt, lügt, heuchelt und vertuscht. Seine Spuren sind die Spuren der gängigsten Lügen, des Lächelns aus Höflichkeit, der unzähligen Stunden schlechten Schlafs.

Die Señora brauchte ewig beim Schminken vor dem Spiegel. Sie trug Crème, Make-up, noch mehr Crème und dann Puder auf, das sie blass wirken ließ, wie eine Porzellanpuppe. Das Mädchen beobachtete sie manchmal vom Fußende des Bettes aus und ahmte ihre Gesten nach: gehobene Augenbrauen, geschürzte Lippen, verengte Lider. Als testete es einen nach dem anderen die Gesichtsausdrücke, die es in der Zukunft benutzen würde.

Einmal fragte es seine Mutter, warum sie mir ihre Schminke nicht lieh.

Damit sie weiß aussieht, sagte es.

Rein.

Ich schüttelte unterdessen die Teppiche aus oder legte ihre Schlafanzüge unter die Kopfkissen oder staubte die Nachttische ab.

Gesichter lügen, folgt ihr mir noch? Die Hände aber haben keine Alternative. Die glatten Hände der Señora, die glänzend lackierten Nägel. Nicht eine Schwiele, nicht eine Falte, obwohl sie ein paar Jahre älter war als ich. Die unruhigen Hände des Mädchens, die immer zu seinem Mund wanderten, wo die Zähne ihre Schwielen fanden und daran herumrissen, bis es blutete. Wenn ihr mir nicht glaubt, überprüft es. Vergleicht eure Hände mit meinen, schaut euch die Oberfläche eurer Fingerkuppen an, ob da vielleicht Furchen zwischen den Knöcheln sind, Verbrennungen auf den Handrücken.

An einem Sonntag, ich hatte gerade erst angefangen, beschloss ich, den ganzen Tag zu schlafen. Natürlich war ich erschöpft. Am Abend vorher schaltete ich den Wecker aus und schwor mir, mich auszuruhen. Zu schlafen, bis mein Körper es nicht mehr aushielte vor lauter Erholung. Um sechs Uhr morgens öffnete ich die Augen. Um sieben war ich angezogen. Um acht auf der Straße, ohne zu wissen, wohin. Seltsam ist er, unser Körper: eine Routinemaschine.

An den meisten anderen Sonntagen wiederum zog ich es vor, überhaupt nicht vor die Tür zu gehen. Ich blieb im Hinterzimmer, streckte mich auf dem Bett aus und las Zeitschriften, Bücher, was immer ich auftreiben konnte. Dann wieder rief ich meine Mutter an. Wir redeten stundenlang, und sie erzählte mir von ihrem kaputten Knochen, vom Regen, der den Schmerz wachrief, und der Eule, die ums Haus herumflog und schlechte Nachrichten ankündigte. Ich hörte ihr mit geschlossenen Augen zu, ruhig, stumm, und sah die Bilder zwischen ihrer Seite der Welt und meiner hin- und herflattern.

Sie sprach viel über ihre Kindheit. Daran hatte ich bislang gar nicht gedacht. Vermutlich verdienten meine und ihre Gegenwart keine Aufmerksamkeit, aber in ihrer Kindheit hatte sie immer Ulpo mit Honig und geröstetem Weizenmehl gegessen, die neugeborenen Kälbchen gestreichelt und wilde Pudus beobachtet. Ich weiß nicht, wie viel davon stimmte. Meine Großmutter war früh verwitwet, und meine Mutter musste von Kindesbeinen an arbeiten. Sie wurde mit vierzehn Hausangestellte und blieb es bis zum Ende. Aber in ihrer Erinnerung war sie ein glückliches Kind, aß Maquibeeren vom Wegesrand und erschrak am Abend, wenn sie ihre schwarzgefärbte Zunge im Spiegel sah. Alle beide lachten wir über ihre Geschichten, und unser Lachen war echt. Ebenso echt fühlte sich das weite Land an, das sich um mich herum ausbreitete, wenn sie erzählte. Fast konnte ich das Quieken der Schweine hören, das Gackern der Hühner, die Flügelschläge der Kormorane, das Geräusch der Bremsen, die gegen die Fensterscheiben prallten. In der Ferne: Delfine, die aus dem Wasser sprangen, und die langsamen, stetigen Wellen, die das gleiche Rauschen erzeugten wie der Wind im Blätterwerk der Bäume. Mir kam es vor, als könnte ich sogar hören, wie die Wolken sich aneinander rieben, als könnte ich die Kartoffeln und Tortillas über der Glut der Feuerstelle riechen.

Ich weiß nicht, warum ich sie damals, nur dieses eine Mal, unterbrach und nach meinem Vater fragte. Jahre vorher, als ich noch ein Kind war, hatte ich diese Frage schon einmal gestellt. Wie hast du geschlafen. Hast du gut geschlafen. Eine Frage ohne Bedeutung. Ich glaube, sie hatte sie nicht erwartet. Sie schwieg eine ganze Weile und sagte dann:

Rotzlöffel, sag mir, ob es dir je an irgendwas gemangelt hat.

Ich fragte nie wieder.

Als Kind auf der Insel war ich den ganzen Tag allein. Ach nein, streicht das. Da waren Kühe, Enten, Hunde, Schafe. Das kann man schließlich nicht Einsamkeit nennen. Manchmal las ich den ganzen Nachmittag über. Alte, schwere Bücher, die meine Mutter von der Arbeit mitbrachte, wenn ihre Chefin sie verschenken wollte. Außerdem hatte die Nachbarin zwei Söhne in meinem Alter. Jaime und sein Zwillingsbruder, den alle ebenfalls Jaime nannten. So irrt sich keiner, sagte meine Mutter lachend. Sie arbeiteten auf der Fähre, die zwei Jaimes, seit sie dreizehn waren; Tag und Nacht, Nacht und Tag auf der Strecke zwischen Pargua und Chacao. Im Sommer schlitzten wir die Reifen der Autos aus Santiago auf oder warfen ihnen Enteneier auf die Windschutzscheibe. Manchmal brachen die Jaimes auch ein paar Spatzen das Genick oder bissen sich gegenseitig in den Hals, wenn sie das Vampir-Spiel spielten. Von den Bissen gingen wir bald zu den Küssen über. Ich küsste den einen Jaime, dann den andern Jaime, und die Jaimes küssten sich untereinander, wie wenn man einen Spiegel küsst. Unterdessen wuchsen wir heran, so wie das Mädchen heranwuchs. Und meine Mutter arbeitete weiter in der alten Villa in Ancud, vom Morgen- bis zum Abendgrauen, wie sie zu sagen pflegte, obwohl es erst hell wurde, wenn wir schon unterwegs waren.

Wir gingen frühmorgens gemeinsam aus dem Haus, um Punkt sechs, sie zur Arbeit und ich zur Schule. Ehe wir uns trennten, fragte sie: »Hast du deine Mütze, Lita?« So verabschiedete sich meine Mutter immer, bevor sie das Sammeltaxi nahm. Manchmal hatte ich meine Mütze an, und trotzdem sagte sie: »Vergiss deine Mütze nicht, mein kleines Fohlen, am Nachmittag kommt der eisige Wind, und deine Ohren werden frieren.« Meiner Mutter zufolge fing man sich alle Krankheiten über den Kopf ein, also musste ich diese Mütze tragen und den Ausschlag aushalten, den ich von der Wolle bekam. Manchmal, nur selten, setzte ich sie mir absichtlich nicht auf, damit mich meine Mutter fragte: »Und deine Mütze, Eumelchen?« Dann rannte ich ins Haus und zog mir die Mütze über, und beim Rauslaufen tätschelte mir meine Mutter ein paar Mal den Kopf. Aber wenn sie zu fragen vergaß, wenn sie mich nicht einmal anschaute, bevor sie zur Haltestelle ging, dachte ich voller Angst: Heute ist ein furchtbarer Tag, bestimmt werde ich sterben. Und dann wartete ich, bis sich die Kronen der Steineiben im Tageslicht abzeichneten, während ich zuschaute, wie die Zeilen irgendeines Liedes aus meinem Mund in der Kälte verdunsteten.

Dem Mädchen stiegen nie Nebelschwaden aus dem Mund. Es setzte sich an den Tisch seiner warmen Küche oder seines stets warmen Zimmers oder seines ebenfalls warmen Wohnzimmers und lernte, während vor ihm ein Glas warmer Milch stand. Niemand würde es je fragen, ob es seine Wollmütze trug. Ich liebte diese Frage. Und wie ich diese Frage liebte. Das ist wirklich mal eine wichtige Frage.

Wenn meine Mutter nicht ans Telefon ging, blieb ich ganz still im Bett. Meine Füße lagen nebeneinander auf einer Linie, meine Knie berührten sich fast, mein Rücken lag entspannt da, meine Hände ruhten auf meinen Schenkeln, der Fernseher im Zimmer lief. Ich verharrte in dieser Position die ganzen Stunden über, die in so einen freien Tag hineinpassen. Und so, endlich in Ruhe, sah ich den Programmbeginn, den Morgengottesdienst, die Werbung, die Mittagsnachrichten: Unzufriedenheit, Schulden, Wartelisten in den Spitälern. Auf der anderen Seite der Glastür huschten ebenfalls Silhouetten vorbei: der Señor, die Señora, das Mädchen, wie sie in die Küche kamen und wieder gingen. Draußen flogen die Drosseln vorbei, eine Morgenammer pickte an den Knospen, die Blätter der Zweige wiegten sich im Frühlingswind. Alles vibrierte dort draußen, während sich hier, in meinem Innern, langsam Stille ausbreitete.

So mussten Stunden des Wartens, der absoluten Bewegungslosigkeit verstrichen sein. Bis die Unwirklichkeit sich wie ein Schatten von der Wirklichkeit abhob. Und ich sehen konnte, wie die Luft langsam in meine Brust ein- und ausströmte und die Wände aufgrund eines unmerklichen Bebens Risse bekamen und die Flügel der Geierfalken, weit oben, im Kontakt mit dem Wind erzitterten und der Wind durch die Dielen des Hauses im Süden drängte und der Süden so greifbar wurde wie die Leere, die sich in meinem Körper breitmachte. Aus der Ferne betrachtete ich wieder diese Hände: die von den Verbrennungen fleckigen Handrücken, die schwielige Haut auf den Knöcheln, die entzündeten Gelenke. Zwei Hände, verschränkt auf einem Körper, der langsam und unausweichlich an so viel Wirklichkeit zugrunde gehen würde.

Aber ihr habt mich hier ja nicht eingesperrt, damit ich über meine Hände rede. Darüber, wie mich die Berührung meiner Beine mit meinen eigenen Fingern verstörte. Wie viel Mühe es mich kostete zu verstehen, dass das *meine* Arme waren, dass die Luft durch das Gerüst meiner Knochen ein- und ausströmte. Ich musste lange warten, ehe ich mich aufrichten konnte. Erst als es schon Nacht und niemand mehr in der Küche war und die Dunkelheit die Milchglastür durchdrang, drückte ich mein Kreuz durch, setzte mich auf die Bettkante und stellte meine nackten Füße auf den Fliesenboden. Die Kälte kroch meine Fußsohlen hoch, und ich verstand endlich, dass *ich* diese Kälte verspürte und dass die Wirklichkeit fortbestand, bereit, jeden Moment wieder anzugreifen.

Ich beschwöre euch, nicht zu verzweifeln. So geht es doch meistens im Leben: ein Tropfen, ein Tropfen, ein Tropfen, ein Tropfen, und dann fragen wir uns erstaunt, warum wir ganz nass sind.

Ich habe euch von Beginn an gewarnt, dass diese Geschichte mehrere Anfänge hat: meine Ankunft, meine Mutter, meine Stille, Yany, Geschirr spülen und Hemden bügeln und den Kühlschrank auffüllen. Aber jeder Ausgangspunkt läuft unvermeidlich auf das gleiche Ende zu. Wie die Fäden eines Spinnennetzes treffen sie sich alle in der Mitte.

Am dreiundzwanzigsten Dezember legte ich den Truthahn abends in warmes Wasser ein. Die Señora kaufte jedes Jahr einen Truthahn von sieben oder acht Kilo, obwohl sie nur zu dritt zu Abend aßen. Und da er nicht ins Spülbecken passte, musste ich ihn in der Wanne auftauen. Das Mädchen kam ins Badezimmer, sah ihn und fragte, ob es mit ihm baden könne. Alle lachten wir: der Señor, die Señora, das Mädchen.

Am Morgen des Vierundzwanzigsten nahm ich ihn aus der Wanne. Und während ich ihn mit Pflaumen und honiggetränkten Nüssen und Gewürzen füllte, kam die Señora in die Küche und sagte wie im Vorbeigehen:

Estela, ich habe für dich mitgedeckt.

Manchmal stellte sie so ihre Fragen, verdeckt. Sie wollte wissen, ob ich an Heiligabend mit ihnen essen würde. Jedes Jahr fühlte sie sich verpflichtet, mir diese Frage zu stellen, nur weil ich das eine Mal, als meine Mutter sich das Bein gebrochen hatte, mit den Achseln gezuckt hatte und mir das einen Platz bei ihnen im Esszimmer beschert hatte.

Ich zog einen grauen Rock und eine schwarze Bluse an und legte rosafarbenen Lippenstift auf. All das tat ich, als lastete ein Gewicht auf mir, so als wäre jede Geste mit Anstrengung verbunden, und dabei wiederholte ich für mich, es ist nur ein Abendessen, Estela, tu es für das Bein deiner Mutter.

Als ich das Esszimmer betrat und das Mädchen mich so angezogen und geschminkt sah, zeigte es auf mich und sagte:

Die Nana hat ja Kleider.

Diesmal lachte niemand, alle taten wir so, als hätten wir es nicht gehört.

Der Señor setzte sich ans Kopfende, rechts neben ihm saß das Mädchen, dann kam die Señora und dann ich, in ausreichender Nähe zur Küchentür.

Der Señora sagte:

Estela, du trinkst Wein.

Auch das war eine Frage. Ich trank Wein. Ich tat mir ein Stück Truthahn und Herzoginkartoffeln auf. Mit dem Silberbesteck für die besonderen Anlässe schnitt ich mir einen kleinen Bissen ab, krönte ihn mit einem Pfläumchen und schob mir alles in den Mund. Ich kaute und schluckte, aber ich konnte den Truthahn nicht genießen. Ich versuchte es erneut: Fleisch, Zwiebel, Pflaume, Nuss. Wieder rein in den Mund. Wieder kein Geschmack. Ich schmeckte getrennt voneinander die Butter, den Pfeffer, den Sherry, das Öl, den Honig, das gelatineartige Fett; jede Zutat, die ich benutzt hatte, schien durch einen Abgrund von der anderen getrennt zu sein. Weil die Teile und das Ganze nichts miteinander gemein haben. Weil es nicht irgendein Abendessen war. Es war kein Abend wie jeder andere. Es war die Wirklichkeit, einmal mehr die Wirklichkeit mit ihren Dornen.

Ich war die Einzige, die ihren Teller nicht leer aß. Die anderen standen leer und stumm auf dem Tisch. Ich brauchte lange, wirklich lange, bis ich schaltete ... aber dann räumte ich die Teller endlich ab und servierte den dreien ihren Nachtisch.

Was hat euch die Señora gesagt? Was hat sie euch über mich erzählt? Sicher hat sie unter Eid geschworen, dass ihre Angestellte einen guten Charakter hatte, dass sie pflichtbewusst, bescheiden, dankbar und verschwiegen war, den Anschein einer anständigen Frau machte. Und als ihr sie nach sich selbst gefragt habt, hat sie gesagt: »Mara López, Anwältin«, als ob diese drei Wörter eine exakte Beschreibung wären. Ich werde euch eine Beschreibung liefern, notiert Folgendes:

Sie frühstückte eine halbe Grapefruit und ein Ei im Glas ohne Salz.

Sie trank nach dem Aufstehen einen Kaffee und war um acht schon aus der Tür.

Sie kam um sechs Uhr abends zurück und aß eine Reiswaffel.

Zu Abend aß sie Rucola mit Kernen, Chicorée mit Kernen, Spinat mit Kernen, Sellerie mit Kernen.

Danach aß sie heimlich ein Käsebrot und spülte eine Handvoll Tabletten mit einem Glas Weißwein runter.

Fragt sie mal nach den Tabletten. Ich sah nur Woche für Woche die Schachteln im Müll: Escitalopram, Clonazepam, Zolpidem und, einmal im Monat, ein leerer Blister Antibabypillen. Aber wer kommt schon ohne Tabletten aus. Sogar meiner Mutter haben sie einmal ein paar Pillen verschrieben. Sie war zum Arzt gegangen, weil ihr die Brust wehtat, sie sagte, es fühle sich an, als verliefe da ein Brunnenschacht mitten durch sie hindurch, und dass sie manchmal nachts schlecht Luft bekam. Der Doktor hörte sie ab, sie hustete, und er stellte ihr eine Reihe seltsamer Fragen: ob sie glücklich oder unglücklich war, ob sie Schulden hatte, Druck, ob sie vielleicht gestresst war, ob ihr die Kälte aufs Gemüt schlug. Sie verließ die Praxis mit einem Rezept für Beruhigungstabletten, und der Brunnenschacht wurde nur noch breiter.

Sie war eine anständige Frau, die Señora. Das habe ich euch schon mehrmals gesagt. Sie behandelte mich gut, schrie nie herum und tat alles, was sie tun musste, um sich zu verwirklichen: studieren, einen Abschluss machen, heiraten, eine Tochter bekommen. Und sie arbeitete hart, kein Zweifel. Erschöpft kam sie nach Hause und sagte:

Estela, ich bin tot.

Als sei die Erschöpfung der sicherste Beweis ihres Erfolgs.

Und sie liebte ihre Tochter, selbstverständlich. Sie vergötterte sie wie einen bezaubernden und zerbrechlichen Gegenstand, der kaputtgehen konnte.

Vorsicht mit der Sonne, Julita.

Schmier die Creme auch hinter die Ohren.

Trink Wasser, komm, du kriegst noch einen Sonnenstich.

Als sie begann, das Essen zu verweigern, wusste die Señora nicht, was sie tun sollte. Sie blickte auf den unberührten Teller, zu ihrer Julia, dann wieder auf den Teller. Aber wehe, ich gab ihr ein bisschen Eis oder kaufte ihr mit dem Rückgeld etwas Süßes, die Predigt war mir sicher.

Was habe ich dir gesagt, Estela? Kein Zucker, unter keinen Umständen. Er macht süchtig, wusstest du das? Julia stopft sich mit Süßigkeiten voll und will dann nichts mehr essen.

Manchmal hinderte das Mädchen sie am Arbeiten. Es kroch unter den Schreibtisch, überkreuzte Arme und Beine und war von niemandem mehr herauszubewegen. Die Señora war der Verzweiflung nahe.

Estela, kümmer du dich, sagte sie zu mir in der Küche.

Ich ging zum Schreibtisch, und das Mädchen blickte mich

hasserfüllt an, auch wenn der Hass nicht mir galt. Es wippte vor und zurück, kaute obsessiv auf seinen Nägeln. Bis sie bluteten, sagte ich das bereits? Mehr als einmal bluteten seine Finger, die Nägel waren von einer roten Kruste umgeben, die es verwundert anschaute, als gehörte sie nicht zu ihm.

Ein einziges Mal gelang es mir, es von dort unten herauszulocken. Ich sagte zu ihm:

Mädchen, wenn du rauskommst, flechte ich dir einen Zopf.

Das Mädchen sah mich an und dachte nach.

Ich will, dass ihn mir meine Mama macht, sagte es.

Ich versprach es, und das Kind kam hervor, hin- und hergerissen zwischen Misstrauen und Freude. Ich ging ins Schlafzimmer der Señora und erklärte ihr die Situation. Ich bin nicht sicher, ob in ihrem Blick Wut oder Kummer lag.

Ich weiß nicht, wie man das macht, sagte sie. Mach du's, ich bin beschäftigt.

Das Geheule hörte erst auf, als das Mädchen eingeschlafen war.

Abends nach dem Essen ließ sich die Señora aufs Sofa fallen, um dort ihre unbeantworteten Mails abzuarbeiten, bis spät hing sie am Handy, gab Anweisungen aller Art: Abfindungen, Neueinstellungen, An- und Verkäufe von Grundstücken. Es stimmt, dass sie viel arbeitete. Sie opferte sich auf für diese Arbeit. Dicht säen, Fläche nutzen, wenig wässern, rechtzeitig abholzen. Wusstet ihr, dass man Tannen am Schopf packt und so aus der Erde herauszieht? Das sagte meine Mutter. Es ist nicht ihre Schuld, die armen Tannen, sie werden beim Schopf gepackt, und dann schreien sie, und wie sie schreien, die Tannen. Sie pferchen sie auf der Anbaufläche zusammen, sodass sie keine Luft kriegen und schwach und kraftlos wachsen. Dann werden sie entrindet, in Säure eingelegt, gekocht, zermahlen und entstellt verkauft. Die Flüsse, die sie wässern, sind verflucht, das sagte meine Mutter, aber jetzt habe ich wirklich einen Holzweg genommen. Als ob das Holz noch existierte.

Ich beobachtete sie manchmal beim Essen. Sie tat sich einen Haufen Salatblätter auf und verschlang sie im Stehen in der Küche, den Blick auf den Fernsehbildschirm gerichtet: Studierendenproteste im ganzen Land, brutaler Überfall auf eine Gated Community, Millionen Fische an den Küsten im Süden angespült. Die Überfälle und die Gewalt der Kriminellen bereiteten ihr Sorgen. Ängstlich sagte sie dann:

Mach niemandem auf, Estela, öffne unter keinen Umständen die Tür. Es gibt so viele Raubüberfälle. So viele Brandstiftungen. Überall wird geplündert.

Ich hingegen machte mir Sorgen um meine Mutter, weshalb ich den Blick hob, wenn in den Nachrichten die Küste im Süden vorkam, ob ich sie nicht vielleicht erspähte in ihren Gummistiefeln, mit ihrer neuen Krücke, ihrem Brunnenschacht in der Brust. Wie sie Algen als Beilage zu den Pellkartoffeln sammelte. Währenddessen schob sich die Señora jedes Salatblatt einzeln in den Mund, ohne sich auch nur den Mundwinkel schmutzig zu machen. Tadellos, alles unter Kontrolle. Eines Tages würde sie eine distinguierte alte Dame sein. Kräftig gebaut, in einem Hosenanzug und mit einem einzigen Ring am Ringfinger. Eine gediegene Frau, das ist der passende Ausdruck. Eine gediegene Frau mit einem einsamen Diamanten an der rechten Hand. Ein Stein, den ihre Tochter erben würde, jenes außergewöhnliche Mädchen, das zu einer außergewöhnlichen jungen Frau werden würde, dann zu einer außergewöhnlichen erwachsenen Frau und dann, ganz am Ende, zu meiner Chefin.

Die Kinder suchen sich immer aus, welchem Elternteil sie ähneln wollen. Denkt an euren Vater, an eure Mutter, an die weit zurückliegende Entscheidung, die ihr eines Tages getroffen habt.

Und sosehr sich die Señora auch dagegen wehrte, dieses Mädchen lachte wie sein Vater, es sprach wie sein Vater, es schaute mich sogar an wie sein Vater. Mit seinen sieben Jahren quoll es bereits schier über vor Selbstvertrauen.

Ich erinnere mich an seinen dritten Geburtstag. Sie feierten ihn auf der Terrasse, versammelt um einen Tisch mit einer großen Merengue-Torte in der Mitte. Die Gäste waren der Bruder des Señor, seine Ehefrau und zwei Kollegen der Señora. Andere Kinder waren keine da, versteht ihr? Es waren nur selten andere Kinder zu Besuch in diesem Haus.

Die Señora kam zu mir in die Küche und sagte mir, ich solle auch beim Geburtstagsständchen mitsingen. Ich konnte mich nicht entsinnen, dass Singen in der Jobbeschreibung enthalten gewesen wäre. Ist nur ein Spaß, keine Sorge. Einer dieser Späße, die dabei helfen, die Wahrheit auszusprechen.

Wir stellten uns um das Mädchen herum auf, alle außer dem Señor, der filmte. Er wird euch die Aufnahme zeigen. Auf dem Video sind nicht alle Gäste zu sehen, nur die Torte und das Mädchen. Man hört den Gesang, wir singen. Auch ich singe auf dem Video. Man kann meine Stimme anhand ihres dunkleren Timbres erkennen. An jenem Abend, als sie das Video ein ums andere Mal abspielten, während sie zu Abend aßen, dachte ich: Estela, das ist deine Stimme. Und es kam mir ganz unmöglich vor.

Das Mädchen feierte seinen dritten Geburtstag, sagte ich das bereits? Und mit kaum drei Jahren und vollkommen ernstem Gesicht schweiften seine Augen über jedes unserer Gesichter. Schaut es euch selbst an. Diese Miene eines Mädchens, das plötzlich in seinen Achtzigern zu sein scheint. Ein Mädchen, das nie altern würde, weil sein Gesicht, das seiner Kindheit, schon all seine zukünftigen Gesichter enthielt. Manchmal denke ich, dass es deshalb gestorben ist. Es hatte keine Gesten für die Zukunft mehr übrig. Aber das ist ein absurder Gedanke. Löscht das, bitte.

Als es sieben Jahre alt wurde, fasste sein Vater den Entschluss, ihm das Schwimmen beizubringen. Das ist ein bedeutendes Ereignis. Noch so ein Anfang der Geschichte, der direkt zu ihrem Ende führt. Er ließ den Pool säubern, um sein hübsches Mädchen selbst zu trainieren. Damit es auf keinen Fall ertrinken würde.

Es war noch ziemlich klein und verabscheute Wasser. Ich sagte ja schon, dass es bei jedem Bad wie am Spieß brüllte. Als es gerade auf der Welt war, nahm ich es in meine Arme, prüfte die Temperatur mit meinem Ellbogen und trällerte etwas, um es abzulenken. Zwecklos. Sobald sich seine Füßchen dem Wasser näherten, begann es herzzerreißend zu schreien. Als es größer war, lernte ich zu verhandeln: eine Stunde Zeichentrickfilme, zwei Stunden Videospiele. So schaffte ich es, dass es sich seiner Kleider entledigte, aber sein angstverzerrtes Gesicht entspannte sich erst, wenn es wieder trocken war.

Ich stand gerade in der Küche und bereitete das Mittagessen zu. Wahrscheinlich schnitt ich eine Tomate in Scheiben oder weichte Linsen ein, wer weiß. Draußen hörte ich ein Platschen im Wasser und schaute durch das große Fenster. Der Señor war hineingesprungen und rief dem Mädchen zu, es solle kein Angsthase sein. Die Señora beobachtete die beiden von einem

Liegestuhl aus, angezogen und mit Strohhut auf dem Kopf. Und das Mädchen blickte zwischen ihnen hin und her, ohne recht zu wissen, was es tun sollte.

Es trat an den Beckenrand. Die Sonne hatte die Steinchen am Ufer aufgewärmt, und das Mädchen trippelte auf seinen von der Hitze geröteten Füßen. Es ging weiter bis zur Leiter, hielt sich am Geländer fest und begann, die Stufen hinabzusteigen. Sein Körper verschwand mit jedem Schritt mehr, und es zitterte fürchterlich. Es waren locker dreißig Grad, und das Mädchen zitterte wie Espenlaub. Die Señora schrie von ihrem Stuhl aus. Er solle sie in Ruhe lassen, die Arme, aber der Charakter des Señor ist euch ja bereits vertraut.

Als es bis zur Hüfte im Wasser stand, hob er es mit beiden Armen hoch und nahm es mit sich ins tiefe Wasser. Das Mädchen schrie und schlang die Arme um seinen Hals, dann wurde es plötzlich still. Sie gingen von einer Seite zur anderen durchs Wasser und sprangen und lächelten dabei. Ich beobachtete sie von drinnen, so wie ihr mich beobachtet, ich hatte den Vater und die Tochter genau im Blick, ihre Glückseligkeit, die sie wie eine Glaskugel umschloss.

Nach einer Weile war es dem Señor gelungen, seine Tochter nur noch unter dem Bauch zu halten und sie mit dem Kopf nach unten treiben zu lassen. Es lernte rasch, das Mädchen. Alles lernte es in höchster Eile. Ich sah, dass es an Zutrauen gewann, kräftiger zu strampeln begann, den Kopf immer über Wasser, den Körper auf den ausgestreckten Händen seines Vaters. Der Señor lächelte und schrie:

Weiter, weiter, weiter.

Das Mädchen bewegte sich geschickt, strampelte mit noch mehr Zutrauen. Die Señora richtete sich auf und zog den Hut vom Kopf. Der Señor feuerte es weiter an:

Genau so, genau so.

Mit einem Mal verstummte er. In dem Moment, in dem er das Mädchen losließ und sich einen Schritt von ihm entfernte, schwieg er und blickte zu seiner Frau. Dieser Ausdruck der Selbstzufriedenheit. Wie ich diesen Blick hasste.

Die Señora erschrak und machte noch zwei Schritte in Richtung des Beckens. Selbst ich schrak auf und lief in den Garten hinaus. Das Mädchen ging langsam unter, schlug verzweifelt mit den Armen. Der Señor stand daneben, kaum einen Meter von seiner Tochter entfernt. Die Señora schrie, und ich weiß nicht, ob ich nicht dasselbe tat. Es dauerte nicht allzu lang. Das Mädchen, getrieben von wer weiß welcher Kraft, hob den Kopf aus dem Wasser. Sein Körper hatte verstanden. Es gelangte aus eigener Kraft an den Beckenrand, stützte sich mit den Armen auf, stemmte den Körper nach oben und drehte sich um. Beide, Vater und Tochter, blickten sich für einen Moment triumphierend an.

Am Morgen nach dieser Lektion fegte ich gerade den Flur, als ich das Platschen hörte. Meine Reaktion: Ich rannte in den Garten. Hier habt ihr die Antwort auf euer Misstrauen. Da rannte sie, die Angestellte, voller Verzweiflung, mit nur einem Gedanken im Kopf: Das Mädchen, angestachelt durch die Lektion des vorigen Morgens, war dabei, zu ertrinken. Wasser schluckend, mit blauen Nägeln, erschöpft von seiner zwecklosen Strampelei, halb tot. Ich lief nach draußen und hielt abrupt inne. An der tiefsten Stelle streckte das Mädchen den Kopf aus dem Wasser, beide Hände am Beckenrand. Ihr gegenüber stand draußen der Señor. Aus seinem Mund drang ein einziges Wort:

Tauch.

Der Kopf tauchte unter. Tausende Luftblasen stiegen nach oben, während das schwarze Haar unter Wasser wirbelte. Sekunden später das Auftauchen.

Nochmal, sagte der Señor. Und fügte hinzu:

Ich will, dass du es allein aus dem Wasser schaffst, ohne die Leiter zu benutzen.

Das Mädchen tauchte diesmal noch tiefer unter, und während es an der tiefsten Stelle verschwand, nahm es seine Kraft zusammen und versuchte, aus dem Wasser zu kommen. Es gelang ihm nicht. Es hatte es nicht mit voller Kraft versucht.

Nochmal, sagte er.

Ich weiß nicht, wie oft das Mädchen es versuchte, aber als es schon am Rande seiner Kräfte war, gelang es ihm schließlich, aus dem Wasser zu krabbeln. Es blieb mit dem Kopf auf dem Boden am Beckenrand liegen und schnappte nach Luft. Es hatte Gänsehaut. Der Husten schüttelte seinen Rücken.

Sehr gut, sagte er. Jetzt steh auf.

Das Mädchen stand auf.

Erschreck dich nicht, sagte er.

Ich verstand nicht, was er meinte. Es gab keinen Grund, sich zu erschrecken. Es war ja schon draußen, das Mädchen. In Sicherheit, am Beckenrand.

Bleib ruhig, fügte der Señor hinzu, auch wenn ich glaube, dass er nicht mal dazu kam, das Wort ruhig auszusprechen. Bei der Hälfte des Satzes stieß er es hinein.

Das Mädchen fiel rücklings ins Wasser. Der Aufprall klang hart und hohl. Der Señor rührte sich nicht. So sehr ähnelten sich Vater und Tochter. Wie ein Wassertropfen dem anderen. Er rieb sich die Hände. Das tat er immer, wenn er mit der Señora stritt, wenn das Mädchen sich weigerte zu essen oder ein falsches Wort verwendete. Jetzt rieb er sich die Hände, weil seine Tochter zu lange brauchte. Diesmal war es ihr nicht gelungen, genug Luft zu holen. Der Körper sank bewegungslos immer tiefer, und vom Grund des Beckens aus schien das Mädchen ihm zu antworten, »erschreck dich nicht«, »bleib ruhig«, »ich zähle bis drei«. Es war eine Kraftprobe.

Der Señor kniete sich an den Wasserrand, und ich lief zu ihnen. Der Körper sank weiter in die Tiefe. Er war drauf und dran, hineinzuspringen, um seine Tochter zu retten. Sein hübsches Mädchen. Seinen Wassertropfen. Es war nicht nötig. Das Mädchen brachte seine Arme und Beine in Reih und Glied, ertastete den Boden mit den Zehenspitzen und drückte sich ab. Als es auftauchte, atmete es, kletterte auf den Rand und stellte sich hin. Es hustete, hustete heftig. Seine Augen waren gerötet, aber in seinem Lächeln lag tiefste Zufriedenheit. Es wollte gerade laut loslachen, als es der Señor noch ein letztes Mal hineinstieß.

Ich habe vermutlich zu lange gebraucht, ich habe eure Zeit vergeudet. Ihr wollt, dass ich euch von seinem Tod erzähle, deswegen habt ihr mich doch hier, nehme ich an. Sehr gut, hier bin ich, nehmt das zu Protokoll: Der Tod kann warten. Er ist das Einzige, was im Leben wirklich warten kann. Vorher müsst ihr die Wirklichkeit verstehen, wie sie Woche für Woche breiter wurde; wie sie sich meiner Stunden bemächtigte, sich jeden einzelnen meiner Tage einverleibte, bis ich nicht mehr konnte, bis ich nicht mehr wusste, wie ich dort je wieder herausfinden sollte.

Sie beschlossen, ein Fest zu organisieren; ich meine das letzte Silvester, in dem Jahr, in dem das Mädchen sterben würde. Eine Verkleidungsparty mit Champagner und vollaufgedrehter Musik. Dreißig Gäste, sagte der Señor. Zweiunddreißig, wenn man sie mitzählte. Dreiunddreißig mit dem Mädchen. Ich vermute, ich war die Nummer vierunddreißig.

Die Señora kam eine Woche vor der Party an die Milchglastür, und ohne einzutreten, ohne mich anzuschauen, begann sie, zu addieren und zu subtrahieren. Nur sie besprach Geldangelegenheiten mit mir. Auch wenn besprechen nicht der treffendste Ausdruck ist:

Ich habe dir dein Gehalt überwiesen, Estela.

Hier sind zwanzigtausend für das Gemüse.

Lass das Rückgeld auf dem Nachttisch.

Ich habe dir Weihnachtsgeld für Dezember überwiesen.

Ich sagte ja schon, dass sie gut zu mir waren. Großzügig, transparent. Und sie vertrauten mir.

Dieses Wort benutzt die Señora: Sie brauchten jemand Vertrauenswürdiges. Jemand Loyales. Vorzeigbares. Ein außergewöhnliches Dienstmädchen. Ich hätte in den Süden reisen sollen, aber auch in jenem Jahr tat ich es nicht. Ich nehme an, ich fuhr aus Stolz nicht, um meiner Mutter nicht recht geben zu müssen. Um nicht zugeben zu müssen, dass der Süden die bessere Wahl war. Mit seinem Regen. Seiner Kälte. Seinen geschwätzigen Nachbarn, die aus den Fenstern spähten. Mein stures Fohlen, sagte meine Mutter, als ich ihr eröffnete, dass ich Arbeit in Santiago suchen würde. Und auch damit hatte sie recht.

Ich erinnere mich, dass der Señor just in diesem Moment in die Küche kam, um irgendetwas zu suchen. Er hörte seine Frau sprechen und wollte auch etwas zu Silvester sagen.

Ein Abend wie jeder andere, sagte er, aber du kriegst das Dreifache.

Und dann unter Gelächter:

Das würde selbst ich in Erwägung ziehen.

Selbst er würde es in Erwägung ziehen, als Hausangestellte an Silvester zu arbeiten, das waren seine Worte, und dann ließ er erneut ein leeres Lachen hören.

Die Gäste begannen gegen neun Uhr abends einzutrudeln. Kollegen, Patienten, Leute, die ich nie zuvor gesehen hatte. Sie klingelten und marschierten aufgebrezelt herein, wohlduftend. Kurze Freudenschreie. Fragen, die niemand beantwortete. Das Mädchen war die einzige Person mit schlechter Laune, obwohl ihm das nicht ganz gerecht wird. Es hatte seit Tagen nicht gegessen, kaum geschlafen. Der Lärm störte es, die Leute nervten es, und die Masken machten ihm Angst. Es stimmte, das ging schon eine Weile so. Ich sage »so«, aber werde den treffenden Ausdruck schon noch finden.

Ich schickte es nicht raus, als es in die Küche kam, und ich tadelte es auch nicht, als es ins Hinterzimmer gehen wollte. Nie hatte ich es reingelassen, aber solange es fernsah, ohne zu stören, sollte es mir an jenem Abend recht sein. Es schaute mich verwundert an, als es schließlich im Zimmer war, setzte es sich auf den Bettrand, schaltete den Fernseher ein, und die Stunden vergingen wie immer. Mitternachtsfeiern in Peking, in Moskau, in Paris, Feuerwerk in London und Madrid, verkündeten die Nachrichtensendungen. Ich hörte den Fernseher zwischen dem Klirren der Gläser. Das neue Jahr erreichte die ganze Welt; niemand würde es aufhalten können.

Alle naselang streckte die Señora den Kopf zur Küchentür herein, und als ob sie jedes Mal nur ein einziges Wort mit ihrer zunehmend pampigen Stimme hervorstieße, rief sie:

Lass uns die Kanapees servieren, Estela.

Lass uns den Champagner kaltstellen.

Lass uns die Weingläser spülen.

Lass uns die Teller abräumen.

Das bedeutete, dass ich die Kanapees servieren, den Champagner kaltstellen, die Weingläser spülen und die Teller abräumen musste, ohne sie aufeinanderknallen zu lassen, ohne die geringste Tölpelei.

Die Zeit verstrich. Eine Stunde, eine Woche, ein ganzes Leben. Ich musste die Linsen vorbereiten, damit ihnen das Geld winkte, und die Trauben waschen, die Glück brachten. Im Süden war Silvester ganz anders. Wir gingen mit den Jaimes, mit Sonia und meiner Mutter zum Strand und um Mitternacht schauten wir uns die Raketen an, die von den Boten aus abgefeuert wurden und mit deren Leuchten die Fischer dafür beteten, dass es ein Jahr voller Seehechtschwärme und Seeigel würde, und ohne Fangverbote oder Algenpest. Ich glaube, ich war gerade in Gedanken an den Süden, als mich der Countdown überraschte. Ich warf einen Blick ins Esszimmer. Das Mädchen rannte hinüber und klammerte sich an die Beine seiner Eltern.

Zehn, neun.

Sie schrien im Takt mit dem vollaufgedrehten Radio.

Acht, sieben.

Sie umarmten sich, stellten sich paarweise oder zu dritt zusammen und nahmen sich an den Händen.

Sechs, fünf.

Der Señor, die Señora und das Mädchen gemeinsam, lächelnd.

Drei.

Zwei.

Eins.

Wieder geht ein Jahr zu Ende, dachte ich.

Sie umarmten und küssten sich. Sie wünschten sich Erfolg, Liebe, Geld, Gesundheit. Sie beschworen die Arbeit und den Wohlstand. Sie klopften sich auf Rücken und Wangen. Sie waren bewegt, das konnte ich sehen. Auf der Schwelle der Küchentür beobachtete ich sie, und ohne es zu wollen, ohne es vermeiden zu können, lächelte ich. Ich lächelte, weil wir Menschen so sind. Wir lächeln und gähnen, wenn andere lächeln und gähnen.

Als die Glückwünsche ausgetauscht waren, folgte diese Pause, in der keiner so recht weiß, wie es weitergeht. Weil sich absolut nichts geändert hat. Es war eine weitere Minute angebrochen, eine weitere Stunde, das erbarmungslose Fortschreiten des Lebens. In diesem Moment hob die Señora den Kopf und sah mich. Glücklich kam sie zu mir, legte einen Arm um meine Schultern und reichte mir mit der anderen Hand ein randvolles Glas Champagner.

Meine Estelita, ein frohes neues Jahr, sagte sie und gab mir einen Kuss auf die Wange.

Der Señor folgte ihr nach.

Möge es ein schönes Jahr werden, Estela.

Und dann, einer nach dem andern, alle anderen Gäste.

Estelita, hoffentlich wird es ein fantastisches Jahr.

Mögen all deine Wünsche in Erfüllung gehen.

Vorsicht mit dem Champagner, nicht dass er dir zu Kopf steigt.

Viel Glück und Liebe.

Gesundheit und Geld.

Geld und viel Glück.

Zweiunddreißig Mal sagten sie das. Zweiunddreißig Mal sagte ich nichts. Die Señora wich mir nicht von der Seite. Ohne den Arm von mir zu nehmen, ihrem Publikum zulächelnd, stellte sie mich zur Schau. Und sie lächelte mit einem Lächeln, das nicht den anderen galt, sondern ihr, ihr selbst.

Ich weiß nicht mehr, was danach geschah. Wahrscheinlich kehrten sie zu ihrer Party zurück und ich in die Küche. An was ich mich erinnere, ist, wie ich zurück ins Hinterzimmer ging und feststellte, dass es dort schon zehn nach zwölf im neuen Jahr war.

Die Party muss gegen vier oder fünf Uhr morgens zu Ende gewesen sein. Und als es schon hell wurde, fiel ich, nachdem ich durchgewischt und abgetrocknet, desinfiziert und aufgeräumt hatte, ins Bett. Auf der anderen Seite des Milchglases, draußen vor dem Küchenfenster, ging die Sonne hinter den Dingen auf und zeichnete ihre Umrisse.

Ich schloss die Augen. Ein spitzer und stetig an- und abschwellender Ton pfiff in meinem Ohr. Meine Schläfen pulsierten. Der Kopfschmerz kündigte sich an. Einen Moment lang zweifelte ich. So wie ich am ersten Tag gezweifelt hatte, als ich jenes Haus betreten hatte, immer wieder diese Zweifel. Ich wusste nicht, ob es jene Nacht wirklich gegeben hatte; ob all das wirklich gewesen war. Ich setzte mich auf den Bettrand und stierte ins Licht, das durch das Milchglas drang. Dann hatte ich einen sehr seltsamen Einfall, der jedoch wirklicher war als die Vorstellung, jede einzelne Gabel des Hauses gespült und abgetrocknet zu haben, wirklicher sogar als das Gefühl meiner Finger auf dem Stoff meiner Schürze. Ich hatte den Gedanken, dass ich, also diese Frau, die auf dem Bett saß, nur provisorisch lebte. So dachte ich. Wie in einem Film, der früher oder später zu Ende sein würde. Und vor mir lag, gewaltig und leuchtend, die wahrhaftige Wirklichkeit.

Lasst mich raten, was die Señora euch über das Mädchen erzählt hat. Zart und schüchtern, wunderhübsch, wie sehr sie es liebte. Süß, intelligent, ein Bilderbuchmädchen. Ein bisschen launisch, aber brillant, auf alle Fälle außergewöhnlich.

Mich störte es im Allgemeinen wenig. Meist verbrachte es die Tage in seinem Zimmer, auf dem Teppich hockend, von Dutzenden Spielsachen umzingelt. Manchmal machte es auf mich den Eindruck, es spielte, als wäre das seine Pflicht, als ahnte es die mögliche Enttäuschung seiner Mutter angesichts dieses störrischen und einsamen Mädchens, das es eigentlich war. Warum nur war jemand so Trauriges überhaupt auf dieser Welt, dachte ich. Ich musste seine Ruhe behutsam umkreisen, wenn ich es unterbrechen wollte. Und wenn ich es dann tat, hob es den Kopf und schaute mich erstaunt an, so als hätte es vergessen, wer es selbst und wer ich war.

Eines Nachmittags gelang es ihm, früher aus der Schule nach Hause zu kommen. Kennt ihr diese Geschichte? Die Lehrerin rief zu Hause an und sagte, dass sich das Mädchen nicht wohlfühlte und man es sofort nach Hause schicken würde. Es war ein Donnerstag, daran erinnere ich mich gut, weil an dem Tag Nachmittagsprogramm vorgesehen war: Tanzen, Französisch, Karate und was weiß ich noch alles. Es stieg aus dem Schultaxi und presste dabei die Hand auf den Magen, die Ränder seiner Lider waren gerötet, die Augen schwer. Für eine Sekunde glaubte ich, dass es wirklich krank war, also beugte ich mich zu ihm hinunter und legte ihm meine Hand auf die Stirn. Seine Augen waren glasig, aber seine Haut kam mir normal warm und trocken vor. Es wartete, bis wir drinnen waren, und rannte dann los. Es hatte wohl mit einer Mitschülerin gestritten oder sich gelangweilt, wer weiß das schon. Es tat, was auch immer nötig war, um das zu bekommen, was es wollte. Genau wie der Señor, das habe ich euch schon gesagt, und an besagtem Tag feierte es seinen Triumph, indem es schreiend durch das Haus rannte.

Ich ignorierte es, während ich einen Berg weißer Wäsche zu Ende bügelte. Bettlaken, Handtücher, Blusen, Unterhosen. Als es merkte, dass der Korb leer war, überredete es mich, mit ihm in den Garten zu gehen. Es war unruhig an jenem Nachmittag. Es wollte, dass ich ihm die Haare kämmte. Es schlug Purzelbäume. Es kickte einen Ball herum. Es sprang Seil. Die Ungeduld juckte ihm in den Füßen. Schließlich hatte es eine Idee. Ich sollte mich auf den Boden legen, die Augen zumachen und warten.

Auf keinen Fall, sagte ich. Meine Schürze würde dreckig werden, ich hatte keine Zeit für Kindereien. Ich musste den Fisch beizen, den Knoblauch für den Reis anbraten, einen Mantel in Fleckenlösung einweichen, durchputzen und sein Zimmer aufräumen. Aber das Mädchen setzte wie immer seinen Kopf durch:

Komm schon, nur ganz kurz, Nana, ist das zu viel verlangt?

Ich legte mich rücklings auf den Boden, die Augen auf den Himmel über dem Feigenbaum gerichtet. So hatte ich noch nie dagelegen, es war eine ganz neue Perspektive: die Unterseite eines Baumes, den ich ganz genau zu kennen glaubte. Die Äste knirschten unter dem Gewicht der vollen dunklen Früchte, und die Blätter erzitterten unter einem kaum wahrnehmbaren Windhauch. Das Mädchen zog die Schuhe aus, kniete sich neben mich und legte das Kinn auf die Brust. Unmittelbar darauf faltete es die Hände auf der Höhe seines Bauchnabels. Allem Anschein nach spielte es eine Beerdigung nach. Es murmelte

Sätze vor sich hin und wippte vor und zurück. Und hoch oben, über seinem Kopf, wiegten sich im gleichen Takt die Zweige des Feigenbaums. Ich beobachtete es eine ganze Weile lang aus dem Augenwinkel, ohne zu wissen, worin meine Rolle genau bestand, bis es plötzlich seine Augen öffnete und sich aufrichtete, als sei es aufgewacht. Es lächelte mich spöttisch an. Irgendetwas war ihm in den Sinn gekommen.

Ich betrachtete seine spitze Nase, den langen und zarten Hals, die deutlich hervorstechende Linie seines Kiefers. Es war dünner geworden, dachte ich. So viel Zerbrechlichkeit erinnerte mich an den Tod. Seine Augen jedoch waren lebhaft wie eh und je. Ein Paar dunkler und großer Augen, die mich eingehend musterten.

Ich glaube, ich lag mindestens eine Stunde so da. Der Himmel wurde immer schwärzer, und mein Blick schweifte nach oben ab, zwischen den schwarzen Feigen und den schwarzen Blättern und einem ungekannten Gefühl der Ruhe. Dann spürte ich die Hände des Mädchens. Kleine Hände, die aufmerksam über mein Gesicht fuhren. Ich erinnere mich, dass ich mich in jenem Moment fragte, ob es glücklich war. Glücklich auf ernste und erdrückende Art und Weise. Die Hände verharrten am Rande meiner Lippen. Nein, es war nicht glücklich.

Mit ernster Stimme sagte das Mädchen:

Mach den Mund auf, Nana. Und schließ die Augen.

Ich gehorchte, weiß der Teufel, warum. Ich fühlte, wie meine Augen in den Hohlraum hinter meiner Stirn fielen. Und ich öffnete den Mund, als würde mir eine Feige auf die Zunge gelegt werden. In diesem Augenblick machte das Mädchen eine rasche Bewegung, und ich fühlte, wie mein Mund, mein ganzer Mund, sich mit einer großen Handvoll Erde füllte.

Das Mädchen rannte durch den Garten davon und lachte dabei lauthals. Ich stand auf, ging ins Haus zurück und sperrte mich im Bad des Hinterzimmers ein. Mehrmals spülte ich mir den Mund aus, schluckte Erde und Staub. Ich war nicht verärgert, wenn es das ist, was ihr mich fragen wollt. Meine Erschütterung reichte viel tiefer. Ich glaube, ich empfand sogar ein wenig Angst.

Als das Wasser, das aus meinem Mund lief, endlich klar war, zog ich mir eine andere Schürze über, schüttelte die Erde aus meinem Haar und band mir einen neuen Zopf. In dem Moment hörte ich von draußen den Schrei.

Das Mädchen hinkte, traute sich aber nicht, ins Haus zu kommen. Seine Eltern würden gleich nach Hause kommen. Es fürchtete, ich würde es verraten, seinem Vater sagen, dass seine Tochter eine Lügnerin war, dass es vorgespielt hatte, krank zu sein, um früher nach Hause zu kommen. Ich rief es vom Fenster aus und fragte, was passiert war. Es antwortete nicht. Ich ging nach draußen und packte es unter den Achseln, als ob es noch ein kleines Kind wäre. Wie groß es geworden war.

Unter enormer Kraftanstrengung hob ich es hoch, ging mit ihm zurück in die Küche und setzte es auf den Tresen. Es war barfuß, und ich bemerkte, dass sein kleiner Zeh vollkommen verformt war. Es wimmerte und knurrte. Das Wimmern aber war nicht Ausdruck von Schmerz. Das Mädchen war wütend, beinahe rot vor Zorn.

Ich holte etwas Eis und merkte bei genauerem Hinsehen, dass es von einer Biene gestochen worden war und der Stachel noch aus der angespannten und verfärbten Haut hing. Es biss auf die Zähne. Nicht mehr als ein unterdrücktes Heulen entschlüpfte ihm. Ich zog den Stachel mit meinen Fingernägeln heraus, legte ihn auf meine Handfläche und hielt ihn dem Mädchen unter die Nase. Es tobte weiter vor Wut. Ich rieb mit der anderen Hand den Eiswürfel über den Stich, um seinen Schmerz zu betäuben. Dazu pustete ich in regelmäßigen Abständen und sagte dann: »Die Biene ist tot.« So gewann ich seine Aufmerksamkeit zurück. Es schaute mich nun neugierig an, dann wanderte sein Blick zu dem Stachel in meiner Hand. Ich erklärte ihm, dass in dem Moment, in dem dieses schöne und edle Insekt, mit einem Kopf so schwarz wie ein Edelstein und seinem in einen Pelzmantel gehüllten Leib, sein Gift in ihm versenkt hatte, es auch seinen eigenen Körper verletzt hatte. Ein Riss hatte sich in ihm aufgetan und über seinen ganzen Bauch ausgebreitet, und dann war es gestorben, als es seinen Degen in den Zeh gerammt hatte.

Wie die großen, tiefliegenden Augen des Kindes glänzten. Ich zeigte ihm den Stachel und sagte:

Das sind die Überreste, Mädchen. Der Degen und die Überreste.

Ich erklärte ihm, dass der Stich ein Akt der Rache gewesen sei. Die Biene hatte sich gerächt. Sie hatte ihr Leben dafür gelassen.

Das Mädchen schluckte. Es betrachtete den Stachel, und ich wusste genau, was es dachte. Es war wirklich groß geworden, es war schlau und eigenwillig, aber ich hätte nicht gedacht, dass es am Ende so weit gehen würde.

Ich gab ihm einen Kuss auf die Stirn und half ihm, aufzustehen. Es betrachtete seinen Zeh, als verberge sich dort ein Geheimnis. Ich kniete mich dicht vor es hin und sagte zu ihm:

Hör zu, Mädchen. Das hier ist kein Spiel. Es gibt Dinge, die kann man nicht mehr rückgängig machen.

Es lächelte, aber ich wusste, dass es mir nicht mehr zuhörte.

Die Rückenschmerzen begannen noch in der gleichen Nacht. Weil ich das Kind, das keines mehr war, hochgehoben, weil ich nicht an meinen eigenen Körper gedacht hatte. Der Señor trug mir mit seiner Doktorenstimme auf, ein paar Schmerztabletten zu nehmen. Dreimal am Tag, sagte er und stellte sie auf den Küchentisch. Ich nahm eine, zwei, aber der Schmerz pochte weiter, würgte meine Lenden, umklammerte meine Beine.

Als sie zur Arbeit und das Mädchen zur Schule gegangen waren, betrat ich das Schlafzimmer der Señora. In ihrer Nachttischschublade hortete sie allerlei Tabletten: Krampflöser, Escitalex, Ravotril, Zopiclon. Ich nahm von allen ein paar und steckte sie in die Schürzentasche. Einige Stunden lang war alles gut, der Schmerz wurde erträglich, aber am Abend, nachdem ich das Blech mit dem Fleisch in den Ofen geschoben hatte, spürte ich ein Stechen im Nacken, das bis zu den Fußsohlen hinunterzog. Ich nahm zwei willkürlich gewählte Tabletten, eine hellblaue und eine weiße, und steckte sie mir in den Mund.

Während ich das Schneidebrett spülte, sammelten sich einige Sandkörner auf meinen Augenlidern. Ich spritzte mir kaltes Wasser ins Gesicht und wartete, ohne mich abzutrocknen. Ein Wassertropfen fiel ins Waschbecken, der Wind rüttelte sanft an den Blättern des Feigenbaums, das blaue Gas röstete das Fleisch. Der Schmerz war verschwunden. Ich berührte meinen Rücken und fühlte nichts, weder den Schmerz noch meine Hände. Es war wie im Traum. Oder nein, das trifft es nicht. Es war, als wäre man tot, versteht ihr? Das war es also, was die Señora Mara López, Anwältin, sechsundvierzig Jahre alt, jeden Abend tat: sterben.

Ich legte mich aufs Bett und dachte, dass mich nichts mehr von der Welt der Gegenstände trennte: von den Laken, der Lampe, dem feuchten Fleck an der Wand, der sich ausschüttete vor Lachen. Im Süden verschwamm das Zimmer auch, wenn ich nicht schlafen konnte. Die Schwärze kam von draußen durch das Fenster herein, und das Land verschlang das Haus mit uns darin. Die Gleichgültigkeit der Dinge auf dem Land hatte mich immer erleichtert. Dass wir nachts aufhörten zu existieren. Dass die Nacht ohne uns existierte. Und so war es auch mit den Dingen: das Bett, die Tür, der Nachttisch, die Decke. All das gab es lang vor mir. Die Dinge würden mich überleben. Mit diesem Gedanken im Kopf schloss ich die Augen und schlief ein.

Das Warten aufs Abendessen machte das Mädchen verrückt. Ich weiß nicht genau, wann das angefangen hatte. Mit drei oder vier, totale Essensverweigerung. Es begann zu schreien, sein Spielzeug herumzuwerfen, gegen die Wände zu treten. Mit Hunger hatte das nichts zu tun, überhaupt nicht, zu hungern hatte ihm nie etwas ausgemacht. Angeekelt schob es die Hähnchenstücke auf seinem Teller umher, spielte mit den Maiskörnern und pickte mit heiligem Ernst jede Erbse einzeln heraus. Das Warten hingegen machte es verrückt, und an jenem Nachmittag schenkte ich ihm keine Beachtung. Ich sagte nicht, es solle sich beruhigen. Ich schickte es nicht zum Kellerasselnsammeln in den Hof.

Vielleicht kam es deshalb in mein Zimmer, wo ich schlief. Womöglich hatte es wie eine echte Señorita an die Tür geklopft und gesagt:

Nana, da ist Rauch.

Nana, es riecht eklig.

Wer weiß, wie lange es da gestanden haben mag, neben meinem Bett. Ich hörte seine Stimme nicht. Nur der Schmerz holte mich zurück in die Wirklichkeit. Das Mädchen boxte mich mit all seiner Kraft, und ein furchtbares Stechen breitete sich von meinem Hintern bis zu meiner Schulter aus. Mit seiner geballten Faust schlug es hart auf ebenjene Stelle am Rücken unterhalb der Lenden.

Nana.

Nana.

Nana.

Nana.

Ich hätte es ohrfeigen, ihm einen Faustschlag verpassen, es schütteln können, während mir ein heiserer Schrei entfuhr. Ich tat nichts dergleichen, keine Sorge. Ganz vorsichtig drehte ich mich um, um nicht ohnmächtig zu werden, und flüsterte ihm zu, dass wir heute später zu Abend essen würden, dass ich nicht aufstehen könne.

Es starrte mich wütend an und schlug mich noch fester.

Ich sagte zu ihm, dass es warten musste, weil mir der Schmerz in die Lenden stach.

Nichts, nur weitere Schläge.

Ich erklärte ihm, dass es furchtbare Schmerzen waren, wie als die Biene es in den Fuß gestochen hatte.

Das Mädchen reagierte nicht. Schließlich bekam ich seine Hand zu fassen, drückte sie fest und sagte:

Drecksgöre, Teufelsbraten, mach, dass du rauskommst.

Ich mochte es nicht, einem verzogenen Kind auch noch Erklärungen geben zu müssen.

Noch benommen von der Tablette, zwischen den Dingen und mir selbst taumelnd, ging ich in die Küche. Alles war voller Rauch. Es roch nach versengtem Fleisch. Ich riss das Blech aus dem Ofen und sah, dass das Essen einem Brocken Kohle glich. Nur ein Stück konnte ich retten, ich schnitt es klein und stellte seinen Teller mit Fleisch und Reis auf den Küchentisch. Das

Mädchen aß an Wochentagen abends für gewöhnlich dort. Seine Eltern aßen später im Esszimmer. Ich aß allein am Ende des Tages, nachdem ich den Abwasch gemacht hatte.

Es lief wie immer der Fernseher. Eine sehr alte Frau deutete mit einem Finger aufs offene Feld. Ihre Tiere waren verendet: Ziegen, Pferde. Sie sagte, das Wasser sei flussaufwärts umgeleitet worden. Alles sei ausgetrocknet. So kann man nicht leben, sagte sie. Das Mädchen saß am Tisch, befeuchtete seine Lippen und trank von seinem Wasser. Das tat es immer vor dem Essen und sagte dann: Ich bin satt, ich habe keinen Hunger, Nana.

Es machte es sich mir gegenüber bequem und stützte dabei die Füße auf den Stuhl und das Gesicht auf die angezogenen Knie. Nur seine Augen lugten dahinter hervor. Hier begannen unsere Verhandlungen.

Zwei Löffel Reis, Kind, du musst essen, damit du groß und stark wirst, du musst essen, damit du denken kannst, du musst essen, damit du überlebst.

Diesmal jedoch rührte es sich nicht. Seine Arme umschlangen die Beine, und seine Finger waren ineinander verschränkt. Ich nahm die Gabel, um es zu füttern, als ob es noch ein kleines Kind wäre, als es plötzlich aufstand. Es schob seinen Teller von sich, sodass er in der Mitte des Tisches landete, und verließ die Küche. Ich hielt es nicht zurück. Wenn es verhungern wollte, sein Problem.

Das Mädchen machte die Tür zu, und ich hörte, wie es einen Stuhl im Esszimmer bewegte. Ich hörte, wie sich sein Körper niederließ und es sich genauso räusperte, wie es seine Mutter vor dem Essen tat. Der Schmerz kam wieder zurück. Er stieg hinauf bis zu meinen Gehörgängen und machte sich dort breit. Dann hörte ich die näselnde Stimme des Mädchens aus dem Esszimmer.

Estela, bring mir mein Essen.

Es war das erste Mal, dass das Mädchen meinen Namen aussprach. Das S ganz langsam und das T wie ein Hammerschlag. Es-te-la. Genau wie mich die Chefin rief, genau wie mich der Chef immer ansprach. Ich weiß nicht, warum es mir so wehtat, meinen Namen aus diesem Mund zu hören. Was hatte ich denn erwartet. Das war nun einmal mein Name.

Ich stand auf, und ein Nerv in meinem Rücken verhärtete sich. Ich konnte mich nicht ganz aufrichten und musste gebückt gehen. Ich nahm seinen Teller und merkte, dass meine Hand zitterte. Ich korrigiere, so war es nicht. Die Details sind essenziell. Mein ganzer Körper zitterte. Das Mädchen saß auf seinem Platz im Esszimmer und wartete mit erhobenem Haupt auf sein Abendessen, kreuzgerade, steif, genau wie die Señora. Ich näherte mich von rechts und stellte ihm seinen Teller hin. Und da aß es. Im Esszimmer seines Hauses. Bedient von jener Frau, die jeden Moment vor Schmerzen sterben würde.

Jetzt machen wir bitte eine Pause. Mir tut schon der Rücken weh von diesem Stuhl. Macht einen Punkt in euren Akten und lasst mich für heute schlafen.

Es gibt Dinge, die kann man nicht lernen. Sie passieren einfach. Atmen. Schlucken. Husten. Sie geschehen, ohne dass wir sie vermeiden könnten.

Um vier Uhr nahm das Mädchen jeden Tag seinen Snack ein. Nicht um halb fünf, nicht um fünf: Um Punkt vier musste ich einen Teller aus dem Schrank holen, ein Messer aus der Schublade, die Butter und die Marmelade aus dem Kühlschrank, und ihm seinen Toast mit einem Glas Milch vorsetzen. Manchmal aß es die Hälfte, dann wieder biss es nur einmal hinein und kaute minutenlang darauf herum, ehe es alles auf den Teller zurückspuckte. Nur die Milch, die trank es. Ein Glas weißer, lauwarmer Milch. Anschließend spülte ich ab, kehrte die Krümel zusammen und räumte die Butter und die Marmelade zurück in den Kühlschrank.

Seine Hausaufgaben machte es gerne gegenüber dem Bügelbrett. Die Lippen zusammengepresst, den Kopf gerade, nie die Ellbogen auf dem Tisch. Das Essen zum Mund, nicht den Mund zum Essen. Ich schaute zu, wie es sein Heft aufschlug, sich eine Strähne aus der Stirn strich und den Rücken durchdrückte. Dann begann das Mädchen zu notieren und zu wiederholen. Es lernte neue Wörter auswendig, den Blick verloren in eine Ecke gerichtet. Und dort, in dieser Ecke der Küche, bügelte die Nana: Schwindel, Schwindel, Schwindel, Schwindel.

Eines Nachmittags, als es mit der Schönschreibübung und den Matheaufgaben fertig war, sagte es zu mir, es wolle bügeln. Ich sagte nein und fuhr weiter über seine Schlafanzughose. Ich war nicht sauer, falls ihr euch das fragt. Das mit der Erde im Mund war passé, auch die Schläge auf meinen Rücken und die

Wutanfälle, man muss das nach Möglichkeit ziehen lassen, das sagte meine Mutter immer, wenn Sonia ihr Geld aus der Börse stahl oder sich der Besitzer des Lebensmittelladens weigerte, anzuschreiben. Das Mädchen begann angesichts meiner Antwort loszuschreien. Bügeln, das also wollte das Mädchen des Hauses.

Ich erklärte ihm, dass das Bügeleisen heiß war und der Dampf auf der Haut brannte.

Du kommst ja kaum ans Brett heran, sagte ich zu ihm und nahm eine Bluse vom Haufen.

Es richtete sich auf und begann, durch die Küche zu rennen. Die Ungeduld juckte ihm wieder einmal in den Füßen. Es tigerte mit weit geöffneten Armen von einer Seite zur anderen und warf herunter, was ihm in die Quere kam: seine Hefte, die Obstschale, den Stapel frisch gebügelter Wäsche.

Bei einer dieser Runden verhedderte sich seine Hand im Kabel des Bügeleisens. Was dann geschah, war merkwürdig. Das Bügeleisen schwankte, und mir schien, als schwankte die Küche mit, wie um den Unfall zu verhindern. Aber es half alles nichts. Die Wirklichkeit mit ihren Stacheln setzte sich durch. Wie in Zeitlupe stürzte das Bügeleisen auf den nackten Arm des Mädchens.

Ich sagte euch eingangs ja schon. Niesen. Blinzeln. Husten. Schlucken. Es gibt Verhaltensweisen, die man nicht lernen kann. Das Bügeleisen kippte in Richtung jenes Arms, aber meine Handfläche schob sich dazwischen. Tsssch. Das Geräusch klang genau wie das Knistern des Knoblauchs in der heißen Pfanne. Danach, Stille. Irgendwann zwischen den Schreien des Mädchens und meiner Verbrennung war ich aufgebrochen. Ich befand mich außerhalb der Wirklichkeit, außerhalb der Küche, und von dort, aus der Ferne, beobachtete ich, wie das Bügeleisen sein Brandmal auf die Handfläche jener Frau setzte.

Die Wunde brauchte mehrere Wochen, bis sie verheilt war. Die Haut ging zuerst von einem tiefen Rot in ein zartes Rosa, dann in ein glattes und weiches Weiß über. Hier ist sie, schaut. Ich würde euch ja anbieten, sie zu berühren, wenn ihr nicht so bequem auf eurer Seite der Wand säßet. Narben sind etwas Eigenartiges. Habt ihr darüber mal nachgedacht? Sie sind mit Sicherheit die weichste Stelle auf unserer Haut. Vielleicht sind wir das, wenn wir zur Welt kommen, das war mir vorher nie in den Sinn gekommen: eine gewaltige Narbe, die jene vorwegnimmt, die noch kommen werden.

Ihr seid wahrscheinlich ziemlich irritiert. Eure Position ist ja auch nicht einfach. Stunden über Stunden Geschichten zuzuhören, die zu keiner Aufklärung führen. Bestimmt sagt ihr hinter meinem Rücken, dass ich versuche, euch abzulenken, mit einer Handvoll irreführender Anekdoten Zeit gewinnen will. Geschichten über den Señor, die Señora, das Mädchen vor seinem Tod. Aber ihr irrt euch. Ich habe weder Zeit zu gewinnen noch zu verlieren. Was ich euch erzählen werde, hat so viel Sinn, wie der Dampf von siedendem Wasser oder die Anziehung der Schwerkraft; so viel Sinn wie Ursachen und ihre unvermeidlichen Folgen eben haben.

Ich erinnere mich nicht genau, ob ich euch schon von dem Feigenbaum im Hinterhof erzählt habe, von seinen gestutzten Zweigen im Herbst und seinen großen Blättern im Sommer. Im August, wenn der Wind mit seinen Zweigen spielte, wehte stets ein süßlicher Duft zu mir herüber, der Geruch der Zukunft jenes Baumes. Und im Februar, wenn die Zweige voll mit schwarzen Früchten waren, vernahm ich mehr als einmal den schweren und warmen Geruch von Fäulnis. Alle Jahreszeiten in einem Baum; ein Baum in allen Jahreszeiten.

Ich war im Hinterzimmer und weder ganz eingeschlafen noch vollkommen wach, als ich ein leichtes Trommeln im Garten hörte. Es regnet, dachte ich. Ich erinnerte mich nicht, wann es das letzte Mal in Santiago geregnet hatte. Endlich regnete es. Der Boden würde die Tropfen aufsaugen, die Flussbetten würden sich füllen, die Zuflüsse würden durch die ausgetrockneten Schluchten der Kordilleren herunterschießen.

Ich erinnere mich, dass ich im Bett blieb und mich von jenem unermüdlichen Geräusch einlullen ließ, in dem Wissen um die Wäsche draußen, die ich aufs Neue würde waschen und am Morgen aufhängen müssen, um nicht meinem Tagespensum hinterherzuhängen. Nichts davon machte mir etwas aus. Ich wollte nicht aufstehen. Das Trommeln wurde stärker. Die Luft schwoll an vor Feuchtigkeit. Der Garten würde voller Schnecken sein. Die Lilien würden blühen. Das Moos würde an den Wurzeln des Pflaumenbaumes sprießen. Ich schloss die Augen und seufzte. Das Geräusch wurde noch stärker. Ich hatte nicht gewusst, dass der Regen ein Trost sein konnte.

Nach einer Weile wurde es hell, und die Sonne brach mit ihrer üblichen Kraft hervor. Ich stand auf und spähte sehnsüchtig aus dem Fenster der Waschküche, um den glänzenden und sauberen Garten, die auf den Blättern perlenden Tropfen zu sehen.

Draußen wehte eine sanfte und trockene Brise über die Wäsche. Die Terrasse war nicht feucht, auch der Rasen war trocken. Es hatte nicht geregnet, und doch hatte ich die Tropfen gehört, hatte mich das Gemurmel des Wassers in den Schlaf gewiegt. Erst da nahm ich den schwarzen Schatten um den Stamm des Feigenbaums wahr.

Wieder dachte ich, dass das vom Regen kommen musste, von der Dunkelheit des Regens, aber dann verstand ich plötzlich. Alle Feigen waren mit einem Mal zu Boden gefallen. Ich verspürte ein Schaudern. Eine dunkle Süße im Mund. Meine Mutter hatte mich davor gewarnt, dass die Erde von innen heraus austrocknete, dass die Zeichen eindeutig waren, die Felder nicht logen. Als ich klein war, regnete und regnete es ohne Unterlass. Regen bringt Segen, sagte meine Mutter immer. Aber der Regen war selten geworden. Das Feuchtgebiet war ausgetrocknet. Einige Bäume waren abgestorben. Die Dürre, hatte sie gesagt, war das einzige Gesprächsthema. Die Dürre kommt, Lita, wir müssen darauf gefasst sein.

Die Stimme der Señora riss mich abrupt aus meinen Gedanken:

Hast du das gesehen, Estela?

Natürlich hatte ich es gesehen. Der Feigenbaum würde bald sterben, weil er sich seiner Zukunft entledigt hatte.

Die Señora trug mir auf, den Boden zu säubern. Andernfalls, sagte sie, trocknet der Zucker auf der Terrasse ein. Und so ging ich mit einem Eimer hinaus, sammelte die aufgeplatzten Feigen ein, schrubbte die geleeartigen Fruchtreste und reinigte alles, aber sicher doch, ich reinigte alles, bis keine Spuren seines Sterbens mehr übrig waren.

Der Baum trug nie wieder Blätter, er hatte die Ursache seines Todes gefunden. Einige Monate später fällten sie ihn, ein paar Männer nahmen einen Sack Brennholz mit, den ebenerdigen Stumpf aber ließen sie stehen. Das Mädchen zählte oft die Ringe des Stammes. Fünfzig. Zweiundfünfzig. Die Zahlen stimmten nie überein, aber was machte das schon. Es ist egal, ob man mit vierzig, siebzig oder mit sieben stirbt. Das Leben hat immer einen Anfang, eine Mitte und ein Ende. Es kann die Dürre sein. Eine Plage. Eine Grippe. Ein Steinschlag. Früher oder später klopft der Tod an jede Tür. Das erste Mal ist eine Warnung, ein Schreck, ein falscher Alarm. Und der Feigenbaum war eine Warnung an diese Familie. Letztlich kommt er drei Mal, wusste meine Mutter: Wenn einer stirbt, Lita, sterben immer noch zwei Weitere.

Ihr wisst, dass es nicht einfach ist, ein Tier zu töten. Töten habe ich gesagt, genau, dieses hässliche Wort. Sicher habt ihr schon mal irgendein Tier aus Furcht oder Notwendigkeit getötet. Eine Fliege zum Beispiel. Eine Fliege, die euch ins Ohr summt, die von einem Ohr zum anderen fliegt und euch in den Wahnsinn treibt in diesem Raum, in dem ihr euch jeden Tag auf die Lauer legt. Oder eine gruselige, potenziell tödliche Spinne. Oder vielleicht eine Biene, eine Bremse, eine Mücke, einen Fisch.

Vor Kurzem töteten die Nachbarskinder eine Katze. Sie trieben sie in die Enge, bewarfen sie mit Steinen und zogen sie am Schwanz durch die Straße. Ich rechte gerade den Vorgarten, als ich sah, wie sie das Tier auf dem Asphalt zurückließen und sich gemeinsam hinter einem gewaltigen blühenden Kapokbaum versteckten. Ich verstand nicht, worauf sie warteten, die Katze war doch schon tot, bis ich hörte, wie sich ein Auto näherte. Es legte eine Vollbremsung hin, wisst ihr. Es versuchte zu stoppen, schaffte es aber nicht, und so überrollten die Räder das Tier.

Es sah aus, als vermischte sich das Blut mit den Blumen. Der Fahrer stieg aus und griff sich mit beiden Händen an den Kopf. Die Kinder, noch immer versteckt, unterdrückten ihr Gelächter, alle bis auf einen, den Kleinsten, der nicht lachte. Er sah das tote Tier auf der Fahrbahn. Sah, wie das Auto den Kadaver zermalmte. Sah den Mann, der sich den Kopf hielt. Sah das Rot der Blumen, des Blutes. In seinem zarten Alter verstand der Junge das Leid. Und ich, die ich die bunten Blätter zu einem Haufen rechte, in der Hoffnung, dass der Wind mich nicht dazu zwingen würde, wieder von vorne anzufangen, dachte: So entsteht eine Erinnerung. Nur dieser Junge würde sich an den Vorfall mit der toten Katze erinnern und für immer wissen, wozu er fähig war. Und das Mädchen wiederum würde den Preis seines Schweigens kennen. Während es im Vorgarten gesessen und so getan hatte, als spielte es mit seinen Puppen, hatte es heimlich die Steinigung, das Jaulen, das Quietschen der Reifen, das Gelächter verfolgt. Es verstand schon jetzt, was der Tod war, dieses Mädchen, auch wenn es euch schwerfällt, das zu glauben.

Mittwochs kam es immer früher aus der Schule nach Hause. Sein Unterricht endete um eins, und um zwei begann der Kampf ums Mittagessen.

Es gibt Kinder, die sterben vor Hunger, sagte ich zu ihm.

Kinder ohne Brot, ohne Mittagessen, man muss schon sehr ungezogen sein.

Wenig später rief die Señora an, um zu fragen, wie viel ihre Tochter gegessen hatte.

Sie war dünn, ausgemergelt, im Risikobereich, sagte der Señor bei seiner Rückkehr von einem Termin beim Kinderarzt. Doch nichts konnte es davon überzeugen, etwas Nahrhaftes zu sich zu nehmen. Milch ja. Manchmal Cerealien, ein paar Trauben, aber auf keinen Fall Brot.

Jeden Mittwoch klingelte es um Punkt drei an der Tür. Ohne Ausnahme, ohne Verspätung bat mich die Nachhilfelehrerin stets um eine Tasse Tee und setzte sich dann gemeinsam mit dem Mädchen an den Esszimmertisch. Es war gerade sechs geworden, als seine Nachhilfestunden begannen. Und mit seinen sechs Jahren setzte es sich kerzengerade hin und machte atemberaubende Fortschritte. Es konnte subtrahieren, addieren, gerade und ungerade Zahlen unterscheiden. Ich hörte es wiederholen: zwei, vier, sechs, acht, zehn. Eins, drei, fünf, sieben. Neptun, Venus, Erde, Mars.

Mit gerade mal drei Jahren hatte es die Aufnahmeprüfung in eine Privatschule absolviert. Kennt ihr diese Geschichte? Monatelang hatten sie darüber diskutiert, welcher wohl der geeignetste Ort für ihre Tochter sei. Am Ende hatten sie sich für eine englische Schule entschieden, mit Musik- und Kunstunterricht, für den Fall, dass das Mädchen Künstlerin werden wollte. Gemeinsam fuhren sie es zur Aufnahmeprüfung; der Vater, die Mutter und in der Mitte das bleiche Mädchen mit seinen zerkauten Fingernägeln. Nach der Hälfte der Zulassungsprüfung kam der Kinderpsychologe aus dem Klassenzimmer und bat darum, mit den Erziehungsberechtigten zu sprechen. Das Mädchen, ihr süßes Mädchen, hatte sich, nachdem es die Würfel zu den Würfeln getan, die Farben aufgesagt und rückwärts gezählt hatte, auf die Kameradin gestürzt, die das Pult mit ihm geteilt hatte. Es hatte sie in den Arm gebissen. Es gab Blut und blaue Flecken. Untröstliches Weinen. Das Mädchen hatte die Lektion seines Vaters allzu gut verstanden: Um Erste zu werden, müssen andere hinter einem zurückbleiben. Der Psychologe empfahl eine Therapie. Eine kleinere Schule, sagte er, aber am Ende stimmte man seiner Aufnahme, dank eines Kontaktes, trotz alledem zu.

Die Nachhilfelehrerin versuchte, es zu Beginn jeder Stunde abzulenken. Sie fragte das Mädchen, ob es nicht vielleicht mit Wasserfarben malen oder erzählen wollte, was es am Wochenende gemacht hatte, ob es Himmel-und-Hölle auf dem Gehweg spielen oder fernsehen wollte. Sie meinte es gut mit ihm. Um es zu bremsen, damit es nicht so einsam auf der Spitze thronte. Das Mädchen aber wollte immer mehr. Nur so würde es eine Medaille gewinnen, die es jeden Abend seinem Vater vorzeigen konnte:

Hör mal, was ich gelernt habe, Papa, schau mal, schau mal: hochbetagt, überdrüssig, Protozoen, Parallelepipedon.

Die Nachhilfelehrerin selbst riet den Eltern, die Stunden auszusetzen. Das ist gar nicht lange her, fragt gern den Señor. Sie rief an und erklärte, dass das Mädchen zu fortgeschritten war. Es brauche keine Nachhilfe. Es wirke gestresst, unglücklich, so viel Druck würde sich negativ auswirken. Widerwillig gaben sie nach.

Einverstanden, sagte der Señor.

Dann machte er eine Pause, überlegte, und ehe er auflegte, sagte er:

Im März machen wir weiter.

Sofort korrigierte er sich.

Besser noch in der letzten Februarwoche, so läuft sie sich schon mal warm für den Schulbeginn.

Am ersten Mittwoch ohne Nachhilfe war das Mädchen anders … zufrieden vielleicht. Es vergaß sogar, sein übliches Theater zu veranstalten, und verschlang ein paar Nudeln mit Gemüse. Pünktlich um drei jedoch wurden wir von der Türklingel aufgeschreckt. Also ich schreckte auf, das Mädchen schaute mich nur angsterfüllt an. Niemand hatte mir etwas von einem Besuch gesagt, es war genau drei Uhr. Die Lehrerin konnte es nicht sein. Ich selbst hatte den Anruf des Señor mit angehört, die Pause der Nachhilfe. Ich sagte dem Mädchen, es solle im Hof warten, und nahm den Hörer der Gegensprechanlage ab.

Hallo, sagte ich.

Am anderen Ende:

Das Klavier.

So war es, ich übertreibe nicht. Die Señora und der Señor hatten kurzerhand ein Klavier gekauft. Es kam mir komisch vor, dass sie mir nicht Bescheid gesagt hatten, also rief ich die Señora an.

Das stimmt schon so, mach ihnen auf, sagte sie.

Zwei der Männer stellten es unter dem versteinerten Blick

des Mädchens auf. Ein dritter, groß und dünn, mit langen Haaren und dicker Brille, ließ länger als eine Stunde seine Finger über die weißen und schwarzen Tasten fliegen. Als er zufrieden war, fragte er, ob es jemand ausprobieren wollte. Er sagte »jemand«, aber das Wort schloss mich nicht mit ein.

Am Donnerstag, während ich die Teppiche saugte und die Jalousien säuberte, klingelte das Telefon. Die Schulkrankenschwester war dran. Sie rief an, um mit dem oder der Erziehungsberechtigten des Mädchens zu sprechen.

Sie sind nicht zu Hause, sagte ich, möchten Sie etwas ausrichten lassen?

Sie antwortete, dass es dringend sei und sie es schon auf den Handys versucht hatte, jemand müsse so schnell wie möglich zur Schule kommen und das Mädchen ins Krankenhaus bringen. »Jemand«, sagte sie, und diesmal war ich gemeint.

Ich zog meine Schürze aus, kämmte mir die Haare, zog eine Hose und ein T-Shirt über und nahm den Bus. Die Schule war über eine halbe Stunde vom Haus entfernt, und als ich ankam, dachte ich erst, ich hätte mich in der Adresse geirrt. Sicherheitsleute standen vor einem vergitterten Eingangstor und einer Einlasskontrolle mit einem gewaltigen Metalldetektor. Dort musste ich meinen Ausweis hinterlegen. Und dort müsste er im Übrigen immer noch sein, falls ihr ihn braucht. Das Geschrei des Mädchens ließ mich ihn beim Rausgehen vergessen. Schon vom Eingang her hörte ich dieses Kreischen und rannte zu ihm hin.

Der Zeigefinger seiner linken Hand war blau, und die Fingerspitze stand in einem vollkommen unmöglichen Winkel ab. Mich überkam ein Schwindelgefühl und eine unerwartete Hitze. Ich fühlte, wie sich mein eigener Finger verkrümmte und mein Mund sich mit einer bitteren Flüssigkeit füllte. Ich glaube, die Krankenschwester merkte, dass ich kurz davor war, ohnmächtig zu werden, und stellte klar, dass es sich nicht um einen schlimmen Bruch handelte. Sie ließ sich lang über die möglichen Ursachen der Verletzung aus. Niemand konnte sich erklären, was vorgefallen war. Es war mitten im Matheunterricht passiert. Das Mädchen saß ganz hinten, allein, als es losschrie.

Ihre lange Erklärung kam mir nutzlos vor; ich brauchte sie nicht. Das Mädchen hatte sich einen Finger gebrochen, und es war kein Unfall gewesen. Es hatte ihn sich selbst gebrochen. Die rechte Hand hatte den Finger der linken Hand zertrümmert.

Es hörte auf zu schreien, kaum dass wir das Krankenzimmer verlassen hatten.

Entweder du bist still, oder ich verrate dich, sagte ich.

So bestätigte sie mir, was passiert war. Wir nahmen den Bus, und ich brachte sie ins Krankenhaus, in ein öffentliches, nicht in die Privatklinik des Doktors, wohl wissend, dass der Señor und die Señora einen Aufstand veranstalten würden. Wie es mir in den Sinn gekommen wäre, mit einem gebrochenen Finger den Bus zu nehmen, ob nicht genau für solche Notfälle Bargeld im Haus war, wie verantwortungslos man eigentlich sein könne, es war beschämend, unverzeihlich.

Nach drei Stunden kam sie endlich dran. Drei Stunden, in denen das Mädchen keinen Ton gesagt hatte, während es seine rechte Hand studierte. Darauf schaute es die ganze Zeit, versteht ihr? Auf die gesunde Hand. Die Hand, die in der Lage war, jeden anderen Teil seines Körpers zu vernichten.

Die Ärztin sagte, dass die Heilung bis zu drei Wochen dauern konnte, und legte ihm einen Gips an, der sein Handgelenk und den blauen Finger fixierte. Ich sah dem Mädchen seine Erleichterung an, und ich gebe zu, ich atmete ebenfalls tief durch. Drei Wochen ohne Klavier. Drei Wochen, in denen es vielleicht glücklich sein konnte.

Die erste Monatshälfte war noch nicht um, als mich der

Señor eines Abends ins Esszimmer rief. Es gab Kartoffelauflauf, und ich dachte, dass es ihnen vielleicht nicht geschmeckt hatte. Manchmal schmeckte ihnen das Essen nicht, und ich musste ein Steak braten, aber das Essen war in Ordnung, was er brauchte, war eine Schere.

Die große aus dem Garten, sagte er und wartete, bis ich zurückkam.

Er wies das Mädchen an, den Arm auf den Tisch zu legen, und schnitt den Gips vom Ellbogen bis zu den Fingern in der Mitte auf. Von der freigelegten Hand ging ein säuerlicher Geruch aus, aber der Finger war heil. Gerade, abgeschwollen.

Bring einen Tupfer mit Alkohol, sagte er.

Der Auftrag galt mir. Die Anweisung für das Mädchen lautete, alle Finger nacheinander zu bewegen. Den Daumen und den kleinen Finger zusammendrücken. Eine Faust machen. Das Mädchen gehorchte. Es war den Tränen nahe.

Gut, sagte der Señor.

Gut, gut, wiederholte er.

Dann sagte er, dass nur die Muskulatur etwas gestärkt werden musste. Sie solle so schnell wie möglich wieder in Form gebracht werden, und dabei wanderte sein Blick in eine Ecke des Zimmers. Das Klavier wäre dafür glücklicherweise das ideale Mittel.

An einem dieser Nachmittage ging ich einkaufen.

Mandeln

Chiasamen

Avocados

Lachs

Ich zahlte, steckte den Beleg ein, und als ich rauskam, stand Yany vor mir. Ich sagte schon, dass ich euch von Yany erzählen würde, auch wenn sie damals noch nicht Yany hieß. Auf ihren Hinterbeinen sitzend, mit dem strubbeligen Schwanz über den Boden wedelnd, wartete sie vor dem Supermarkt. Ich hatte sie schon mehrmals gemeinsam mit dem Jungen von der Tankstelle gesehen, einmal war sie mir sogar bis zur Haustür gefolgt. Sie freute sich, als sie mich sah. Ich musste ausweichen, damit sie nicht an mir hochsprang. Ich fuchtelte mit den Händen, wich ihr aus und machte mich auf den Rückweg, aber sie folgte mir bis zur Tür und zog dann ohne Murren davon.

Einige Tage später sah ich sie am Nachmittag vom Küchenfenster aus. Habe ich euch von diesem Fenster erzählt? Es ist sehr auffällig. Es beginnt auf Höhe der Schultern und reicht bis zur Decke. Von der Straße aus kann man nicht nach drinnen schauen: Warum auch die Angestellte präsentieren, wie sie wäscht, bügelt, versunken auf den Fernsehbildschirm blickt. Von drinnen aber konnte ich den Vorgarten sehen und so das Gartentor überwachen. Und dort stand Yany und schnüffelte an den blühenden Geranien. Sie suchte nach einem Weg hinein, steckte ihren Kopf zwischen die Gitterstäbe. Schließlich wählte sie eine Ecke, die an das Nachbarhaus grenzte, testete, ob sie an dem Tor vorbeipasste, nahm Schwung, und war drin.

Ich war überrascht, wie einfach sie durch das Eisengitter gepasst hatte, aber das Tier war nur Haut und Knochen. Mit gesenktem Kopf streifte sie durch den Vorgarten und schnüffelte alles ab, als suchte sie nach einer Spur meines Geruchs, um sich zu orientieren. Vielleicht lief sie deshalb nicht zur Haustür. Sie presste ihren Körper an die Außenwand des Hauses und umrundete es, bis sie den Weg fand, der den Vorgarten mit der Waschküche verband.

Als sie mich in der Küche sah, wedelte sie glücklich mit dem Schwanz. Es stimmt, dass ich sie nicht aufhielt, darin lag mein Fehler. Meine Mutter sagte mir am gleichen Abend:

Nein, Lita, keine Haustiere, denk gar nicht erst daran.

Ich hörte natürlich nicht auf sie. Ich erinnere mich gut an dieses erste Mal, ihre Anwesenheit hatte etwas Unwirkliches, als ob die Hündin nur an der Tankstelle existieren könnte, zu Füßen des Jungen im Overall, aber doch nicht hier, mir gegenüber. Sie traute sich nicht zu mir in die Küche und setzte sich mitten in die Waschküche.

Entschuldigt die Unterbrechung, aber eine Sache möchte ich klarstellen. Tiere habe ich immer gemocht. Schwalben, Cometocinos, Seelöwen. Truthahngeier, Chucaos, Huiñas. Aber Haustiere, sagte meine Mutter, Haustiere kommen nicht infrage. Sie brauchen Futter und Wasser, müssen gebadet und entlaust werden, und dann die Haare, die Kacke, die Spuren an den Sesseln. Und alles nur, damit man sie liebgewinnt und sie am Ende in deinen eigenen vier Wänden sterben. Oder schlimmer noch, Lita: damit man sie einschläfert, wenn sie alt sind, weil sie überall hinpinkeln, weil sie zu einer Last geworden sind.

Ich betrachtete die Hündin eine ganze Weile lang. Ihr Kopf war zu groß für den Rest des Körpers, ihr Fell lang und hellbraun, hier und da hatte sie ein paar Schorfreste und erdverkrustete Fellbüschel an der fransigen Brust. Vermutlich stimmt es, dass es auf der Welt zwei Arten von Tieren gibt: die, die betteln, und die, die es nicht tun. Das sagte meine Mutter immer. Und diese Streunerin ging nun, ohne um etwas zu bitten, ohne ihrem Hunger oder Durst nachzugeben, den gleichen Weg zurück, bis sie schließlich durch den Spalt verschwand, durch den sie hereingekommen war.

Mehrere Tage lang bekam ich sie nicht zu Gesicht, aber dann kam sie zum Glück wieder. Ich räumte gerade die Tüte mit den Plastiktüten auf, als ich dieses Geräusch hörte. Yany strich mit ihren Rippen an der Hauswand entlang. Wieder kam sie bis zur Tür, die die Waschküche von der Küche trennt, doch diesmal setzte sie sich unter den Türrahmen.

Ich schaute sie eine Weile lang an, ehe ich mich ihr näherte. Warum war sie mir gefolgt? Warum schaute sie mich mit diesen Augen an, was wollte sie mir sagen? Erst nach einer ganzen Zeit sagte ich zu ihr:

Du wirst dich gut benehmen, du Dreckstöle. Mach mir bloß nicht die Küche mit Erde dreckig.

Sie schien mir zuzuhören, oder das glaubte ich zumindest. Sie wiegte ihren Kopf von einer Seite zur anderen, als fragte sie sich, wann dieses Menschenwesen sich endlich trauen würde, ihr näher zu kommen. Schließlich fasste ich Mut. Ich kniete mich auf den Boden ganz nah zu ihr, vielleicht zu nah, und streckte ihr meine Hand hin, damit sie daran schnüffeln konnte. Es war die Geste meiner Mutter, diese kurze Kapitulation. Die Hündin wich zurück.

Dummkopf, sagte ich. Ich schlag dich schon nicht, du misstrauisches Tier.

Yany schien ihre Optionen abzuwägen, nahm ihren Mut zusammen und schnüffelte an meinen Fingern. Schon zutraulicher, fuhr sie mit ihrer rauen Zunge über meine Handfläche. Es kitzelte, und ich zog sie weg.

Ekelhaft, sagte ich, aber unser Pakt war besiegelt.

Neben ihr kniend, untersuchte ich ihr Rückenfell und jeden einzelnen ihrer Ballen. Sie waren fast schwarz und ganz hart durch den Asphalt und die Hitze. Sie hatte eine rosafarbene kahle Stelle hinter dem rechten Ohr, hier und da ein paar Flöhe und eine Zecke, die ich ihr rausdrehte, indem ich mit meinen Fingernägeln eine Pinzette formte. Sie beschwerte sich kein bisschen. Sie ließ sich von meinen Händen anfassen und untersuchen, von ebendiesen Händen. Und als sie verstand, dass das Ritual vorbei war, stand sie fröhlich auf und schüttelte sich wie eine Waschtrommel.

Ich beschloss, ihr Wasser und ein Stück Brot zu geben, aber vorher wollte ich noch die von Milben befallenen kahlen Stellen auf ihrer Haut behandeln. Ich holte etwas Watte von der Señora, nahm ein wenig Wunddesinfektionsmittel aus dem Medikamentenschränkchen und steckte ein Stück Brot in meine Schürzentasche. Ich besprühte ihre Ohren und streichelte sie. Wenn sie Zeit mit mir verbringen würde, war es notwendig, dass sie einige Dinge lernte. Still zu sein und sich davonzumachen, wenn es nottäte. Und, das war am wichtigsten, ihren Hunger im Griff zu haben. Denn der Hunger ist die größte Schwäche.

Sobald ich meine Hand in die Tasche steckte, spannte sich Yanys Körper an.

Ruhig, flüsterte ich, während ich das Brot hervorholte.

Nicht fressen, befahl ich und legte das Stück auf den Boden genau zwischen sie und mich.

Nein, nein, nein, sagte ich zu ihr, während ich langsam rückwärtsging.

Ich drohte ihr mit dem Finger und mit rauer Stimme. Vier, fünf Mal sagte ich, sie solle sich nicht von der Stelle bewegen. Nicht eine Sekunde lang hielt sie durch. Sobald ich weit genug weg war, stürzte sie sich auf das Brot und würgte es runter, ohne auch nur zu kauen.

Mir kam es so vor, als winde sie sich vor Schmerzen. Ich bemerkte, wie sich ihre Rippen unter dem Fell abzeichneten, wie eingefallen und wund ihr Bauch war.

Schling doch nicht so, ermahnte ich sie.

Dumme und ungehorsame Hündin.

Iss langsam, sagte ich zu ihr.

Das Essen muss man genießen.

Keine Ahnung, ob sie mich verstand. Wahrscheinlich nicht. Das Wasser trank sie mit einigen wenigen Zungenschlägen aus, und als weder ein Krümel auf dem Boden noch ein Tropfen in der Schüssel übrig waren, hob sie den Kopf. Ihr Blick war wild. Sie wollte mehr. Sie wollte viel mehr als das, was ich ihr angeboten hatte.

Sie stellte sich auf ihre vier Pfoten und zeigte mir ihre schmutzigen und spitzen Zähne. Dreckstöle. Undankbare. Was dann geschah, war noch viel schlimmer. Sie ließ ein Knurren hören, gefolgt von einem lauten Bellen. Aus, sagte ich. Aus, du Dreckstöle.

Sie bellte wieder. Und wieder. Und gleich noch einmal. Die Nachbarn würden Wind von ihr bekommen. Sie würden die Señora fragen, wie denn das neue Haustier hieße. Noch dazu konnten die beiden jeden Moment nach Hause kommen. Sie musste lernen, still zu sein. Keinen Mucks von sich zu geben.

Nein, sagte ich und hob die Hand. Pssst, wiederholte ich. Die werden dich erwischen. Sei still, wenn du mehr Essen willst.

Aber Yany, die damals noch nicht Yany hieß, sondern Dreckstöle, Sauhund, Eindringling, Pechbote oder wie auch immer sie heißen mochte, diese Yany, meine feine Hündin, knurrte wie von Sinnen.

Meine rechte Hand schloss sich zu einer Faust.

Zum letzten Mal, sagte ich zu ihr, sei still, verdammte Streunerin.

Aber sie war nicht in der Lage, diesen Hunger eines wilden Tieres zu unterdrücken.

Sie sah den Schlag kommen, meine Faust, die sich ihr näherte. Und sie ließ die Augen offen, während sie den Hieb auf ihren Kopf entgegennahm. Ich traf sie mit all meiner Kraft. Mit all meiner Kraft stieß ich sie gegen die Backsteinmauer. Yany ließ ein letztes Bellen hören und wurde endlich still.

Schmerzerfüllt kniete ich mich neben sie. Meine rechte Hand war immer noch zur Faust geballt, aber jetzt zitterten meine Faust, mein Arm, mein ganzer Körper. Sie konnte sich jeden Moment rächen. Ihre Fangzähne in meinen Hals versenken. Ich weiß nicht, was mir durch den Kopf ging, als ich sie schlug. Was ich mir dabei dachte, jedes Mal, wenn ich sie hereinließ und ihr zu fressen gab. Jedes Mal, wenn ich sie streichelte. Ich weiß nur noch, dass ich meine Hand öffnete und auf meinem Handteller vier winzige Blutspuren erblickte. Meine Nägel hatten vier Schnitte hinterlassen, die jetzt bluteten.

Vergib mir, sagte ich und schämte mich vor mir selbst. Ich errötete vor einer Hündin, vor einem Tier, und kniete mich neben sie.

Ohne nachzudenken, streckte ich ihr noch einmal diese Hand hin. Die gleiche, die sie versorgt und gefüttert hatte. Die gleiche, die sie bestraft hatte. Die Hündin senkte ihre Schnauze und leckte meine Hand, ohne zu zögern. Und ich streichelte lange diesen weichen Kopf, dieses süße und entzündete Äuglein.

Sie ließ sich nicht wieder blicken, und ich gebe zu, ich vermisste sie. Ich vermisste die Gesellschaft dieses Tieres und machte mich auf, es zu suchen.

Ich fürchtete, ich könnte sie zerquetscht unter den Reifen eines Lastwagens oder mit einer Tollwutinfektion auffinden, das Maul voller Schaum, die Augen verdreht. Oder als Gefangene der Nachbarskinder, kopfüber aufgehängt, mit Honig einbalsamiert und von Geiern und Falken und anderen schäbigen Wesen zugerichtet. Dieses Bild schnürte mir die Brust zu, und so merkte ich, dass ich sie liebte.

Wann immer ich jemanden liebte, stellte ich mir seinen Tod vor. Als Kind schreckte mich nichts mehr als die Vorstellung vom Tod meiner Mutter, und so malte ich ihn mir jeden Abend aus: Waldbrände, Pistolenkugeln, Autounfälle, Zugunglücke. Ich weiß, dass solche Gedanken zerstörerisch sind, aber ich kann sie nicht vermeiden. So bereite ich mich vor, versteht ihr? So kommt man dem Schmerz zuvor.

Als ich aus dem Supermarkt trat, wo ich Magermilch und die Reiswaffeln der Señora gekauft hatte, sah ich sie an der Tankstelle unter dem Stuhl des immer gleichen Jungen. Ich fühlte, wie mein Körper leicht wurde, und rannte beinahe zu ihr hin, um sie zu begrüßen, doch als sie mich sah, versteckte sie sich und stieß ein heiseres Knurren aus. Der Junge beruhigte sie und kraulte ihr ein Ohr.

Still, Kleine, sagte er.

Sie klopfte mit dem Schwanz auf den Boden, und der Junge lächelte. Seine Augen lächelten mit. Ich erinnere mich daran wie an einen besonderen Fund: Diese kleinen Augen verengten sich zu Schlitzen und lachten beim Blinzeln. Die Hündin sprang mit einem Mal aus ihrem Versteck und schnüffelte an meiner Schürzentasche. Ich hatte einen Knochen gekauft, den ich ihr bei ihrem nächsten Besuch geben wollte, jetzt warf ich ihn ihr, ohne zu zögern, sofort hin, weil meine Mutter wohl recht hat und wir Menschen eben so sind. Ich streichelte ihren Kopf, die weichen, warmen Ohren, ließ sie meine Hand lecken und beschloss dann, nach Hause zu gehen.

Als ich schon im Weggehen war, wollte der Junge wissen, ob die Hündin auch zu mir nach Hause kam, offenbar war sie das Betteln gewohnt, ging von einem Haus zum andern, von einer Küche zur nächsten. Ich nickte, stellte dann aber klar, dass das nicht mein Haus war.

Der Junge lächelte wieder. Sein Zahnfleisch war rosa, wie das von Kindern, wenn sie ihre Milchzähne verlieren. Ich betrachtete seine dicken, trockenen Lippen und bemerkte, dass seine Mundwinkel in keine Richtung zeigten, da war nur eine gerade Linie, die weder Fröhlichkeit noch Traurigkeit verhieß.

Woher kommst du?

Das fragte er mich. Die Hündin schaute ihn an, während er sprach. Sie liebt ihn, dachte ich. Es war ein Blick voller Bewunderung. Er erzählte mir, dass er aus Antofagasta kam und dass er es leid gewesen war, als Tagelöhner im Bergbau zu schuften.

Viel Arbeit und wenig Geld, sagte er, das hält keiner aus.

Yany drehte sich auf den Rücken, während er kleine Wirbel in ihr Fell drehte. Ich erinnere mich, dass er mir jung und alt zugleich vorkam. Das Gesicht jung, die Hände alt; die Stimme jung, die Worte alt, das war es, was ich dachte, oder vielleicht denke ich es auch erst jetzt.

Rauchst du?, fragte er und bot mir eine Zigarette an. Hinter ihm hing ein Rauchverbotsschild. Ich schüttelte den Kopf, und wir schwiegen.

Willst du einen Witz hören?, fragte er dann.

Meine Mutter verabscheute geschwätzige Leute. Jedes Mal wenn wir die Bäckerei mit Tratsch über die Nachbarinnen, die Liebschaften oder die Freundinnen der Jaimes im Gepäck verließen, sank ihre Laune. Die Bäckerin hat wohl ein Radio verschluckt, sagte meine Mutter dann mit gerunzelter Stirn. Der Junge hörte nicht auf zu reden, der Rauch umhüllte seine Worte, aber mich störte das nicht. Yany lag weiter auf dem Rücken und war glücklich, während er sie streichelte. Er erzählte mir den Witz. Ich musste ziemlich lachen. Beide lachten wir, und ich hörte unserem fröhlichen Gelächter nach. Wenn ihr wollt, erzähle ich ihn euch, vielleicht ist der Witz ja von Bedeutung:

Hören Sie mal, Chef, legen wir am Tag der Toten eigentlich eine Pause ein?

Sind Sie vielleicht tot?

Nein!

Na dann, zurück an die Arbeit!

Wir lachten eine ganze Weile lang. Als wir aufhörten, erklärte ich ihm, dass ich gehen müsse, ich kniete mich hin und streichelte die Hündin.

Wir sehen uns, sagte er, und ich ging davon.

Am darauffolgenden Tag klingelte es, und ich schaute aus dem Küchenfenster. Ich erkannte den orangefarbenen Overall, ich sah, wie der Junge davonging und Yany, meine Yany, ihren Körper durch die Gitterstäbe zwängte, einmal mehr um das Haus herumging und ihren Kopf in die Waschküche streckte.

Ich wusste immer, dass das eine schlechte Idee gewesen war, dass diese Geschichte nicht gut ausgehen konnte, aber ich freute mich so, sie zu sehen. Ich bereitete ihr eine Schüssel Milch, eine zweite mit frischem Wasser und steckte ein Stück Brot in meine Schürzentasche.

Als sie versuchte hereinzukommen, sagte ich »nein«, und

sie blieb stehen. Sie kannte diesen Befehl. Als sie das Mittagessen roch, geschmortes Hähnchen mit Reis, verlor sie die Geduld und bellte. Ich sagte wieder »nein« und gab ihr das Stück Brot. Sie verstand, natürlich. Sie durfte nicht bellen, sie durfte nicht ins Haus, aber ab und an durfte sie zur Waschküche kommen und ein Stück Brot abstauben, ein wenig Milch und so viel Wasser, wie sie wollte.

Seit jenem Tag begann sie, mich zu besuchen. Manchmal zweimal pro Woche, manchmal dreimal. Wenn die Señora und der Señor zu Hause waren, verscheuchte ich sie mit übertriebenen Gesten, und sie wich brav und ergeben zurück. Wenn ich aber allein war, erlaubte ich ihr, in die Waschküche zu kommen, und gab ihr etwas zu essen. Nur ganz wenig, damit sie nie von mir abhängig werden würde.

Ich weiß nicht, was diese ganze Zeit über in mir vorging. Wahrscheinlich dachte ich, das Geheimnis bewahren zu können, bis ich eines Tages weggehen und sie mit mir mitnehmen würde. Was dachtet ihr denn? Dass die Hausangestellte nicht davon träumte, abzuhauen? Das wäre doch mal ein strahlendes Ende gewesen: die Angestellte ohne Schürze, wie sie die baumgesäumte Straße entlangrennt und hinter ihr her die Streunerin, die Dreckstöle, mit fliegender Zunge und wehendem Fell.

An jenem Nachmittag wischte ich den Boden. Ich ging mit einem feuchten Lappen über das Holz, und dann wrang ich ihn aus, wrang ihn aus, wrang ihn aus, bis das Wasser klar war. Yany schlief in der Waschküche. Ihre Haut zuckte, um die Fliegen loszuwerden, die sich auf ihrem Rücken niederließen. Das Mädchen war mit Fieber auf seinem Zimmer. Ein Virus, dem Señor zufolge. Es war nicht in der Schule gewesen, und man hatte ihm untersagt, sein Bett zu verlassen. Ich musste ihm heiße Zitrone mit Honig und Gemüsereis bringen und regelmäßig Fieber messen. Vor allem aber sollte es im Bett bleiben, das hatte ihm sein Vater eingeschärft, seine Mutter hatte es wiederholt, und ich war leichtsinnig geworden.

Ich weiß nicht, warum es in die Küche gekommen war, ich erinnere mich nur an seine Reaktion. Die Tür zur Waschküche stand offen, und drüben schlief Yany. Die Augen des Mädchens glänzten, noch mehr als vom Fieber ohnehin schon.

Gehört sie dir?

Das fragte es mich.

Sie gehörte mir nicht, die Yany. Sie gehörte niemandem. Ein Tier wie dieses würde nie irgendjemandem gehören, aber ich antwortete trotzdem mit ja.

Ja, sagte ich.

Und wie heißt sie?

Sie hieß Hündin. Dreckstöle. Sauhund. Manchmal hieß sie auch feiner Hund, kleine Süße, Knallkopf.

Ich schwieg. Ich schaute das Mädchen an, das Tier, wieder das Mädchen. Ich weiß nicht, woher der Name kam. Namen sind immer ein Fehler.

Yany, antwortete ich.

Das Mädchen sagte, dass sie hübsch sei, obwohl die Hündin in Wahrheit eher hässlich war. Dünn, abgemagert, ohne Treuherzigkeit in den Augen. Eine Hündin ohne Charme, aber ich hatte sie liebgewonnen, und jetzt hatte das Mädchen sie entdeckt und würde es seiner Mutter und seinem Vater erzählen, und sie würden erst Yany rauswerfen und dann mich. Ich merkte, dass mir das Atmen schwerfiel. Meine Brust füllte sich mit warmer Luft. Meine Hände kribbelten, die Füße. Nur meine eigene Stimme beruhigte mich. Ich schaute dem Mädchen in die Augen und ging ihm gegenüber in die Hocke.

Das ist ein Geheimnis, sagte ich zu ihm.

Es nickte ernst. Es war schlau, das sagte ich bereits.

Mit hauchdünner Stimme fragte es mich, ob es zu ihr gehen und sie streicheln könne, und ohne meine Antwort abzuwarten, ging es fast auf Zehenspitzen hinüber in die Waschküche, kniete sich neben Yany und fuhr ihr mit der Handfläche zwischen die Ohren. Ich ließ die gesamte Luft aus meinem Körper entweichen und wusste, dass es sie ebenfalls liebte. Dass das Mädchen und ich Yany liebten. Und manchmal ist das alles, was es im Leben braucht.

Das Mädchen tat so, als sei es weiterhin krank, und in jener Woche deckte ich es. Ich informierte die Señora und den Señor, dass es Fieber gehabt, sich zweimal übergeben und weiter keinen Appetit habe, die Arme, und so verbrachten wir fünf Tage zu dritt.

Es war eine der wenigen Wochen, in denen Yany fast jeden Nachmittag auftauchte. Das Mädchen war glücklich. Die Hündin ebenso. Alles würde gut sein, solange das Mädchen unser Geheimnis nicht verriet. Eines Abends wäre es beinahe passiert, als es seine Eltern fragte, ob es vielleicht ein Haustier haben könne, eine große, alte Hündin, mit Kulleraugen und braunem Fell. Die Señora hatte es misstrauisch angeschaut, aber dann hatte das Telefon geklingelt, und sie hatte die Frage vergessen. Wie hatte ich es in jenem Moment gehasst. Nicht nur weil es sich verquatscht hatte, sondern für seine Habgier. Weil es alles für sich allein haben wollte.

Die Zeit verging, ich weiß nicht, wie viel, aber es war nicht genug. Die Freude währt stets kurz, notiert das irgendwo am Rand.

Ich sagte euch ja bereits, dass diese Geschichte mehrere Anfänge hat. Sie begann am Tag meiner Ankunft und an jedem Tag, an dem ich dieses Haus nicht verließ. Aber vielleicht war ihr exakter Anfang weder meine Ankunft noch die Geburt des Mädchens noch der Bienenstich, sondern jener Nachmittag, als Yany mir zum ersten Mal folgte und ich den Fehler machte, sie hereinzulassen.

Ich war in der Waschküche und hängte Bettwäsche auf die Leine. Yany schaute mir vom Boden aus zu, weder ganz wach noch richtig schlafend, als sie plötzlich aufschreckte. Nie hatte ich sie so gesehen. Sie ging zwei Schritte rückwärts, und ihre Nackenhaare stellten sich auf. Da sie schreckhaft war, kümmerte ich mich zunächst nicht weiter darum. Sicher hatte sie eine Schabe oder eine Spinne oder sonst was gesehen, vielleicht hatten Tiere auch Albträume. Ich war spät dran mit allem an jenem Tag. Ich musste die Bettwäsche aufhängen und staubsaugen, ehe das Mädchen von der Schule nach Hause kam. Die Blumen draußen gießen und die Wohnzimmerteppiche ausschütteln und den Müll rausstellen. Yany jedoch hatte die Schnauze in eine Ecke gerichtet und dort an die Wand gepresst, mit bebendem Körper, wie nur wir Tiere und Menschen beben können, erspähte ich sie.

Ratten hatten mir nie Angst gemacht, und diese hier war keine Ausnahme. Sie sah feucht aus, ihr Fell war verfilzt, die Farbe des kahlen Schwanzes schwankte zwischen Rosa und Grau. Nochmal, ich hatte keine Angst, aber der Ekel ließ mich zurückweichen. Die Ratte war aus einer Ritze gekrochen und schlich geräuschlos davon, auf der Suche nach was auch immer.

Ich folgte ihr mit den Augen, ohne mich zu bewegen, aber Yany konnte sich nicht zurückhalten. Sie bellte und bleckte ihre abgenutzten und gelben Fangzähne. Die Ratte hielt inne, als ob sie dadurch unsichtbar werden könnte. Sie befand sich etwas mehr als einen Meter von meinen Füßen entfernt und zitterte ohne Unterlass. Sie hörte auch nicht auf zu zittern, als sie ihren Kopf hob und mir ins Gesicht blickte. Schreibt das bitte mit, auch wenn es keine Bedeutung zu haben scheint. Wir schauten uns an, die Ratte und ich, und erst da überkam mich die Angst. Ein Schrecken, der meine Beine emporstieg und mich vor diesem Tier versteinern ließ. Ich glaube, Yany roch meine Angst, sie bellte laut, und die Ratte verschwand schließlich in einem Schlupfwinkel.

In dieser Nacht hörte ich sie zum ersten Mal. Ich lag auf dem Bett, ohne schlafen zu können, als ich ein Knirschen vernahm. Erst dachte ich, es sei der Wind, aber die Luft stand still. Ich hörte es wieder, deutlicher, und verstand, dass das Geräusch von jenseits der Zimmerdecke kam. Sie waren dort oben, alles andere war ausgeschlossen. Und es konnte sich nicht nur um eine einzige Ratte handeln. Wenn du eine gesehen hast, gibt es mindestens neun weitere, Lita, das sagte meine Mutter immer, und wer wollte daran zweifeln. Hunderte winzige Pfötchen mussten über meinen Kopf hinwegmarschieren. Ein Nest, dachte ich, und ein weiterer Schauder überlief mich vom Nacken bis zur Lende. Ein Versteck voller Dreck und Müll, den sie sorgsam über Wochen hinweg zusammengetragen hatten. Ein Nest voller fetter Ratten mit feuchtem Pelz und irren Augen, so stellte ich sie mir vor, den Blick starr nach oben gerichtet.

Ich war nicht die Einzige, die sie hörte. Als ich mit dem Frühstück ins Schlafzimmer kam, ausgezehrt von einer weiteren schlaflosen Nacht, fragte ich die Señora und den Señor, ob sie vielleicht etwas Ungewöhnliches gehört hatten. Stumm schauten sie sich an und nickten gleichzeitig.

Ekelerregend, sagte der Señor und setzte sich im Bett auf.

Sie hatten sie bereits seit einigen Nächten gehört, wie sie über ihren Köpfen nagten. Die Señora hatte sogar eine aus dem Augenwinkel im Garten erspäht, aber es war nicht mehr als eine Ahnung gewesen, eine entfernte Möglichkeit.

Meine Frage hatte sie in Fleisch und Blut verwandelt. Ohne Zweifel waren sie außer Kontrolle, und die Anzeichen dafür ließen nicht lange auf sich warten: Rattenkacke in der Speisekammer und rund um den Küchenmüll, verdächtige Geräusche in den Schränken, rasende Schatten auf den Gartenmauern. Es mussten Hunderte Ratten sein, die sich über ihren Köpfen fortpflanzten und sich mitten in der Nacht aufmachten, um die Reste des vor sich hin faulenden Mülls zu verschlingen. Die Señora nannte das Schlüsselwort:

Gefährlich.

Das hier waren keine Stadtmäuse.

Das sind verseuchte Ratten mit schlimmen, ansteckenden Krankheiten, sagte sie.

Hanta, rief sie und riss die Augen auf.

Ihr süßes Mädchen infiziert, fiebernd, tot.

Am Abend brachte der Señor eine Pappschachtel mit und stellte sie auf den Küchentisch. Auf einer Seite war ein Totenschädel abgebildet, daneben stand in roten Großbuchstaben: AUSSERHALB DER REICHWEITE VON KINDERN AUFBEWAHREN. Eine detaillierte Beschreibung gab an, wie die Substanz im Nervensystem wirkte, wie lange sie brauchte, um die lebenswichtigen Funktionen der Nager außer Kraft zu setzen, die genaue Todesursache und die verwendete Technologie, um ein Verfaulen der Leichen zu verhindern. Die Kadaver würden austrocknen: ein Potpourri aus toter Ratte. Es würde nicht einmal nötig sein, ihre Reste einzusammeln. Sie würden nur minimal leiden.

Ein schneller Tod, sagte der Señor, als er die Beschreibung zu Ende gelesen hatte, und dann schob er die Schachtel über die Tischfläche bis in meine Hände:

Übernimm du das bitte.

Auch hier handelte es sich nicht um einen Gefallen. Die Angestellte hatte die gelben Handschuhe überzustreifen, das Schutzsiegel aufzubrechen und die Finger in die kleinen blauen Kugeln zu tauchen. Blau, weiß der Geier, warum. Von allen möglichen Farben musste das Gift die Farbe des Himmels, die Farbe des Meeres haben.

Ich antwortete dem Señor, er solle sich keine Sorgen machen, ich würde mich noch am gleichen Abend darum kümmern. Sobald ich allein im Haus war, öffnete ich die Kiste, betätigte den Fußöffner des Mülls und sah zu, wie die Steinchen auf dem Grund des Eimers landeten.

Allein die Vorstellung, die Zugangstür zum Speicher zu öffnen, versetzte mich in Angst und Schrecken. Und meinen Kopf mitten in dieses Nest zu strecken, bereitete mir Albträume. Beinahe konnte ich spüren, wie sie mit ihren Krallen über meine Arme liefen, wie sie mit ihren Pfötchen über meinen Rücken bis runter zu meinen Füßen rannten. Nein, auf keinen Fall. Ich warf die Hälfte des Giftes weg. Der exakte Beweis für meine Lüge.

Am gleichen Abend, während sie im Esszimmer speisten, wollte der Señor wissen, was mit dem Gift passiert war. Mit einem finsteren Glänzen in den Augen fragte er mich, ob ich denn das Nest gesehen hatte. Ich sollte ihm erzählen, wie es war, wie groß und ob die Augen dieser Viecher in der Dunkelheit des Speichers erloschen waren. Das Mädchen schaute sie bestürzt an. Seinen Vater. Seine Mutter. Das Dach seines eigenen Hauses. Es war eine dieser Erzählungen, die nur aus Fragen bestanden.

Waren es viele, Estela?

Hat es dich geekelt?

Hast du sie sterben sehen?

Ab und an nicken, mehr brauchte es nicht.

Das Merkwürdige war, dass ich sie einige Wochen später nicht mehr hörte. Als ob meine Lüge sie getötet hätte oder sie das Gift in der Mülltüte gefressen hätten. Oder vielleicht war das Haus auch gar nicht verseucht gewesen. Vielleicht hatte es sich nur um eine einzige Ratte gehandelt, die jetzt im Schlund irgendeiner Straßenkatze lag. Ich bewahrte die Giftkiste ganz oben in einem der Wandschränke auf und vergaß sie. Auch die Familie vergaß sie. Wir zogen es vor, das Problem zu vergessen.

Von da an ging alles sehr schnell. So schnell, dass ihr beim Zuhören auf den Kanten eurer Stühle sitzen werdet. Mit euch rede ich, meine Freunde und Freundinnen oder wie auch immer ihr von mir angesprochen werden wollt. Malt ein Sternchen zwischen eure Notizen, markiert, was jetzt noch kommt, denn ab jetzt fällt das Kartenhaus in sich zusammen.

Die Dinge trugen sich folgendermaßen zu. Ihr erhaltet das Privileg einer Kurzfassung.

Das Mädchen machte seine Spanisch-Hausaufgaben am Küchentresen. Es fuhr die Groß- und Kleinbuchstaben des Abc nach: A a, B b, C c. Es war aufgebracht. Es konnte doch schon lesen und schreiben. Sein Vater hatte ihm Wörter wie Stethoskop und Penicillin beigebracht. Es hasste Hausaufgaben, und an jenem Nachmittag quengelte es vor lauter Langeweile vor seinen Heften. Das Bügeleisen fuhr unterdessen über seine Baumwollpyjamas, über die Hemden seines Vaters und die Sportshirts seiner Mutter. Yany lag zusammengerollt in der Waschküche.

Nach einer Weile hielt es das Mädchen nicht mehr aus, es klappte das Heft zu und begann, Runden durch die Küche zu drehen. Ich sagte zu ihm, es solle in den Garten spielen gehen, Kellerasseln sammeln, seilspringen, bis es bei zweitausendfünfhundertdreiundzwanzig war. Ich trug ihm auf, seine eigenen Schritte zu zählen, Tiere auf dem Meeresgrund zu malen, so lange wie möglich die Luft anzuhalten. Wenn es doch nur dieses eine Mal auf mich gehört hätte.

Es war ein Dienstag, sagte ich das schon? Dienstags und freitags kam die Müllabfuhr, und es war ratsam, die Säcke vor sechs rauszustellen. Um sieben lief der Gemeinschaftscontainer über, und man musste den Müll der anderen Häuser plattdrücken, um noch etwas hineinzubekommen. Ich hasste es, wenn die Tüten gegen meine Hände drückten. Ihre verdächtige Wärme, die durch kleine Löcher und unsichtbare Risse austretende Flüssigkeit. Man war besser früher dran. Am besten als

Erster. Es muss Viertel nach fünf gewesen sein. Es würde noch genug Platz im Container sein. Ich band die schwarze Tüte mit einem Knoten zu und sagte dem Mädchen, es solle brav sein, ich würde in einer Minute zurück sein.

Ich ging durch das Eingangstor, lief zum Container und stellte zu meiner Überraschung fest, dass er randvoll war. Die anderen waren mir zuvorgekommen. Nicht ein Millimeter Platz war noch übrig. Ich schaute mich um, als handele es sich um einen schlechten Scherz, aber da lagen die schwarzen Tüten, gestapelt bis zum Rand der Tonne.

Ich hatte keine Wahl. Ich bemühte mich, nichts anzufassen, was weich oder auf den ersten Blick nass aussah, suchte eine Ecke aus und drückte mit der Handfläche nach unten. Ich hörte Glas, Blech, seltsame Gegenstände, die zerbarsten, und dann spürte ich, wie eine lauwarme Substanz über meine Handfläche rann. Ich wandte den Blick ab und sah hinüber zur Krone eines Pflaumenbaumes, während ich mit noch mehr Kraft drückte. Die Sonne stand weiter hoch am Himmel und fiel durch die Zweige und die rötlichen Blätter. Unten waren die schwarzen Tüten und dieser schwarze Gestank, der in meine Finger kroch. Mit dem einen Arm noch in der Tonne warf ich die Mülltüte hinein und schloss den Deckel.

Der Gestank ging jetzt von mir selbst aus. Ein Geruch nach Essig und Feuchtigkeit und Eiern und Blut. Ich fühlte mich benommen, blieb stehen und wandte das Gesicht zum Himmel. Die Sonne brannte. Es konnten nur einige Sekunden vergangen sein. Aber wer versteht schon die Tücken der Zeit.

Ich ging zurück ins Haus, in die Küche. Der Kontrast von Sonne und dunklem Inneren blendete mich, und für einen Moment waren alle Dinge von einer glänzenden Aureole umgeben. Erst als ich das Mädchen erblickte, beruhigte sich das Licht. Es kam gerade aus dem Hinterzimmer und bog sich vor Lachen.

Ich korrigiere. Streicht das.

Das Mädchen kam noch nicht heraus. Ich sah es genau in dem Moment, in dem es sich eine meiner Kittelschürzen überzog. Die für den Mittwoch, für den Donnerstag, das machte ja keinen Unterschied. Ich sah, wie seine Ärmchen durch meine Ärmel schlüpften und der karierte Stoff bis über seine Knie fiel. Es blieb einen Moment im Rahmen der Milchglastür stehen, sah mich aber sofort und sagte:

Wer bin ich, wer bin ich?

Ich wusste nicht, was ich sagen sollte. Ich war nicht in der Lage, auch nur ein einziges Wort hervorzubringen. Meine Hand war mit dieser stinkenden Flüssigkeit getränkt, alles roch nach Fäulnis. Das Mädchen hüpfte aus dem Zimmer.

Wer bin ich, wer bin ich?

Rasch wurde ihm das langweilig. Es ging zum Vorratsschrank, öffnete die Tür, nahm ein Kilo Mehl heraus und suchte meinen Blick.

Ich bereite den Teig vor, Mädchen, stör mich nicht, sagte es zu mir. Sei doch mal still, Mädchen. Reiß dich doch mal zusammen. Geh und spring seil bis zweitausendfünfhundert.

Das Mädchen öffnete die Tüte mit dem Mehl und verstreute seinen Inhalt über den Tresen. Ein Großteil landete auf dem Boden, von wo eine weiße Staubwolke bis zu seinen Knien aufstieg. Unmittelbar darauf ging es zur Spüle, füllte ein Glas mit Wasser und schüttete die Hälfte über den Tisch. Eine krümelige Substanz rann an den Tischbeinen herunter. Das Mädchen goss den Rest Wasser hinterher, und zu seinen Füßen bildete sich eine gelbliche Pfütze. Als es sie bemerkte, stellte es sich mitten hinein, bis seine Schuhsohlen vollgesogen waren, und begann dann, in der Küche herumzurennen. Die Fußabdrücke verteilten sich über den ganzen Boden. Klebrig, zäh.

Ihr werdet euch fragen, warum ich ihm keinen Einhalt gebot. Warum ich es nicht schüttelte, anschrie und es mitsamt seinen Kleidern unter die kalte Dusche steckte. Hört mir gut zu: Meine Hand verströmte einen fauligen Geruch, die Zeit war aus den Fugen geraten. Das Mädchen ging zum Tresen zurück und schaffte es, so etwas wie eine Kugel aus Wasser und Mehl zu formen. Es hielt sie in einer Hand und lief auf mich zu. Die Schürze, meine Schürze, war voller gelber Flecken. Meine Hand triefte immer noch von Müllsaft, die Haut war starr vor Dreck. Und dann rieb das Mädchen mit seiner klebrigen Hand über den oberen Teil meiner Schürze: seine schmutzige Hand auf dem Stoff, unter dem mein Herz schlug.

Und jetzt hört mir richtig, richtig gut zu und schreibt auf, was als Nächstes geschah. Was ich fühlte, war sehr eindrücklich. So überwältigend, dass ich Angst bekam. Ich wusste nicht, dass man jemanden auf so eine reine Art und Weise hassen konnte.

Ich hätte zu ihm sagen sollen, dass es aufhören, seine Kleider anziehen und den Boden auf Knien reinigen solle. Dass es jeden Fleck mit seiner Zunge entfernen, jeden eingetrockneten Rest Mehl auf den Fliesen mit seinen Nägeln abkratzen sollte. Ich vermute, es spürte meinen Ärger. Ich konnte sehen, wie seine Brust sich hob und senkte, genau wie der Körper jener Ratte, auf die gleiche, so lebendige und angsterfüllte Weise. Ich sah, wie seine Augen feucht wurden, gleich würde es zu weinen beginnen. Aber ich nehme an, dass seine Angst nicht stark genug war oder dass sein Blick irgendwann, während es mich so gespannt anschaute, an meinen Händen hängengeblieben war. Sie zitterten, wisst ihr? Meine schmutzigen, stinkenden Hände zitterten unkontrolliert. Da wurde dem Mädchen womöglich bewusst, wer es war und wer ich war.

Es schaute mich herausfordernd an, legte sich die Mehlmischung in seinen Händen zurecht, holte aus und warf sie mit voller Kraft gegen die Küchendecke. Das Geräusch ließ uns beide erschrecken. Zuerst ein dumpfer Schlag und dann ein unerwartetes Getrappel auf dem Speicher.

Sie waren zurück. Sie waren nie verschwunden.

Das Mädchen rannte zu mir und umklammerte meine Beine. Ich blieb einfach stehen, wo ich war, verwirrt von der Stille, die folgte. Als ob die Ratten eine falsche Bewegung abwarteten, um herunterzukommen und sich gemeinsam auf uns zu stürzen. Das Mädchen ließ ein zartes, unterdrücktes Weinen hören. Das Gerenne hatte von Neuem begonnen. Hunderte Ratten liefen panisch umher, aufgescheucht durch den Knall, den das Mädchen unter ihren Füßen verursacht hatte.

In diesem Moment hörte ich ein Geräusch, das ich nie vergessen werde. Nachts, sogar hier, verfolgt mich ihr Jaulen. Es kam nicht von den Ratten. Das Winseln kam aus der Waschküche. Ein Schrei voller Schmerz, voller Angst, den meine Yany ausstieß.

Ich schaute zur Tür hinaus und sah sie draußen stehen, die Augen weit aufgerissen. Ich hatte sie an jenem Mittag nicht kommen sehen und dachte, sie sei gut drauf, gesund, ich glaubte wirklich, alles sei in Ordnung. Und während all dessen wollte ich nur eines, mir die Hände waschen, sie einseifen und meine Fingernägel abbürsten. Aber dieser Glanz ... Ach, dieser Glanz in ihren Augen.

Das Mädchen hing immer noch von hinten an meinen Beinen, genau gegenüber der Tür zur Waschküche. Ich weiß nicht, was wir erwarteten, es und ich, aber beide hatten wir die Vorahnung, dass gleich etwas passieren würde. Und dass wir keine Alternative hätten, als das Unvermeidliche geschehen zu lassen, so wie man auf den Sonnenaufgang wartet.

Yany zog die oberen Lefzen zurück und zeigte mir die Zähne.

Aus, sagte ich mit fester Stimme.

Aus. Aus. Aus.

Sie war zahm, die Yany, das sagte ich ja schon. Folgsam, unterwürfig, aber wir alle haben Grenzen. Auch sie. Auch ich. Sogar ihr habt eine Grenze.

Ein Speichelfaden rann auf einer Seite aus ihrem Maul, und ich sah, wie ihr Rücken sich spannte, sich auf eine plötzliche Bewegung vorbereitete. Yany nahm Anlauf, rannte los und stürzte sich auf mich. Ich schaffte es, ihr mit einem Sprung auszuweichen. Oder nein. Nicht ich. Eher mein Körper. Und hinter meinem Körper stand das Kind in meiner Uniform.

Es ist seltsam, wie manche Unglücke geschehen. Die einen sagen, dass alles sehr schnell geht und man nicht zu reagieren vermag. So war es in diesem Fall nicht. Zwischen uns breitete sich eine Ruhe aus, wie im Auge eines Sturms: die Hündin, das Mädchen, die Ratten, der Müll. Yany riss das Maul auf und versenkte ihre Zähne in diese weiße und glatte Wade. Das Mädchen blieb stumm, es reagierte nicht. Erst als die Hündin die Zähne wieder löste, schrie es vor Schmerz auf.

Yany wich erschrocken zurück. Sie ließ ein so trauriges Heulen hören … Als ob sie um Vergebung bitte. Als ob sie mich anflehte, ihr einen so brutalen Akt zu verzeihen. Sie lief in die Waschküche, drückte sich in eine Ecke und zog den Kopf ein. Erst da bemerkte ich das Blut: Yanys hintere Pfote blutete ebenfalls. Eine Ratte hatte sie in den Knöchel gebissen. Die verdammte fette Ratte hatte ihre Zähne in Yanys Fleisch gerammt. Erschrocken von dem Knall an der Decke musste sie, ohne nachzudenken, angegriffen haben. So ist die Angst, vergesst das nicht, sie attackiert, ohne nachzudenken, und die Ratte griff als Erste an, Yany erst danach.

Das Blut verklebte ihren schmutzigen und verfilzten Pelz. Das des Mädchens dagegen rann in zwei dünnen Linien von der Wade hinab zum weißen Spitzensaum seiner Socke. Ich schaute sie beide an. Das Mädchen war bleich. Yany hatte einen wilden Gesichtsausdruck, den ich nie zuvor an ihr gesehen hatte.

Ich zögerte nicht eine Sekunde. Mit einem kurzen und harschen Schrei scheuchte ich sie raus, ein Schrei ohne Liebe.

Raus mit dir, Sauhündin. Mach, dass du hier rauskommst. Zieh Leine.

Das sagte ich, schreibt das auf. Die Wörter sind wichtig. Yany hinkte aus der Waschküche, schlich um das Haus und verschwand. Manchmal denke ich, das war das letzte Mal, dass ich sie sah. Dass die, die danach kam, ein Gespenst von Yany war, das sich verabschieden wollte.

Das Mädchen weinte und schluchzte ohne Unterlass. Die

beiden Fangzähne hatten sich in sein Fleisch gebohrt, und es war nicht zu beruhigen. Ich hob es hoch, setzte es auf einen Stuhl und kniete mich vor es. Ich sagte ihm, es solle sich beruhigen, ich würde Alkohol und Watte holen. Ich konnte es nicht verarzten, wenn es nicht zu weinen aufhörte. Ich wischte die beiden Blutspuren an seinem Bein ab. Ich presste die Watte einige Minuten lang auf die beiden kleinen Löcher. Das Mädchen stöhnte und betrachtete sein Bein mit einer gewissen Befremdung. Als ob es gerade erst gemerkt hätte, dass diese Wunde zu ihm gehörte, dieser Schmerz der seine war und niemand anders ihn je an seiner Stelle würde fühlen können.

Ich desinfizierte seine Haut und flüsterte ihm zu, dass es sehr tapfer war. Dass andere Kinder viel mehr geweint hätten. Aber nicht sie. Sie war ein großes und besonderes Mädchen.

Es gelang mir, es zu beruhigen. Die Wunde hörte auf zu bluten. Es würde nicht genäht werden müssen. Ich machte ein Pflaster aus Watte und Klebeband. Ich sagte zu ihm, es solle aufstehen und ein paar Schritte laufen. Es hinkte nicht, sondern lief mit stolzgeschwellter Brust. Und während es schon etwas ruhiger, fast feierlich umherlief und sich dabei vorstellte, wie es die Geschichte seinen Klassenkameradinnen erzählen würde, wie es den Socken nach unten rollen würde, um seine Wunde wie eine Medaille herzuzeigen, erblickte es den gelben Flecken mitten auf der Decke, das über den Tisch verstreute Mehl, die klebrige Pfütze auf dem Boden, seine dreckigen Fußabdrücke und schließlich die Schürze. Meine Schürze auf seinem Körper und an deren Saum ein Blutfleck. Ein Fleck, den ich in lauwarmes Wasser und Salz würde tunken müssen. Um ihn einzuweichen. Um ihn dann von Hand zu scheuern, damit sich das Blut aus den Fasern löste.

Das Mädchen ging ins Hinterzimmer. Ich sah, wie es die Schürze abstreifte und wieder seine Schuluniform anzog. Sah, wie es den Putzlappen nahm und sich auf den Boden kniete. Ich sah es putzen, so ist es. Es schrubbte über das eingetrocknete Mehl, während sich der Wattebausch auf seinem Bein langsam rot färbte. Es war schon zu spät, das wisst ihr sicher. Das Blut, das einmal seine Bahn verlassen hat, kriegt man nicht wieder hinein. Ebenso wenig, wie sich der Sprung eines Körpers ins Wasser bremsen lässt. Und so war es auch nicht möglich, den Riss wieder zuzuschütten, der sich an jenem Tag aufgetan hatte. Vielleicht war es die Sonne oder der Müll gewesen. Die Ratte oder Yany. Vielleicht war es auch ich selbst. Sicher ist, dass es fürchtete, ich könnte es verraten, und ich fürchtete, es könnte mich verraten, und so versprachen wir uns gegenseitig, nichts zu sagen. Weder das Mädchen noch ich. Doch aus einem Geheimnis entsteht nie etwas Gutes. Schreibt euch das irgendwo an den Rand.

An jenem Abend hinderte mich die Vorahnung am Einschlafen: das von Ratten heimgesuchte Haus, das an Tollwut erkrankte Kind, der aus seinem Mund quellende gelbe Schaum, die unkontrollierbaren Krämpfe seines Körpers, der Fund zweier verdächtiger weißer Punkte auf seiner ansonsten ebenmäßigen weißen Wade.

Zwei Tage lang umsorgte ich sein Bein, als wäre es mein eigenes. Alkohol, Desinfektion, lange Hosen trotz Hitze. Zum Glück entzündete es sich nicht. Seine Eltern entdeckten die Wunden nicht. In Yanys Abwesenheit gingen die Stunden elend langsam dahin. Ich spähte aus dem Fenster, um zu sehen, ob sie plötzlich auftauchte, aber nein, nein.

Eines Morgens ging ich zum Supermarkt, um sie zu suchen. Vorher kam ich an der Tankstelle vorbei und sah, dass der Junge gerade den Fahrer eines Sportwagens bediente. Die Karosserie glänzte makellos in der Sonne, aber der Fahrer beharrte von seinem Sitz aus darauf, der Junge solle einen Fleck auf der Windschutzscheibe beseitigen. »Da, da«, wiederholte er genervt, während er mit seinem Finger auf die Scheibe vor ihm trommelte. Der Junge säuberte sie, zog dann aber plötzlich ein schwarzes Tuch aus der Hosentasche und verteilte das Fett auf der Heckscheibe von einer Seite auf die andere. Der Typ fing an zu wüten.

Arschgeige, Neidhammel, Hungerleider.

Er trat aufs Gas und verschwand.

Der Junge wischte sich die Hände an einem anderen Lappen ab, als er sah, dass ich kam. Er lächelte bei meinem Anblick, und ich freute mich auch.

Und die Hündin, fragte ich ihn.

Daisy?, sagte er.

Nein, nein, nein. Sie hieß nicht Daisy. Sie konnte gar nicht Daisy heißen. Die Namen sind viel zu wichtig.

Die Streunerin, antwortete ich und hatte plötzlich einen trockenen Mund.

Die ist bestimmt irgendwo unterwegs.

Der Junge zuckte mit den Achseln und fragte mich nach meinem Namen.

Estela, antwortete ich.

Ich bereute sofort, ihn nicht angelogen zu haben. Wenn Yany Daisy war, hätte ich auch Gladys, Ana, María, Rosa sein können.

Er hieß Carlos. Charly, setzte er hinzu und zeigte seine kleinen, strahlend weißen Zähne.

Besucht dich Daisy immer noch?

Ich sagte ja, aber dass sie seit ein paar Tagen nicht mehr gekommen war. Er versprach, dass er sie mir bringen würde.

Ich schicke sie zu dir, Estelita, sobald sie auftaucht, bringe ich sie dir. Und er verabschiedete sich und winkte mit dieser Hand, die immer noch schwarz war von dem Fett.

Auf dem Heimweg erschrak ich über ein Bündel neben dem Müllcontainer. Das ist sie, dachte ich und fühlte, wie etwas in meinem Bauch heiß wurde. Aber es war nur eine Tüte, eine große Tüte, die jemand neben den Container gestellt hatte. Ich wusste ja längst, dass ich sie liebte. Es war nicht nötig, ihren Tod vorwegzunehmen, sie überfahren vor mir zu sehen, vergiftet in einer Ecke, gequält von diesen verwöhnten und grausamen Kindern. Diese Vorstellung machte mich fertig. Am wahrscheinlichsten war, dass Yany zu irgendeiner Sackgasse gehinkt war, sich in eine Ecke gerollt hatte und an einer Infektion gestorben war, ohne dass jemand Notiz davon genommen hatte.

Ich ging zurück ins Haus, sperrte mich im Hinterzimmer ein und beschloss, meine Mutter anzurufen. Seit mehreren Tagen ging sie nicht dran und schickte mir nur Nachrichten: Ich bin beschäftigt, ich bin müde, lass uns lieber am Sonntag sprechen. Ich sah einen verpassten Anruf von Sonia, rief aber nicht zurück. Geld, Geld, Geld, immer das Gleiche. Ich wollte lieber meine Mutter und ihre Geschichten hören, die fröhlich statt traurig waren, warm statt kalt, weich statt hart. Sie sollte mir von ihren Mittagen erzählen, wie sie am Strand Muscheln sammeln ging und Krabben, die sich in den Tentakeln der Algen verheddert hatten, oder Schätze, die bei Ebbe am Ufer zum Vorschein kamen. Meine Mutter aber ging nicht ans Telefon. Ich rief sie am gleichen Abend wieder an, und wieder nahm sie nicht ab. Ich wurde nervös, das stimmt, und meine fatalen Ideen kamen zurück. Meine Mutter, die an einem Infarkt starb oder bei einem plötzlichen Erdrutsch. An einem Stromschlag. Ertrunken. Ich wusste nicht, was ich tun sollte.

Als ich mich mehrere Stunden lang von einer Seite der Matratze auf die andere gewälzt hatte, ohne einschlafen zu können, sagte ich mir: Es reicht. Meine Mutter vergaß für gewöhnlich ihr Handy im Bad, verlor es zwischen den Seiten einer Zeitschrift, in der Besteckschublade. Es war normal, dass sie nicht ranging. Sie arbeitete sicher, das musste es sein. Ihre Hände kneteten Teig, zerstampften Kartoffeln, hackten Holz, säuberten Ruß, reparierten ohne Sinn und Zweck diese Ruine von einem Haus.

Und Yany spazierte über irgendeine Plaza im Zentrum, sagte ich mir in der Dunkelheit jener Nacht.

Jemand hat ihr Wasser gegeben, so sieht's aus.

Ein junges Mädchen hat sie gesehen und ihr einen Napf mit frischem Wasser hingestellt.

Und auch ein Stück Brot.

Und ihre Ohren gekrault, genau.
Und ihre komische Wunde an der Hinterpfote desinfiziert.
Und sie gesund gepflegt, geht doch.
So sind wir Menschen, wiederholte ich, bevor ich die Augen zumachte.
So sind wir, so sind wir.
Und wieder ging ein Arbeitstag zu Ende.

Mehrmals schien es mir, als hörte ich Yany. Manchmal vernahm ich die kleinen Seufzer, die sie während der Siesta von sich gab, oder mir war, als schaute mich jemand aus einer Ecke der Waschküche an. Diese Unruhe trieb mich um. Oder nein. Das stimmt nicht ganz. Die Unruhe kam später, wahrscheinlich vermisste ich sie anfangs einfach. Die Hausangestellte hatte eine Straßenhündin liebgewonnen, und ohne ihre Gesellschaft schleppten sich die Tage elend langsam dahin: Fensterscheiben mit Klarreiniger putzen, die braunen Schuhe mit brauner Wichse einreiben, die schwarzen Schuhe mit schwarzer Wichse, den Abfluss des Waschbeckens reinigen, die Mülleimer leeren, frische Tüten hineingeben, sie wieder leeren.

Das Mädchen aß in jenen Tagen ohne Widerrede. Vielleicht fürchtete es, dass ich es wegen der Flecken auf meiner Schürze verraten könnte, wegen der Mehlsauerei auf dem Boden. Wenn ich ihm Hähnchen vorsetzte, aß es das Hähnchen. Wenn ich ihm Lachs machte, aß es den Lachs. Es brauchte weiterhin eine Stunde für sein Essen, kaute jeden Bissen hundertmal, aber am Ende war der Teller blitzblank.

Auch ich hatte als Kind eine Zeit, in der ich nicht aß. Habe ich euch diese Geschichte erzählt? Das war während der wenigen Wochen, die ich es im Mädcheninternat von Ancud ausgehalten hatte. Sie hatten meine Mutter gebeten, dauerhaft in der alten Villa zu arbeiten, und so erklärte sie mir ohne Umschweife:

Keiner kann auf dich aufpassen, für dich kochen, das Internat ist nicht weit von meiner Arbeit.

Eines Sonntagnachmittags setzte sie mich vor der Tür jenes

Gebäudes ab, und am gleichen Abend bekam ich nichts herunter. Am Essen lag es nicht, es gab Linsen, Bohnen, Eintopf, Kichererbsen, aber ein enger Knoten schnürte mir die Kehle zu.

Die Nonnen wussten nicht, was sie mit mir anstellen sollten. Morgens biss ich einmal in mein Butterbrot und rührte sonst den ganzen Tag über nichts mehr an. Sie weigerten sich, meine Mutter anzurufen, sie mit den Launen dieser Göre zu belästigen, undiszipliniert und faul, sagte die Aufseherin, wenn sie meinen nicht angerührten Teller sah. Die Oberschwester versuchte, mich davon zu überzeugen, dass ich mich bald eingewöhnen würde. Die übrigen Mädchen seien doch gar nicht so garstig, und außerdem müsse meine Mutter arbeiten, ihr Brot verdienen, Geld beschaffen. Sie konnte mich nicht allein draußen auf dem Land zurücklassen.

Ich erinnere mich nicht daran, ob die Mädchen garstig waren oder nicht. Kein Gesicht habe ich behalten, keinen einzigen Namen. Woran ich mich erinnere, ist ein sehr langer Flur, und daran, dass die Aufseherin von einem Ende aus am anderen ganz klein ausschaute, wie ein Kind unter anderen. Auch an die hohen Decken des Schlafsaals kann ich mich erinnern, an das Knarzen der staubigen Treppen und das weite Feld vor den Fenstern. Ich wollte weg von dort, zurück aufs Land zu meiner Mama.

Es war nicht meine Absicht, das schwöre ich. Es war Mittagessenszeit, und es regnete. Ich erinnere mich gut, weil an den Regentagen die Fensterscheiben des Speisesaals beschlugen, und mehr als je zuvor fühlte ich mich, als hätte man mich auf ewig dort eingesperrt; es gab kein Draußen, keine Straßen, das Land war vom Nebel verschluckt worden, und nur das Internat war noch da und schwebte in einer Hölle aus Dunst. Ich stand in der Schlange vor der Küche, man setzte mir einen Teller Auflauf vor, und mein Blick suchte die Aufseherin. Sie aß mit den

Nonnen auf einem kleinen Podest im gleichen Speisesaal. Ich dachte keine Sekunde lang nach. Ich ging zu ihr hin, baute mich vor ihr auf und warf ihr das ganze Essen ins Gesicht. Und mit all meiner Kraft, einer ungekannten Kraft, zerbrach ich den leeren Teller auf dem Nacken der Oberschwester.

Erschreckt euch bitte nicht, ich sagte ja schon, dass wir alle eine Grenze haben.

Die Oberschwester fiel zu Boden und schlug sich die Vorderzähne aus, während die Aufseherin, noch voller Kartoffeln und Kürbis, mich am Handgelenk packte und mir mit der anderen Hand zwei Ohrfeigen verpasste. Die Schläge mit dem Gürtel taten mir unerklärlicherweise überhaupt nicht weh. Als ob ich mich gar nicht mehr in meinem Körper befände; als ob ich ihn verlassen hätte.

Am gleichen Nachmittag noch holte mich meine Mutter im Internat ab und brachte mich direkt aufs Land. Was soll ich euch Schritt für Schritt diesen stummen Marsch von Ancud bis zu unserem Haus schildern? Sie würdigte mich den ganzen Weg über keines Blickes, nicht einmal, als wir ankamen. Am Abend machte sie Pellkartoffeln und Schweinekoteletts, die ich verschlang.

Verzogenes Gör, sagte sie, während ich an den Knochen lutschte.

Als mein Teller leer war, blickte sie mich eindringlich an, und dann fing sie plötzlich an zu lachen. Zuerst war es nur ein leises Lachen, als könnte sie sich nicht beherrschen, aber dann wurde es immer heftiger, bis sie sich vor Gelächter schüttelte.

Den ganzen Auflauf ins Gesicht!, lachte sie mit nach hinten geworfenem Kopf und bebenden Schultern. Ich war wie versteinert und rührte mich nicht. Meine Mutter schrie vor Lachen mit offenem Mund und zusammengekniffenen Augen. Nach einer Weile steckte mich ihr Lachen an, und plötzlich schnappten wir nach Luft, die eine wie die andere, ein doppeltes Gelächter in der endlosen Dunkelheit der Felder. Dann überkam sie die Müdigkeit. Wir hörten auf zu lachen. Ihr Gesicht nahm seine üblichen Züge an, die Mundwinkel zeigten wieder nach unten. Dann sagte sie ganz ernst:

Alles hat Konsequenzen, Lita, das musst du verstehen.

Im Morgengrauen weckte sie mich und sagte, sie würde wieder dauerhaft in das Haus zurückkehren. Ich war dreizehn, würde bald vierzehn Jahre alt werden, und ich blieb allein auf dem Land zurück. Oder halt, nicht ganz allein. Da waren die Schweine, die Wildkatzen, das blinde Pferd des Nachbarn. Und da würde ich sein, jeden Morgen auf meinem Weg durch den Wind Richtung Haltestelle, um das Sammeltaxi nicht zu verpassen, das mich zur nächstgelegenen Schule bringen würde, ohne dass eine Mutter zu mir sagte: Zieh deine Mütze auf, Lita, wofür habe ich dir eine Wollmütze gestrickt?

Verzogenes Gör, sagte meine Mutter, bevor sie das Haus verließ.

Und dann, wie eine Weissagung, fügte sie hinzu:

Du wirst lernen müssen, auf dich selbst aufzupassen.

Die Ratten kehrten in ihr Versteck auf dem Speicher zurück, das Mädchen vergaß die Hündin, sein Bein heilte, und die Señora wurde befördert. Sie wäre von nun an für die Verbesserung der Flächen zur Anpflanzung neuer Kiefern zuständig. Das Holzgeschäft lief gut, eine neue Filiale sollte im Süden eröffnen. Sie diskutierten, ob die Gehaltserhöhung es ihnen erlauben würde, ein Haus am Meer zu kaufen, oder ob man besser investieren, die Gewinne vervielfachen sollte.

Im Sommer pflückten meine Mama und ich Brombeeren. Glaubt nicht, dass das wieder ein Ablenkungsmanöver ist, die Brombeeren sind wichtig. Sie brachte mir bei, wie man sie greifen und abpflücken musste, ohne sich zu stechen, wie man den Dornen auswich. Das Geheimnis liegt in den Augen, sagte sie, du musst sie im Zaum halten. Denn wenn du schon die nächste Brombeere ins Visier nimmst: Zack, erwischen dich die Dornen. Mich erwischten sie an den Kleidern, den Armen, den Haaren. Ich hatte meine Augen nie unter Kontrolle. Sie wanderten zur nächsten Brombeere, zur schwarzen Tinte in meinem Mund, während meine Hand zurückblieb und sich im Gestrüpp verfing. Einmal rupfte ich einen ganzen Strang ab und steckte ihn so in den Korb.

Und das hier?, fragte meine Mutter, als sie die noch grünen Früchte sah.

Gierschlund!, sagte sie, die Brombeeren reifen nie alle gleichzeitig, damit niemand je den ganzen Strang leer pflücken kann. Wir pflücken die von heute, morgen pflücken andere die von morgen. Wenn du den ganzen Strang mitnimmst, bleibt für die anderen nichts übrig, Lita.

Die grünen Brombeeren wurden nicht reif. Sie verfaulten, und ich warf sie weg. Von den anderen, den schwarzen, aßen wir bis zum Winter: Brombeermarmelade, Brombeertarte, Brombeerkuchen, Brombeermilch. Jetzt bin ich doch vom Weg abgekommen und habe mich in den Dornen verfangen.

Der Chef und die Chefin feierten die Beförderung mit Champagner auf der Terrasse des Hauses, ihr Glas war schon leer, seines unberührt. Ich brachte ihnen ein Schälchen mit Oliven und ein paar Papierservietten. Die Señora nahm sich eine und schob sich die Olive in den Mund. Während sie aß, schüttelte sie sich fortwährend die Krümel vom Rock. Immerzu wiederholte sie diese kleinen Klopfer auf ihre Kleidung, sogar, wenn dort nicht ein einziger Brösel zu sehen war. Mit dem Handrücken fegte sie diese inakzeptablen Störenfriede hinfort. Zu jenem Anlass, erinnere ich mich, sagte sie Prösterchen, trank aus ihrem Glas und schüttelte dann den Dreck ab, der sich da ankündigte. Zumindest war es das, was ich damals dachte und wahrscheinlich heute noch denke: dass sie dem Schmutz zuvorkam, der sie alsbald bedecken würde.

Das Mädchen wollte einen Schluck Champagner probieren. Ich konnte nicht sehen, ob sie ihm davon gaben oder nicht. Ich ging zurück in die Küche, um das Essen warm zu machen, und hörte die Señora sagen:

Ju, ich habe ein Geschenk für dich.

Sie hatte ein Geschenk für ihr hübsches Mädchen, damit es ebenfalls die Bedeutung des Aufstiegs kennenlernte. Damit es im Gedächtnis behielt, dass man eine schöne Belohnung bekommt, wenn man aufsteigt. Ich ging hinaus, um den Señor zu fragen, ob er Reis wollte. Er war auf Diät, ließ den Reis stets auf dem Teller liegen und sagte dann zu mir:

Estela, ich habe dir doch gesagt, du sollst mir keinen Reis bringen.

Aber wenn ich ihm keinen Reis auftischte, dann wollte er doch ein wenig, ein Löffelchen, oder willst du, dass ich sterbe vor Hunger?

Ich wollte gerade nach dem Reis fragen, als ich sah, dass das Mädchen das Päckchen öffnete. Eine ziemlich große Pappkiste, die in rosafarbenes und weißes Papier gehüllt war. Für eine Sekunde dachte ich, es handele sich um ein Haustier, und hasste sie dafür. Sie würde ihren eigenen Hund bekommen. Einen Labrador oder einen englischen Schäferhund oder einen deutschen oder einen Chihuahua. Einen hyperaktiven und zerstörerischen Welpen, ein Tier, das nicht meine Yany war, das nie meine Yany sein würde.

Ungeschickt öffnete es die Kiste, indem es das Papier zerfledderte. Die Legosteine, mit denen es eben noch gespielt hatte, flogen auf den Terrassenboden. Es musterte das Kleid in seinen Händen, während sein Gesicht rot anlief. Ein weißes Kleid mit Spitze an den Ärmeln und einer rosafarbenen Schleife, die seine Taille umhüllen würde. Ihr wisst, von welchem Kleid ich spreche, das Kleid des Endes.

Für deine Geburtstagsfeier, sagte die Señora. Damit du zu deiner Verkleidungsparty als Prinzessin gehen kannst.

Bis zum Geburtstag waren es noch Wochen hin, aber da war nun jenes Kleid. Das Mädchen betrachtete es, dann seine Mutter und dann wieder das Kleid. Wie soll ich seinen Gesichtsausdruck beschreiben. Es war eine anhaltende Verzweiflung, die sich in das Gesicht jenes Mädchens gegraben hatte.

Als es noch ganz klein war, war etwas Ähnliches passiert. Der Señor hatte seinem angebeteten Mädchen ein Paar Perlenohrringe gekauft. Ein paar weiße und makellose Perlen, um dieses weiße und ebenso makellose Gesicht zu schmücken. Das Mädchen war vier Jahre alt gewesen, vielleicht ein bisschen jünger sogar. Es trug keine Ohrringe, weil es Ausschlag an den Ohren bekam, aber da lagen nun diese Perlen in einer winzigen blauen Schachtel. Er merkte es nicht einmal. Er war ganz damit beschäftigt, sie aus dem Samt zu lösen. Als er es geschafft hatte, kniete er sich hin und durchstach mit jedem Ohrring die zugewachsenen Ohrlöcher. Das Mädchen jammerte und begann zu weinen. Der Señor sagte zu ihm, es sehe wunderschön aus, eine Señorita, rief er, aber es hörte ihn wahrscheinlich gar nicht. Es war außer sich, plärrte und stampfte auf den Boden. Er hielt erst inne, ich meine den Señor und seine entzückten Komplimente, als er sah, zu was seine Tochter imstande war. Das Mädchen hatte sich erhoben, es schaute seinen Vater rot und ganz entrückt vor Wut an, legte die linke Hand auf sein linkes Ohr, die rechte auf das rechte, packte die beiden Perlen und riss sie nach unten, bis es sich fast die Ohrringe ausgerissen hatte.

Ich erinnere mich an die Stille, die sich zwischen der Señora und dem Señor ausbreitete. Eine beklemmende, angespannte Stille. Er stürmte los und träufelte Alkohol auf die Ohren seiner Tochter. Er bat mich, Eiswürfel zu bringen. Und Nähzeug, um zu verhindern, dass die Wunde ganz aufriss. Die Señora betrachtete die Szenerie, als würde all das gar nicht passieren. Verstört stand sie da und starrte ihr Mädchen an wie eine Unbekannte. Oder, noch schlimmer, wie jemanden, den sie nur allzu gut kannte. Ich konnte meinen Blick nicht von ihnen abwenden und wusste nicht, was ich tun sollte. Das Mädchen schrie und knurrte vor Angst und Schmerz. In dem Moment hob der Señor den Blick und suchte den meinen. Es war ein Blick voller Groll. Weil die Angestellte Mitleid mit seiner Familie empfunden hatte.

Ich weiß nicht, ob sie später darüber sprachen. Ob sie abends im Bett murmelten, dass dieses Verhalten nicht normal sei. Ob sie über den unbeherrschten Charakter ihres makellosen Mädchens diskutierten. Das sich zu essen weigerte. Das seine Nägel verschlang. Das seine Klassenkameradinnen verprügelte. Es blieb einige Tage lang mit einem Verband um den Kopf zu Hause, aber die Wunde verheilte schnell und löschte diese Erinnerung von seiner Haut. Und plötzlich war sie wieder da, diese Verzweiflung. Das Mädchen mit dem Kleid in den Händen, rot, weit weg.

Die Señora nahm es ihm ab.

Ist egal, sagte sie. Ist nicht wichtig, wiederholte sie, sichtlich durcheinander.

In dem Moment schaute die Señora zu mir. Da war ihre Hausangestellte, Hauptzeugin ihres Unglücks. Niemand mag es, wenn jemand anderes das eigene Glück infrage stellt.

Ich weiß nicht, wie viele Tage vergingen, obwohl ich das wissen sollte. Es waren die letzten Tage einer Wirklichkeit, wie ich sie kannte.

Die Klingel ließ mich zusammenfahren, als ich gerade Wäsche bügelte. So viele Stunden, in denen ich bügelte, jedes Teil zurechtlegte und mit dem heißen Eisen darüberfuhr. Ich hob den Blick und dachte, dass es sicher der Briefträger war, aber dann dachte ich an Carlos, an Yany, und lief zur Tür. Ich weiß noch, dass ich zu keinem Zeitpunkt die blaue Bluse der Señora losließ. Als ob ich einfach weiterbügelte, während ich die Küche durchquerte, den Flur, während ich das Tor öffnete und jenes Gesicht vorfand, das dort nichts zu suchen hatte: Da stand meine Cousine Sonia, einen Rucksack über der Schulter, einen braunen Umschlag in den Händen. Es war Sommer, und die Sonne verlieh ihrem Haar einen schimmernden Glanz, der hier und da ihre Umrisse verwischte.

Sie begrüßte mich nicht einmal. Sie sprach, als ob ihr jener Satz die Zunge verbrannte und sie ihn endlich ausspucken konnte.

Sie ist gestorben, sagte sie.

Die Sonne spielte weiter mit ihrem Haar, ließ es weiß werden, gleißendes Licht.

Meine Cousine Sonia sprach weiter:

Sie hat auf einer der Lachsfarmen gearbeitet, dann ist sie hingefallen und auf die Seite gerollt, wie ein Sack Kartoffeln. Sie war sofort tot, Estela, das war vor fünf Tagen.

Ich sah, dass sich Schweißtropfen auf ihrer Stirn gebildet hatten und ihre Mundwinkel nach oben zeigten, so wie die

Münder glücklicher Menschen auszusehen hatten. Jetzt sagte dieser Mund, dass er nicht genau wusste, was passiert war. Meine Mama war dabei gewesen, Lachse auszunehmen, sie abzuschuppen, ihnen die Eier herauszureißen, als plötzlich. Das sagte sie: Als plötzlich ...

Die Worte strömten weiter aus ihrem Mund, während die Sonne, hoch oben, den Schweiß aus ihrer Stirn presste. Ich tastete nach meiner Tasche, nahm das Handy heraus und wählte die Nummer meiner Mama. Auf dem Bildschirm erschienen die Worte: Mama anrufen.

Sie würde drangehen, natürlich. Sie würde sagen »Meine Lita« und mir von den Delfinen erzählen, davon, wie sie die Wasseroberfläche durchbrachen, oder von den Schwarzhalsschwänen, die in den Meeresbuchten trieben. Ich wollte diese Bilder festhalten: das erstaunte Auge der Schwäne, den schwarzen Bogen ihrer Hälse. Der Anruf brach ab: keine Antwort.

Sonia erklärte mir, sie habe alles erst gestern erfahren. Dass meine Mama bei einem ihrer Arbeitskollegen gewesen sei, einem gewissen Mauro, aber ich selbst, bitte ärgere dich nicht, war zu dem Zeitpunkt in Punta Arenas, sagte sie, bei der Krebsfischerei, es ist ja alles so teuer, so schwierig, Estela, nicht mal für Brennholz reicht das Geld.

Meine Mutter sagte immer, dass die Krebse Spinnen vom Mars wären und dass sie im Sommer ganz benommen vor Hitze auf dem Sand strandeten, ohne zu verstehen, dass sie dort gekocht würden, von Grau zu Rot, der Mayonnaise und dem Scheibchen Zitrone immer näher.

Sonia hörte nicht auf zu zappeln, sie verlagerte ihr Gewicht von einem Bein aufs andere, und der braune Umschlag wanderte ebenfalls von einer Hand in die andere. Sie trug brandneue Turnschuhe. Ich bemerkte sie, sie bemerkte es und wagte danach nicht mehr, mich noch einmal anzusehen.

Am Ende eines jeden Monats schickte ich ihr Geld, damit sie auf meine Mama aufpasste. Damit sie nicht allein auf dem Land war und ihr Bein nicht schlimmer wurde. Meine Mama aber war gar nicht zu Hause. Mit einer Messerklinge schlitzte sie Lachsbäuche auf. Sie trennte die Eier von den Eingeweiden ab, die dazu dienten, andere Tiere zu füttern, die auch bald sterben würden.

Sie erklärte mir, dass in Anbetracht der Eile, denn diese Dinge müssen sofort erledigt werden, dieser Mann, der Unbekannte, der auf der Lachsfarm an ihrer Seite war, sich um alles gekümmert hatte. Ich verstand nicht, was sie meinte. Die weißen Schnürsenkel, die makellosen Nähte dieser Turnschuhe, die glücklichen Mundwinkel, die Sonne, die ihr Gesicht rötete, der Schweiß auf ihrer Stirn.

Er hat sich um die Beerdigung gekümmert, sagte sie, und dieses Wort war das letzte, das ich zu hören imstande war.

An jenem Tag hatte ich einen Schmorbraten zubereitet, das ganze Haus gefegt, das Mädchen gebadet und angezogen, während meine Mutter zwischen den krummen Wurzeln einer Steineibe begraben lag. Das sind Dinge, von denen man doch denkt, dass man sie fühlen wird. Dass man plötzlich ein Flüstern vernehmen wird, das der Stimme der Mutter ähnelt, oder dass ein kalter Windstoß mitten durch die Hitze fahren wird. Eine Vorahnung, das meine ich. Was für ein Wort, Vor-Ahnung. Aber was ist die Ahnung, die dem Schmerz vorausgeht? Das war, was mich am meisten betrübte: Ich hatte absolut gar nichts geahnt.

Sonia senkte den Blick und sagte zu mir, sie müsse los. Sie war nach Santiago gekommen, um Arbeit zu suchen, denn als sie vom Tod meiner Mama erfahren hatte, war sie von Punta Arenas nach Chiloé gefahren, und ihre Firma hatte sie entlassen.

Ob ich vielleicht etwas wüsste, fragte sie.

Egal was, sagte sie.

Ich habe nicht einen Peso, sagte sie.

Ich weiß nicht, was ich antwortete. Ich weiß nur, dass sie mir den braunen Umschlag überreichte, als ich das Tor zumachen wollte, und ich es dann mit einem Knall zuschlug, ohne mich zu verabschieden.

Benommen stand ich da und schaute in Richtung Haus. Draußen stand meine Cousine. Drinnen würde in Kürze wieder ich stehen. Im Süden meine tote Mama. Ich würde nie erfahren, ob dieser Mann sie gewaschen und gekämmt hatte. Ich würde nie erfahren, ob er das Spitzenkleid ausgesucht hatte, ob er ihr die gefalteten Hände auf die Brust gebettet, ob er für sie zum Abschied gesungen hatte.

Ich glaube, ich tat ein paar Schritte, als Folgendes geschah. Der Vorgarten des Hauses um mich herum wurde immer breiter. Die Stacheln der Kakteen rückten vor, bogen sich nach unten, und kurz bevor sie sich in meine Haut bohrten, verwandelten sie sich in die Zweige von Ulmen und Pehuenes und Canelos. Auch die Sonne blähte sich auf, und die ganze Wirklichkeit schien sich zu dehnen, um Platz zu schaffen für so viel Licht. Das Haus, die Steine, die Baumkronen schienen kurz davor, zu explodieren. Dann, für eine Sekunde nur, glänzten die Dinge, in Licht gebadet, und zwischen den Dingen glänzte ich, ein kleines bisschen weniger allein.

Ich ging ins Haus, aber ich bin nicht sicher, ob es sich um dasselbe Haus handelte. Die Gegenstände waren identisch, die Möbel, die Anordnung der Zimmer. Und doch befand ich mich an einem anderen Ort. Ich bügelte weiter aus Gewohnheit oder weil ich immer noch die blaue Bluse mit ihren blauen Falten in den Händen hielt. Ich erinnere mich, dass ich blinzelte, im Bewusstsein, wie sich meine Lider hoben und senkten, während ein Gedanke nicht aufhörte in meinem Kopf umherzuschwirren: Ich hätte meiner Mutter die Augen zugemacht, und ehe ich ihren Mund geschlossen hätte, hätte ich ihr einen Knopf auf die Zunge gelegt. An all ihren Kleidern fehlte der oberste Knopf. Weil meine Mama den Kragen ihrer Schürzen und Blusen abnahm, den Kragen von allem, was ihr die Luft abschnüren konnte, um sich so vor dem Ersticken zu retten. All ihren Kleidern fehlte der oberste Knopf.

Es verging eine ganze Weile, bis ich den Stich der Wirklichkeit verspürte. Ich lebte noch, meine Brust füllte sich mit Luft, ich hatte Durst, sogar Hunger. Aber das konnte nicht sein. Ich sollte doch in den Süden zurück nach ein paar Jahren Arbeit in Santiago. Ich sollte Geld sparen, um das Wellblechdach zu reparieren, um einen Vorraum, ein zusätzliches Zimmer anzubauen, damit wir dort leben und sterben konnten, sie und ich, Mutter und Tochter. Und von jetzt an musste ich alleine weiterleben.

Ich weiß nicht mehr, wie viel Zeit danach verging. Ich weiß nur, dass es Nacht wurde und ich es nicht hörte, als der Señor von der Arbeit nach Hause kam. Ich hatte das Licht nicht eingeschaltet, das Abendessen nicht zubereitet, hatte den Tisch nicht gedeckt und war nicht einmal mit dem Bügeln fertig geworden. Der Señor kam in die Küche, drückte auf den Lichtschalter, und ein sehr weißes Licht ließ die Dinge um mich herum hart werden.

Was ist los, sagte er mit rauer Stimme.

Ich schaute ihn an, das war alles, aber er verstand, dass etwas Schlimmes vorgefallen war. Er kam zu mir, hob seine Hand, legte sie auf meine Schulter und sprach.

Es tut mir leid, Estela. Das vergeht schon, ganz ruhig.

Ich fühlte etwas Heißes in der Magengrube, genau hier.

Es hat mich immer gestört, dass andere glaubten, mehr zu wissen als ich, vor allem, dass sie glaubten, mehr über mich zu wissen als ich. Was wusste er über meinen Schmerz.

Ich legte die Bluse auf dem Bügelbrett ab. Ich weiß noch, dass es die petrolblaue Bluse war, weil es das einzige Teil war, das ich den ganzen Tag über gebügelt hatte. Ein ums andere Mal, die Vorder- und die Rückseite jener Bluse. Am nächsten Tag fand ich sie im Müll.

Ich schüttelte meine Schulter, um mich vom Gewicht dieser Hand zu befreien, und versuchte, das Gesicht meiner Mama zu finden. Die hervorstehenden Wangenknochen, die kleinen Augen, die braunen Flecken auf ihrer Stirn, die geschwungenen und feinen Augenbrauen, die viereckigen, leicht gelben Zähne. Ich zog die Manschetten der Bluse glatt und drückte weiter den Stoff nach unten, zur Seite, nach außen.

Ich wartete, dass er ginge, aber er bewegte sich nicht. Er war noch nicht fertig. Sicher würde er mir sagen, wie leid es ihm tat. Er würde mir den ganzen Kreislauf des Lebens erklären. Geboren werden. Wachsen. Sich vermehren. Sterben. Er würde mit einem Satz anfangen wie »Sieh mal, Estela, ich will dir etwas erklären«. Und er würde mir etwas erklären. Dann würde er mir ein paar Scheine für das Begräbnis zustecken. Ich konnte ihn fast vor mir sehen, wie er in seiner Brieftasche kramte, den angemessenen Betrag suchte, nicht zu viel und nicht zu wenig. Etwas Angemessenes, genug für eine Frau wie mich.

Nichts davon geschah. Er, der er weiter neben mir stand und mich unentwegt anschaute, packte mich bei den Schultern und umarmte mich.

Ich stand still. Meine Gedanken standen ebenfalls still, und ich fühlte ein schreckliches Brennen in meinem Mund und hinter meinen Augen.

Nein, nein. Das konnte nicht das Leben sein.

Die Gefühle kamen später. Als es hell wurde, setzte ich mich mit einem Unwohlsein im Magen auf den Bettrand. Ich bekam Angst und dachte: Gleich wird irgendetwas Schreckliches passieren. Dann erinnerte ich mich an meine Cousine Sonia, an meine begrabene Mutter, und ich konnte den Regen sehen, wie er auf die frische Erde des Friedhofs fiel. Es war schon vorbei, versteht ihr? Das Schreckliche, das Furchtbare war schon Teil der Vergangenheit. Und ich saß immer noch auf diesem Bett, in diesem Zimmer, in diesem Haus. Ich war lebendig in dieser Wirklichkeit, die ohne sie weiterging.

Als ich in die Küche kam, wartete die Señora mit einer Tasse Tee auf mich.

Estela, Liebes.

Nie zuvor hatte sie mich Liebes genannt. Sie bedeutete mir, mich zu setzen, und gab mir einige in der Mitte gefaltete Scheine.

Fahr in den Süden, sagte sie.

Und dann:

Es ist wichtig, dass man in diesen Momenten bei seiner Familie ist.

Ich schaute auf das Geld in meinen Händen und sah die ganze Reise vor mir:

Block um Block bis zum Bus.

Zwei Busse bis zur Metro.

Die Metro bis zur Endhaltestelle.

Die lange Schlange am Fahrkartenschalter.

Vierzehn Stunden mit der Stirn gegen das Busfenster gepresst.

Eine Fähre, um den Kanal zu überqueren.
Ein Sammeltaxi.
Zehn Minuten Fußweg durch den Schlamm.
An die Tür klopfen, an die Tür klopfen, die niemand öffnete.
Danke, sagte ich zu ihr. Ich fahre besser irgendwann anders.
Sie riet mir, den Tag frei zu nehmen.
Ruh dich aus, Estela. Es ist wichtig, sich auszuruhen.

Ich ging in das Zimmer zurück, schloss die Tür und erinnerte mich an den Briefumschlag. Ich setzte mich auf den Bettrand, öffnete vorsichtig die Lasche und schüttelte ihn mit der Öffnung nach unten auf das Bett aus.

Aus dem Inneren fielen die beiden Hände meiner Mutter heraus.

Sie trug diese Lederhandschuhe jeden Winter. Sie konnte mit einer Jeans voller Löcher, einer abgenutzten Joppe und ebendiesen eleganten schwarzen Handschuhen daherkommen. Meine Großmutter hatte sie ihr geschenkt, damit sie nicht fror. Denn Wolle wurde nass. Und die Hände wurden rissig. Es war ein Geschenk, das sie ihr gemacht hatte, kurz bevor sie starb. Ich legte die Handschuhe auf den Bettüberzug ordentlich nebeneinander. Ihre zehn Finger zeigten auf mich, als ob sie mir gegenübersäße und meine Fingerspitzen die ihren berührten.

Der erste Körperteil, den man erbt, sind die Hände, ist euch das mal aufgefallen? Schaut euch eure an, wenn ihr mir nicht glaubt, betrachtet eure Nägel, die Nagelbetten, die Form der Fingerknöchel. Auf den ersten Blick ist es vielleicht nicht eindeutig. Junge Hände ähneln nie den Händen der alten Mutter. Mit den Jahren allerdings ist die Ähnlichkeit nicht zu leugnen. Die Finger werden breiter. Die Fingerspitzen krumm. Es tauchen die gleichen Flecken auf, die irgendwann auf den Händen der Großmutter zu sehen waren, auf den heißgeliebten Händen der Mutter. Mit fünfzehn waren meine schon so groß wie ihre. Ich hielt meine Handflächen gegen ihre, und unsere Nägel waren gleich spitz. Ihre Finger waren dick und gekrümmt von der Arbeit, mit ausladenden Venen unter der Haut und dem Handrücken voller Knötchen, meine waren noch zart, noch weich. Ich betrachtete meine Hände, ihre Handschuhe, und dachte: Die Mutter stirbt und hinterlässt ihre Hände in den Händen der Tochter.

Ich streifte mir den linken Handschuh über, dann den rechten. Sie passten perfekt; nicht eine Falte auf dem Rücken, nicht eine Wölbung in der Handfläche. Ich legte mich hin und bettete ihre Hände auf meine Brust. In dem Moment erinnerte ich mich an den Feigenbaum. Seine schwarzen Früchte auf dem Boden. Das war die Warnung gewesen: Der Tod kommt immer drei Mal. Meine Mutter war die Erste. Fehlten noch zwei. Ich wünschte mir, ich wäre die Nächste.

Mein Schweigen begann nach dem Tod meiner Mutter. Es war nicht beabsichtigt. Auch keine Strafmaßnahme. Ein Labyrinth vielleicht, wenn ihr ihm unbedingt einen Namen geben wollt, und als ich dort zu viel Zeit zugebracht hatte, fand ich nicht mehr aus ihm heraus.

Ich briet gerade eine Tortilla, als die Señora in die Küche kam.

Estela, sagte sie, wo sind die Streichhölzer.

Ich reichte ihr die Streichhölzer.

Lass uns Hähnchen mit Erbsen machen.

Und so bereitete ich Hähnchen mit Erbsen zu.

Bezieh Julias Bett noch frisch.

Und so wechselte ich die Bettwäsche.

Eines Nachmittags lag auf dem Küchentisch plötzlich ein Strumpf. Daneben stand das Nähkästchen. Im Nähkästchen lagen Nadel und Faden. Ich fädelte ein, nähte das Loch zu und legte den Strumpf in die Schublade zurück. Wer braucht schon Worte.

Yany leistete mir keine Gesellschaft mehr, ich hatte keine Mutter mehr, die ich hätte anrufen können, und so entstand eine so tiefe Stille, dass jeder Satz nicht mehr als ein Geräusch war. Ich ging nicht mehr ans Telefon. Ich gab der Señora keine Antwort mehr. Ich pfiff keine Melodien mehr vor mich hin, während ich den Boden polierte. Und ich sprach nicht mehr mit dem Mädchen. Keinen Satz, nicht einmal die armseligste Phrase.

Ich weiß nicht, wie lange mein Schweigen anhielt. Und ich sage Schweigen in dem Wissen, dass es das nicht genau trifft, aber so könnt ihr es euch besser vorstellen. So könnt ihr notieren: »Sie sagt, sie sei in Schweigen verfallen.« Oder ihr könnt die Señora fragen: »Ihre Angestellte redete nicht mehr?« Und die Señora wird euch antworten: »Ich kann mich an kein Schweigen erinnern.« Denn ich zweifele daran, dass eine Frau wie sie ein Schweigen wie das meine überhaupt wahrgenommen hat.

Die Wörter tragen eine Ordnung in sich, ich weiß nicht, ob euch das je aufgefallen ist. Ursache – Wirkung. Anfang – Ende. Das lässt sich nicht beliebig verschieben. Um sprechen zu können, muss jedes Wort einen Abstand zum vorangehenden wahren, wie die Kinder, die in Reih und Glied vor der Tür ihres Klassenzimmers stehen. Von jung nach alt, von klein nach groß, so erfordern die Wörter eine bestimmte Anordnung. Im Schweigen dagegen existieren alle Wörter gleichzeitig: weiche und raue, warme und kalte.

Ich begann, einige Veränderungen zu bemerken, auch wenn sie allen anderen sicher entgingen. Je länger ich schwieg, desto stärker wurde meine Anwesenheit, desto genauer meine Umrisse, desto ausdrucksvoller meine Mimik. So gingen einige Wochen dahin. Notiert das in euren Dokumenten, »mehrere Wochen« oder »eine unbestimmte Anzahl an Wochen«; ich sagte euch ja bereits, dass es nicht leicht ist, Ordnung in diese Zeit zu bringen. Ich tat einfach, ich sprach nicht. Oder ich tat auch nicht, was eine andere Form des Sprechens war: nicht die Fußleisten kehren, nicht abstauben, kein Chlor ins Schwimmbecken gießen und dabei zusehen, wie sich das Wasser in ein immer dunkleres Grün verfärbte.

Ich verstand auch, dass es auf der Welt nicht für alles ein Wort gibt. Und ich meine nicht das Sterben oder Leben, ich meine nicht so Phrasen wie »Für den Schmerz gibt es keine Worte«. Für meinen Schmerz gab es sehr wohl Worte, aber während ich den Toilettenabfluss schrubbte, während ich den Schimmel vom Badewannenrand kratzte, während ich Zwiebeln schnitt, dachte ich nicht mehr in Worten. Der Faden, der die Wörter und die Dinge verband, war gerissen, und übrig geblieben war allein die Welt. Eine wortlose Welt.

Das ist natürlich eine weite Abschweifung. Streicht diese ganze Seite durch, die davor auch. Was ihr wissen wollt, ist, ob ich das Mädchen getötet habe oder ob ich es gewesen bin, die ihm diese Idee eingeflüstert hat. Unterstreicht das rot: Das Mädchen ist ertrunken. Und das, obwohl es doch schwimmen konnte. Ich habe euch ja schon erzählt, wie sein Vater ihm das Schwimmen beigebracht hat. Fragt den Señor, die Señora. Das Kind schwamm wie ein Profi. Erklärt ihr mir doch, wie beide Aussagen gleichzeitig wahr sein können; wie es eine Wirklichkeit geben kann, in der beide Tatsachen stimmen. Klammert ihr euch nur an die Worte. Ihr, die ihr Absätze durchstreicht, die ihr euch hinter diesem Spiegel versteckt.

In jenen Tagen begannen die Dinge an meiner statt zu sprechen. Es gab kein Oben oder Unten. Kein Vorher oder Nachher. Ohne Worte hat die Zeit keinen Anfang, versteht ihr? Und was keinen Anfang hat, ist fast unmöglich zu erzählen. Das kochende Wasser war meine Uhr, das Feuer war namenlose Hitze, und der Staub zeichnete weiter die Umrisse der Dinge nach.

Nein, nein. So werdet ihr mich nicht verstehen. Ich will es anders versuchen.

Je mehr Tage vergingen, desto tiefer setzte sich das Schweigen in meinem Rachen fest und verhärtete die Worte. Neuartige Gedanken und Fragen erfüllten mich. Wie etwa, ob die Dinge sich veränderten, wenn sie ihre Namen verloren, so wie sie es taten, wenn man sie ihnen gab. Wenn man Boss oder Herrin sagte, Chefin oder Eigentümerin. Wenn man Angestellte, Nana, Dienerin, Hausmädchen sagte. Oder es eben nicht tat. Versteht ihr? Das verändert die Dinge zweifellos.

Ohne es zu wissen, ohne es zu planen, trainierte ich. Ich glaube, ich begreife das erst jetzt, erst in diesem Augenblick ergibt es Sinn, dass ich so lange diese Fremde beobachtet habe, wie sie den Boden fegte, die fauligen Pflaumen wegwarf, den Mülleimer auswusch, die Fensterscheiben putzte, die Haare im Bad auflas. Ich trainierte, wie die Sportler trainieren, um den Schmerz zu ertragen, wie man uns, euch und mich, trainiert, uns gegenseitig zu verachten. Und während ich mich selbst trainierte, trainierte ich auch sie.

Die, die da bügelte.

Die die Blumen goss.

Die das Schmorhähnchen zubereitete.

Die die Kackereste aus der Kloschüssel wischte.

Die die Haare aus dem Abfluss kratzte.

Die die Hosen und Unterhosen und ihre eigene Schürze bügelte.

Die die Spiegel mit ihrem riesigen gelben Handschuh polierte.

Und bestürzt ihr eigenes Spiegelbild betrachtete: das erschöpfte Gesicht, die trockene Haut, die vom Chlor geröteten Augen.

Jene Frau, die sich unersetzlich gemacht hatte.

Sie hatte gelernt, dem Mädchen einen Zopf zu flechten.

Sie hatte gelernt, die Anrufe des Arztes zu notieren.

Finger zu sagen und nicht Griffel.

Dessen statt dem seine.

Die Messer in die Messerschublade zurückzustecken.

Die Löffel in die Löffelschublade.

Und die Worte zurück in den Rachen, aus dem sie nie wieder entkommen sollten.

Das Schweigen kostete mich keine große Anstrengung. Yany kam nicht mehr, mein Handy klingelte nicht mehr, es existierten weder die Stimme noch die Fragen meiner Mutter. Und meine Arbeitgeber stellten mir kaum Fragen. Oder zumindest nicht die Art von Fragen, die eine Antwort erforderten.

Es war das zweite Mal, dass ich meine Stimme verlor, obwohl verlieren auch nicht der rechte Begriff dafür ist. Als meine Mutter mich ins Internat steckte, hatte ich, noch vor der Episode im Speisesaal, eine Lungenentzündung bekommen, weil ich nichts gegessen, mich nicht so ernährt hatte, wie es notwendig gewesen wäre. Das sagte die Oberschwester, als sie meine pfeifende Brust abhörte: Man muss essen, María Estela, man muss sich anständig ernähren. Manchmal denke ich, ich wollte absichtlich krank werden. Ich wäre lieber gestorben, als weiter in diesem Inferno eingesperrt zu sein und hören zu müssen, wie mich diese Nonne jeden Morgen María Estela nannte.

Zuerst verspürte ich ein Vibrieren im Kreuz, eine plötzliche Müdigkeit und dann, von einer Minute auf die andere, versagte mir die Stimme.

Weil du verwöhnt bist und stur, weil du eine Drecksgöre bist, sagte die Aufseherin, die mir trotz des Fiebers nicht erlaubte, im Bett zu bleiben.

Ich antwortete nicht. Ich konnte ja kaum atmen. Der Kopf tat mir weh, und meine Rippen brannten. Das Fieber stieg. Mein Gesicht war fahl. Es wurde schlimmer. Sie lenkten ein und riefen schließlich meine Mutter an.

Sie wartete unten auf mich, in ihrer eigenen karierten Schürze. Sie sah mich an und setzte schon an, mich zu schelten, dass ich ihr Probleme machte und sie nicht in Frieden ließ, doch dann legte sie mir die Hand auf die Stirn und nahm mich mit in die alte Villa, in der sie von Sonnenaufgang bis Sonnenaufgang arbeitete.

Ihr könnt sie euch selbst anschauen, also die Villa, wo sie arbeitete, nicht meine tote Mutter. Ein mehrstöckiges Eckhaus mit Blick aufs Meer. Bevor wir es betraten, bat mich meine Mutter, ich solle mich gut benehmen und um Gottes willen keinen Ärger machen.

Sie brachte mich in einem Zimmer neben der Küche unter. Es war klein, jenes Zimmer: ein Bett, ein Nachttisch, eine Kommode, ihr wisst schon. Ich legte mich hin, und sie legte mir ein kaltes, feuchtes Tuch auf die Stirn. Da bemerkte ich, dass uns von der Tür aus ein Mädchen beobachtete. Es musste sieben oder acht Jahre alt gewesen sein, deutlich jünger als ich, und es trug ein rosafarbenes Kleid und einen langen Flechtzopf. Den Zopf hatte ihm meine Mutter geflochten, Strähne für Strähne.

Seine Eltern hatten ein Restaurant, habe ich euch das schon erzählt? Es hieß »Die Zukunft«. Manchmal putzte meine Mutter dort auch am Wochenende und sagte dann lustlos: Am Sonntag muss ich »Die Zukunft« säubern. Ich lachte und sie wenig später auch. Aber ich bin schon wieder vom Thema abgekommen, welche Bedeutung hat schon »Die Zukunft« … Meine Mutter zog mir den Pullover aus und breitete ein trockenes Handtuch über mich.

Du bist klatschnass, sagte sie, und die Berührung des Stoffs tat mir weh.

Danach rieb sie mir die Brust mit einer Minztinktur ein und stellte einen angezündeten Kerzenstummel mitten auf meinen Brustkorb. Die Flamme hob und senkte sich mit meiner Atmung, und ich sah, wie sie größer und kleiner wurde, als ob die

Sonne mit jedem Atemzug auf- und unterginge. Der Geruch nach Rauch und Minze beruhigte mich.

In jenem Augenblick streckte die Chefin meiner Mutter den Kopf herein. Sie muss zu ihr gesagt haben:

Was treibst du da, Landei. Du verbrennst sie noch bei lebendigem Leib.

Oder vielleicht war da auch nur ein missbilligender oder angeekelter Blick angesichts dieses eingeschmierten, nach Minze riechenden Mädchens. Die Frau kam herein, nahm die Kerze weg und reichte mir zwei Tabletten und ein Glas Wasser.

Runterschlucken, befahl sie und verließ den Raum.

Meine Mutter hatte in ihrer Anwesenheit nicht gesprochen, aber mir war es so vorgekommen, als sei ihre Stille eine Art Schrei gewesen. Ich lag dort und sagte auch nichts, was hätte ich schon sagen sollen? Aber als die Frau gegangen war, spuckte ich die Tabletten aus, und meine Mutter lächelte mir zu und gab mir einen Kuss auf die Stirn, während sie dabei zusah, wie sie sich in meiner Hand auflösten.

Beim Aufwachen ging es mir besser, meine Stimme war wieder da, und ich fragte meine Mutter, ob ich bei ihr in diesem Haus bleiben, mit dem Mädchen spielen, bei seinen Eltern wohnen, ihr Essen essen könne. Sie sprach nicht viel, meine Mama. Eine wortkarge Frau.

Elendes Gör, sagte sie und brachte mich zurück ins Internat.

Manchmal frage ich mich, was ich wohl gesagt hätte, wenn ich denn gesprochen hätte, und ob das, also das Sprechen, womöglich die Tragödie verhindert hätte. Ihr denkt das sicher. Ihr seid bestimmt diese Art von Mensch, der auf Worte vertraut. Ihr glaubt daran, dass es besser ist, sich Luft zu machen und Unstimmigkeiten auszudiskutieren: die Unstimmigkeit zwischen Gewerkschaft und Geschäftsleitung, zwischen Angestellten und Arbeitgeberinnen, zwischen diesem anderen Mädchen und mir.

Stumm gab ich mich dem Tagesgeschäft hin und verlor jede Lust am Sprechen. Derweil die gleiche Routine wie eh und je: fremden Müll rausbringen, fremde Teppiche staubsaugen, fremde Spiegel polieren, fremde Kleider ausbürsten.

Habt ihr mal eure Hände in einen Korb mit Schmutzwäsche gesteckt? Habt ihr je eure Finger ins Dickicht der Arme und Beine gegraben, das sich dort am Boden bildet? Jeden Freitag musste ich den Korb der Chefs leeren und feststellen, dass sich am Grund ihre Körper sammelten: braune Flecken in den Unterhosen, weiße Flecken in den Slips, feuchte und schmutzige Socken. Ich schwöre, manchmal kam es mir beim Öffnen des Deckels so vor, als hörte ich ihre Schreie.

Um nicht zweimal zur Waschküche laufen zu müssen, presste ich die ganze Wäsche gegen meine Brust und trug ihre Körper vor mir her, den sauren Schweiß und starren Schmutz fest umarmt. Und so lief ich mit dem Señor, der Señora und dem Mädchen auf dem Arm durch den Flur. Danach ließ ich sie über der Waschmaschine fallen und begann zu trennen: den Torso der Señora nach links, die Brüste nach rechts, die Beine nach links, die Füße nach rechts. Weiß und bunt getrennt. Polyester und Baumwolle separat.

Ein Stück Stoff kann eine Unmenge an Geheimnissen beherbergen, ich weiß nicht, ob ihr darüber schon mal nachgedacht habt. Abgewetzte Knie, die sich ein ums andere Mal zu Boden gebeugt haben, ein von zu dicken Schenkeln dünn gewordener Schritt, von Stunden und Stunden der Langeweile durchgescheuerte Ellbogen. Der Stoff lügt nicht, er verbirgt nicht, wo er sich abnutzt, wo er reißt, wo er fleckig wird. Es gibt so viele Formen, zu sprechen. Die Stimme ist nur die simpelste unter ihnen.

Aber ich komme vom Thema ab, das ist reines Gelaber. Manchmal frage ich mich, was in euren Köpfen vorgeht, ob ihr wohl alles mitschreibt, was ich sage, oder nur auf das wartet, was ihr eigentlich hören wollt. Dass ich euch etwa sage, dass es meine Arbeitgeber gut mit mir meinten. Dass sie mich pünktlich am Monatsende bezahlten. Dass ich es vorzog, immer etwas zu tun zu haben: Laub rechen, Marmelade einkochen, Aufgaben über Aufgaben, damit das Leben an Fahrt aufnahm. Oder vielleicht wartet ihr gespannt darauf, dass ich euch noch eine andere Geschichte erzähle: die von der Hausangestellten zum Beispiel, die mit fünfzehn in die alte Villa kam, die den ältesten Sohn vergötterte, der sie an den Haaren zog und sie kitzelte. Die Geschichte ist traurig, aber was will man machen. Weil der Junge eines Tages groß wird und sie in einer Ecke der Küche bedrängt und dem Hausmädchen seine Zunge in den Hals steckt. Oder weil er eines Nachts in die Dachkammer kommt, sich durch die Tür hineinstiehlt, ihr die Finger zwischen die Beine schiebt und sich seinen Weg bahnt, bis er sie entzweireißt.

Nichts dergleichen ist mir widerfahren. Auf Chiloé arbeitete ich in einem Supermarkt, in der Muschelverpackung, als Zeitungsverkäuferin an der Ecke, und erst nach alldem, mit dreiunddreißig, beschloss ich, mein Glück in Santiago zu versuchen. Doch da bin ich schon wieder im Süden, noch immer habe ich Schwierigkeiten, die Worte in die richtige Reihenfolge zu bringen.

Ich war allein in der Küche und säuberte die Fächer des Kühlschranks, die Eierablage, das Milchfach, die Gemüseschublade, als ich ein Knacken hörte. Es klang so: pssst, pssst, dann hörte es wieder auf. Ich ignorierte es, aber es begann von Neuem: pssst, pssst, pssst, pssst. Es kam von draußen.

Ich ließ den halbgeputzten Kühlschrank stehen und reckte den Kopf aus dem Fenster, das zur Straße zeigte. Vor dem Gittertor stand Carlos in seinem Overall und winkte – und zu seinen Füßen saß ruhig auf ihren Hinterläufen meine Yany.

Ich spürte, wie sich meine Augen weiteten und mein Herz schneller schlug. Die Hündin fegte mit ihrem Schwanz über den Boden, und Carlos stellte sich auf die Zehenspitzen, um ins Haus sehen zu können.

Ich dachte, es müsse sich um eine Erscheinung handeln, ein Gespenst von Yany, aber die Hündin, die ich für tot gehalten hatte, schaute mich vom Tor aus mit ihren warmen, runden Augen an. Sofort dachte ich an meine Mutter. Ob sie nicht auch auf der anderen Seite des Tors erscheinen könne, so lebendig wie dieses Tier oder so geisterhaft. Der Gedanke machte mich traurig, aber der Schmerz währte nur kurz. Als er mich sah, gab Carlos der Hündin einen Schubs, damit sie sich durch die Gitterstäbe zwängte. Sie gehorchte, ohne zu zögern.

Da hast du sie, sagte Carlos.

Und dann:

Sie kommt immer zurück.

Er lächelte mir zu, und ich lächelte zurück. Ich erinnere mich gut, weil es mir wie eine fremde Geste in meinem Gesicht vorkam. Das Gesicht lächelte, weil die Hündin zurückgekehrt war. Die verfluchte Streunerin durchquerte mit ihrer geheilten Pfote den Garten und rannte auf mich zu.

Ich ging ihr entgegen, und sie sprang sofort an mir hoch. Lange streichelte ich ihr den schmutzigen großen Kopf und den von Krusten übersäten Rücken. Später dann, als sei nie etwas vorgefallen, legte sie sich auf die Türschwelle und leistete mir Gesellschaft. Und kurz bevor das Mädchen nach Hause kam, verschwand Yany, ohne zu mucken. Sie würde den gleichen Fehler nicht noch einmal begehen. Ich würde dem Mädchen nichts davon erzählen.

Pscht, pscht, sagte ich zu ihr an jenem Nachmittag, und sie schlich zur Ausfahrt hinaus.

Manchmal denke ich, dass Yanys Rückkehr den Ausgang der Geschichte beschleunigt hat, dass die Tage mit ihr die letzte Warnung waren.

Ich weiß nicht, woran ich gerade dachte. Ich räumte das saubere Geschirr vom Vorabend weg: die Gläser zu den Gläsern, die Teller zu den Tellern, als ich einen Blick in meinem Nacken spürte. Es muss halb sieben morgens gewesen sein, die Sonne war hinter den Bergen noch nicht aufgegangen, und der Señor kam soeben von seiner Schicht aus der Klinik zurück. Er hatte selten Nachtdienst, aber nun stand er in der Küche: mit leicht gespreizten Füßen, hängenden Armen, offenem Kittel und einer schiefen Grimasse im Gesicht.

Wie betäubt ging er zum Vorratsschrank und nahm eine Flasche Whisky heraus. Er trank nicht, das sagte ich euch bereits, der Whisky war für Gäste da. Es war nur noch ein kleiner Rest in der Flasche und auch keine Uhrzeit zum Trinken. Er hätte sich eigentlich hinlegen sollen, um zu schlafen, am Mittag aufzuwachen und sich über die Erschöpfung zu beklagen, die Patienten, die Hitze, das Essen, aber er ließ sich auf den Stuhl fallen und schenkte sich ein erstes Glas ein.

Mein Dienst war um zwei zu Ende, sagte er.

Ich zweifelte, ob er wirklich mit mir sprach. Er richtete fast nie das Wort an mich. Ein Auftrag hier, eine Anweisung da, aber niemals einen Satz wie diesen.

Seit zwei Uhr in der Früh waren vier Stunden vergangen.

Draußen hallte das Gekreische einiger Papageien wie eine Sirene, aber er fuhr fort, wie die Personen eben sprechen, die daran gewöhnt sind, dass man ihnen bis zum Ende zuhört.

Ich habe so etwas noch nie getan, sagte der Señor. Nicht mal daran gedacht habe er, aber dann sah er sie auf der Straße, und es war, als hätte er aufgehört, er selbst zu sein.

Ich wollte, dass er zu reden aufhörte, sofort. In einer halben Stunde würde das Mädchen aufwachen, und ich hatte weder gefrühstückt noch die Gläser zu den Gläsern und die Tassen zu den Tassen geräumt.

Er sagte, es sei ein Tag wie jeder andere gewesen, aber dass ihn auf der Fahrt nach Hause ein Gefühl der Langeweile überkommen habe, das waren seine Worte: ein Überdruss, der dich schier umbringt. Und da hatte er diese Frau an einer Ecke erblickt und, ohne nachzudenken, das Auto angehalten.

Ich hielt einen Teller in der Hand, sauber, trocken. Einen Teller, der auf dem Küchenboden zerschellen würde, ließe ich ihn los, und der die Señora und das Mädchen wecken und den Fortgang dieser Geschichte verändern würde.

Wenn ich die Zeit zurückdrehen könnte, würde ich einfach weiterfahren, sagte der Señor, aber die Frau öffnete die Tür und grüßte ihn mit einer verstörenden Vertrautheit. Er fragte sich, ob sie ihn wohl kannte, eine Patientin vielleicht, aber er konnte sich nicht an ihr Gesicht erinnern. Ungefragt sagte sie, sie kenne einen diskreten Ort, und zeigte ihm, wo er parken konnte, welches Zimmer er wählen sollte.

Ich stand weiterhin starr mitten in der Küche, so gefesselt von dieser Geschichte wie ihr von meiner, aber mit einem sauberen Teller in der Hand, den ich anschließend würde wegräumen müssen. Ein Teller, der plötzlich ganz schwer wurde. So schwer, dass meine Finger dieses Gewicht nicht mehr lange würden tragen können und ihn bald, sehr bald, zu Boden fallen lassen würden.

Der Señor war am Fußende des Bettes sitzen geblieben, ohne zu wissen, was er tun, was er zu dieser Frau sagen, wie er sie berühren, sich ihr nähern sollte, und vielleicht hatte er den Blick deswegen auf das einzige Bild an der Wand gerichtet.

Ein Foto von einer Wüste, sagte er. Eine von der Sonne ausgemergelte Wüste.

Ich weiß nicht, warum es ihm wichtig schien, jenes Foto zu erwähnen. Was hatten die Risse im Wüstenboden mit dieser Frau zu tun, mit seinem Überdruss, mit dem, was bald darauf geschehen würde. Der Señor füllte sich abermals das Glas mit Whisky, er griff sich mit einer Hand an den Kopf, und mit dem Zeigefinger der anderen rührte er die gelbliche Flüssigkeit um. Nie zuvor hatte ich ihn so gesehen. Die Haut bleich, die rotgeäderten Augen blutunterlaufen. Als wären sie verfault, dachte ich bei mir. Als ob die Fäulnis seine Augen befallen hätte.

Er sagte, die Frau habe sich rücklings auf das Bett gelegt und eine Expertise vorgespielt, über die sie nicht wirklich verfügte. Ich setzte mich neben sie, sagte er, und strich mit einer Hand über ihr Bein, bis ich unter ihren Rock fuhr.

Ich fragte mich, warum dieser Mann mir diese Geschichte erzählte, seiner Hausangestellten, mit der er selten sprach, und ich dachte daran, ihn zu unterbrechen, ihm zu sagen: Es reicht jetzt. Aber mein Schweigen hatte sich verhärtet, und er sprach weiter, als könne er nicht mehr aufhören.

Sie trug keinen Slip, das waren die Worte des guten Herrn Doktor. Und sie ließ sich berühren, mit Unbehagen zunächst, aber das verging rasch. Dann presste sie die Beine zusammen und wies mich an, ihr zuerst ihr Geld zu geben.

Ich wusste, dass ich ihn nicht würde bremsen können. Ich meine den Señor, die Geschichte des Señor. Ich würde dem, was er gleich erzählen würde, nicht entkommen. Ich, oder besser gesagt, mein Schweigen spornte ihn an. So als ob jedes Wort, das ich nicht aussprach, den seinen den Weg bereitete.

Er hatte gefragt, wie viel, wie viel genau er ihr zahlen solle, und die Frau hatte ihm geantwortet: Alles, zahl mir alles. Und danach hatte sie noch etwas gesagt. Von ihrer rauen und heiseren Stimme, einer Stimme voller Verachtung, hatte der Señor eine Anweisung zu vernehmen geglaubt: Er solle ein Skalpell nehmen, es sich in die Wange rammen und seine Zunge durch das Loch rausstrecken.

Der Señor hatte kein Loch in der Wange, seine Zunge befand sich weiter in seinem Mund, aber sein Gesicht hätte jederzeit auf den Tisch fallen können, dann hätte ich es auflesen und in eine Schublade stecken müssen: die Tischdecken zu den Tischdecken, die Messer zu den Messern, die Gesichter zu den Gesichtern.

Schweigend hatte der Señor auf der Bettkante gesessen. Zumindest erzählte er mir das. Aber es war ein Schweigen gewesen, das sich von meinem deutlich unterschied. Er sagte, er spürte das Loch in der Wange, die taube Zunge, den trockenen Mund, und dann habe er ihr alles Geld ausgehändigt, das in seiner Brieftasche war. Die Frau steckte es ein und sprach.

Wir werden uns nie mehr wiedersehen, ermahnte sie ihn. In zwanzig oder dreißig Jahren wirst du daran zweifeln, ob das hier wirklich passiert ist, ob es mich überhaupt gegeben hat, ob du dich auf dieses Bett gesetzt und deine Brieftasche geleert hast. Jetzt erzähl mir dein Geheimnis, los. Ich verwahre es für dich.

Ich schaute ihn an, also den Señor, und alles, was ich wollte, war, dass er schwieg. Dass er ins Bett ging und einschlief und wie so viele andere Male wieder wach würde und joggen ginge und frühstückte und im Spiegel sein Unglück betrachtete.

Er musste meine Verzweiflung bemerkt und mich deswegen so angesehen haben, mit flackernden, aber neugierigen Augen, so als sähe er mich zum ersten Mal. Sieben Jahre war ich schon in diesem Haus, und an jenem Morgen, als hinter den Bergen die Sonne aufging, hob dieser Mann den Blick und konnte nicht mehr aufhören, mich anzuschauen. Auch ich blickte ihn an und fragte mich, ob ich dafür würde bezahlen müssen, dass ich die Zeugin seiner Schwäche geworden war. Und was der Preis dafür war, wie hoch, wie kostspielig er wohl sein würde.

Er sagte, er sei vierundzwanzig gewesen.

Ich wusste zuerst nicht, wovon er sprach. Dann verstand ich, dass sein Geheimnis sich zwanzig Jahre zuvor ereignet hatte und seine Hausangestellte es nun würde erfahren müssen. Dafür bezahlte er seine diskrete, stumme Dienerin schließlich. Verschwiegen wie ein Grab.

In weniger als einem Monat würde er sein Studium beenden, und sein Betreuer hatte ihm gesagt, dass er ihn mit einem schwierigen Fall betrauen würde, einer komplizierten Patientin, die besonderes Geschick erforderte. Er ging in den Behandlungsraum, den man ihm genannt hatte, vorbei an Reihen um Reihen eiserner Krankenbetten, und da sah er in einer Ecke, ganz am Ende des Raumes, das Bett seiner Patientin.

Ich erinnere mich nicht an ihren Namen, sagte der Doktor, und dann fuhr er mit der Handfläche über seine Stirn, als versuchte er, sein Gesicht der Form seiner Knochen anzupassen.

Er näherte sich dem Bett und glaubte es zunächst leer.

So dünn, sagte er.

So unscheinbar.

Am Fußende des Bettes lag die Patientenmappe, die er aufmerksam las. Er prüfte, ob sie andere Medikamente benötigte. Er schätzte ihr Alter, sieben Jahre. Er hasste solche Fälle. Nie hatte er die Kinderärzte verstanden. Erst da hob er den Blick und sah sie.

Die Haut ihres Gesichts war so bleich, dass er ihre Adern sehen konnte.

Das war das Wort, das der Señor benutzte. Er sagte Adern

und betastete mit seinen Fingerspitzen die schlaffe Haut seiner Augenringe, als könne er die Haut jenes Mädchens in seiner Erinnerung befühlen.

Sie war tot, sagte er.

Ich konnte nichts mehr für sie tun.

Er schenkte sich noch ein Glas Whisky ein, und die fast leere Flasche zitterte in seiner Hand. In meiner geriet der Teller vor lauter Schweiß langsam ins Rutschen.

Die Frau im Hotel berührte seinen Schenkel und fuhr mit der Hand nach oben.

Das ist Vergangenheit, sagte sie und kam beim Reißverschluss seiner Hose an.

Sie öffnete sie, berührte ihn und sagte:

Ich nehme es mit mir mit, komm schon, ich nehme dein Geheimnis mit.

Der Señor sprach wieder:

Als sie fertig war, zog ich den Reißverschluss hoch und stand auf.

Ich bemerkte, wie seine Stimme vom Whisky sumpfig geworden war, und wollte nur, dass er endlich still war, ich wollte diesen Teller auf dem Boden zerschmettern und die Porzellansplitter in der Küche verteilt sehen.

Das Ende der Geschichte erzählte er mir nicht, der Señor, der Herr Doktor, der gute Familienvater. Ich weiß nicht, ob er es der Frau aus dem Hotel erzählt hat. Ob er seinem Betreuer sagte, dass das Mädchen tot war, dass er nichts für es hatte tun können. Ebenso wenig verstand ich, warum die Geschichte ein Geheimnis war. Als er den Whisky ausgetrunken hatte, stand er auf und sagte:

Manchmal träume ich von diesem Mädchen. Ich sehe seine leeren Augen in den schwarzen Augen von Julia. Im bleichen Gesicht von Julia. In der Verzweiflung meiner eigenen Tochter.

Er füllte sein Glas zum letzten Mal.

Und du, was siehst du?, fragte er mich.

Der Señor schaute mich mit einem Gesicht an, das sich im nächsten Moment von seinem Schädel abzulösen schien, und fragte mich, was ich sah. Was seine Hausangestellte in den entgleisten Zügen ihres Chefs sah. Das hatte er auch die Frau im Hotel gefragt. Nachdem er ihr sein Geheimnis erzählt hatte, hatte er sie gefragt, was sie sah. Und sie hatte mit aufgesetzter Stimme geantwortet:

Einen sinnlichen Mann.

Er unterbrach sie. Er bat sie, ihm die Wahrheit zu sagen. Mit Gewalt packte er sie am Arm. Nach einem Zögern sagte sie:

Eine bloße Hülle.

Und damit hatte sie recht.

Sie verfiel in Schweigen. Der Señor sagte zu mir, er habe Angst in ihren Augen aufsteigen sehen. Diese Angst kenne ich nur zu gut, sagte er und versicherte ihr, dass er sie nicht anrühren werde.

Er legte sich in einem plötzlichen Anfall von Schwindel aufs Bett. Es schien ihm, als bekämen die Wände Risse, als füllte sich die Luft mit dem ranzigen Geruch jenes alten Spitals. Die Frau fragte ihn, was mit ihm los sei. Er dachte, er habe eine Panikattacke, aber dieser Gedanke drückte ihn nur noch tiefer in das Bett. Er bekam keine Luft mehr. Dort, in jenem Bett, in jener Absteige, würde man seine Leiche finden. Er drehte sich zu der Frau, und mit großer Mühe gelang es ihm, zu sprechen. Er bat sie, ihn abzulenken, ihm eine Geschichte zu erzählen, damit er das Gesicht jenes Mädchens vergessen konnte, jene ihn starr anblickenden Augen, jene schwarzen, schon erloschenen Augen, die seiner Tochter, seines Augensterns, die im Gesicht jenes toten Mädchens begraben lagen.

Sie wusste zunächst nicht, was sie sagen sollte. Dann erzählte sie ihm, dass sie im letzten Studienjahr an der Universität war. Dass sie ihre Schulden aus fünf Jahren Studium bezahlen musste. Er hörte ihr zu und bat sie, ihm etwas zu erzählen, das sie an jenem Tag gelernt hatte. Dazu forderte er auch jeden Abend seine hübsche Tochter auf, seine Julia, die an jenem Morgen noch lebendig war, verschlafen und lebendig in ihrem Bett.

Die Frau schwieg.

Bitte, flehte er sie an.

Sie stand auf, strich ihren Rock glatt, nahm ihre Jacke und ihre Handtasche.

Was eine Tragödie ausmacht, sagte die Frau, ist, dass wir immer wissen, wie sie endet. Von Anfang an wissen wir, dass Ödipus seinen Vater getötet, dass er Sex mit seiner Mutter gehabt hat und dass er erblinden wird. Und trotzdem lesen wir, warum auch immer, weiter. Wir leben weiter, als wüssten wir nicht, was am Ende passiert.

Ich fühlte, wie sich Risse in meiner Kehle auftaten. Der Señor hielt sich den Kopf, damit er ihm nicht auf die Füße fiel.

Er bat mich, ihm noch mehr Whisky zu bringen, die Flasche war leer. Ich holte eine neue aus dem Vorratsschrank, setzte sie an sein Glas und sah zu, wie die goldene Flüssigkeit aus der Flasche rann. Nie hatte sich ein Glas so langsam gefüllt. Nie hatte sich die Zeit so gestaut wie an jenem Morgen.

Und wie lautet das Ende, fragte der Señor die Frau im Hotel.

Ihr kennt das Ende natürlich schon. Mit euch spreche ich, mit wem sonst, ihr auf der anderen Seite des Spiegels, die ihr da sitzt, als ob es möglich wäre, bei so einer Geschichte ruhig sitzen zu bleiben. Tut nicht so, als würdet ihr mich nicht sehen. Spielt nicht die Unwissenden. Ihr kennt das Ende schon, aber er kannte es noch nicht.

Ich klaue dir dein Geld und haue ab, antwortet sie.

Der Señor nickt.

Du bleibst hier liegen und lachst, so laut du kannst, damit wieder Luft in deine Lungen fließt.

Der Señor nickt wieder.

Wenn es dir bessergeht, stehst du auf, gehst ins Bad, spritzt dir etwas Wasser ins Gesicht, und wenn du dich im Spiegel siehst, schlägst du ihn mit der Faust kaputt. Du siehst dein Ebenbild in dem kaputten Spiegel, dann reißt du die Tür aus dem Wandschränkchen, und mit der spitzesten Holzseite schlägst du das Waschbecken in Stücke. Die Zerstörung lässt dich runterkommen. Für einen Moment fühlst du dich gut. Du fühlst dich mächtig. Du achtest nicht auf die Schnittwunde an deinem Handgelenk, bis du nach Hause kommst, dich an den Küchentisch setzt und, ohne Luft zu holen, mit deiner Angestellten redest. Danach betrinkst du dich vor ihr, du trinkst, bis du nicht mehr kannst, und dann gehst du schlafen, ohne deine Wunde zu verbinden, die schon begonnen hat, den weißen Stoff deines Hemdes eines guten Herrn Doktors rot zu färben.

Der Señor stand auf und torkelte Richtung Flur. Draußen war es hell geworden. Der rote Fleck breitete sich von seinem Handgelenk bis zu seinem Ellbogen aus. Er würde nicht mehr rausgehen, selbst wenn man ihn einen ganzen Tag lang einweichte.

Und dann?, fragt er.

Erst übergibst du dich, du zwingst dich dazu, dich zu übergeben. Wenn du ins Bett kommst, schmiegst du deinen Körper an den deiner Frau. Aber du berührst sie nicht, nein. Du berührst sie nie wieder.

Das kann doch nicht das Ende sein, sagt er zu der Frau, die im Begriff ist, das Zimmer zu verlassen. Du hast gesagt, es sei eine Tragödie.

Stell mir deine Frage, gibt sie zurück, während er alle Kreditkarten, alle Scheine, alle Dokumente aus seiner Brieftasche kramt.

Stell die Frage, wiederholt sie, und ohne jene Frage abzuwarten, schließt sie die Tür hinter sich.

Ich kenne die Frage nicht. Auch in der Küche wiederholte er sie nicht. Ich glaube, sie war nicht so wichtig, wo wir doch die Antwort schon kennen. Der Señor schaute mich mit festem Blick an, er konnte sich kaum noch auf den Füßen halten. Seine Augen schwammen in seinen eigenen Tränen, der Whisky strömte durch seine Adern.

Weißt du, worin die Tragödie besteht, Estela?, das war das Letzte, was er sagte.

Vom Flur her, aus der Ferne, war das Geräusch des Weckers zu hören. Es war sieben Uhr morgens.

Hier nimmt die Tragödie ihren Lauf.

Der Señor verbrachte den nächsten Tag im Bett. Seiner Frau sagte er, dass er Fieber habe, ihm der Husten die Luft raube, und dann sperrte er sich im Schlafzimmer ein, um Nachrichten zu schauen. Mittags rief er mich und bat, ich möge ihm eine Hühnerbrühe kochen. Als ich zurückkehrte, versuchte ich um jeden Preis, ihn nicht anzuschauen, hielt meinen Blick starr auf den Fernseher gerichtet. Eine Straßenverkäuferin schrie aus einem Polizeiwagen heraus. Ich bin achtzig Jahre alt, rief sie. Ich komme nicht über die Runden, ich muss arbeiten, werft mir nicht meine Ware weg. Der Señor hielt das Tablett mit der Suppenschale fest, als ich vor ihm stand. Er schaute mich misstrauisch an, ich verstand, dass er um sein Geheimnis fürchtete. Ich ließ das Tablett los, lief zurück in die Küche, und die Stunden gingen dahin: Geschirr spülen, Geschirr abtrocknen, Geschirr wegräumen, und wieder von vorne.

 An jenem Abend fiel ich besonders erschöpft ins Bett, konnte aber trotzdem nicht einschlafen. Ich fürchtete, der Señor würde noch einen weiteren Tag nicht zur Arbeit gehen und Yany in der Waschküche entdecken. Außerdem gingen mir seine Worte im Kopf herum, die Tragödie, sein Geheimnis, aber ich sagte mir immer wieder: Estela, was soll denn noch passieren, ohne zu ahnen, dass alles vollkommen überstürzt passieren würde, dass das Leben über Jahre hinweg stillstand und sich dann innerhalb weniger Tage verausgabte.

 Ich schlief nicht, döste nur vor mich hin, als ich den Schrei hörte, gefolgt von einer kratzigen Stimme. Ich brauchte ein wenig, um sie zuzuordnen. Sie klang zaghaft, diese Stimme, dann erkannte ich sie. Es war die Stimme des Señor, die sagte:

Nehmt alles mit. Alles.

Das konnte nicht wahr sein. Ich verharrte vollkommen regungslos. Es war Nacht, und alles war in Dunkelheit gehüllt. Auch ich, auch meine Stimme lag weiter im Dunkeln, und deswegen waren wir sicher. Der Señor wiederholte voller Angst:

Alles. Nehmt alles mit.

Weiter entfernt war das Weinen des Mädchens zu hören, das tiefe Schweigen der Señora und die beiden Männer, denn es waren zwei, die da vollkommen außer sich herumschrien.

Rück das Geld raus, du Wichser.

Wo sind die Scheine, du Schwuchtel.

Die Handys, verfickter Geldsack.

Es gab kein Geld in diesem Haus. Nicht mehr als das, was der Señor und die Señora in ihren Brieftaschen hatten.

Rück den Schmuck raus, du Schlampe.

Die Kreditkarten.

Die Diamanten.

Hör auf zu flennen, du dumme Göre.

Du sollst die Fresse halten, du kleines Drecksstück.

Dreckskind.

Verwöhnte Fotze.

Wenn du nicht sofort das Maul hältst, wirst du gefickt.

Ich wartete, dass sie abzögen, sich ihre Stimmen entfernten, aber das geschah nicht. Ich hörte, wie sie in die Küche kamen, die Schubladen durchwühlten, die Wandschränke aufrissen. Ich konnte meine eigene Atmung hören, ein, aus. Ein Herzschlag, noch einer. Bis die Zimmertür aufgeschoben wurde und das ganze Küchenlicht herein und auf mein Gesicht fiel.

Ich rührte mich nicht. Ich stellte mich schlafend, tot, so wie ich war, zugedeckt bis zum Hals. Da riss mich eine Hand mit Gewalt an den Haaren. Verwirrt stieg ich aus dem Bett. Erschrocken nicht, nein, mein Herz schlug immer noch langsam, aber ich zuckte zurück, als ich die Maske vor mir sah. Eine schwarze Maske ohne Nase, ohne Mund, nur mit zwei Löchern für ein Paar müder Augen.

Der Mann zitterte unaufhörlich, die Zähne klapperten unter der Maske, und er blinzelte rasch, als wollte er sich selbst aus diesem Alptraum reißen. Er schleuderte mich an den Haaren von einer Seite zur anderen. Ich hörte, wie er mir ganze Strähnen aus der Kopfhaut riss. Dann kam er ganz nah an mein Gesicht heran, als zweifelte er an dem, was er sah. Und ich sah die Traurigkeit in diesen Augen und hörte seine flüsternde Stimme.

Gib mir Durst.

Das sagte er. Oder das war zumindest, was ich zu hören glaubte.

Er war allein da drin, allein mit mir, während der andere Typ alle Teller kaputtschlug, alle Gläser, alle Schüsseln, die ich sauber würde zusammenfegen müssen, damit die Füße des Señor, der Señora, die zarten Füße des Mädchens sich nicht daran schnitten und von Wunden und Blut gezeichnet wären. Ich schaute ihm in die Augen, sie waren das Einzige, was es gab in diesem Gesicht. Er sprach von Neuem.

Gib mir Durst, wiederholte er.

Ich weiß nicht, warum ich mich in diesem Moment an meine Reise nach Santiago erinnerte, an die verbrauchte, warme Luft im Bus und an den Jungen, der in Temuco zugestiegen war und die ganze Nacht lang kein Auge zugetan hatte. Groß und schwarz waren diese Augen gewesen, und genauso traurig und müde. Meine Mutter hatte mich davor gewarnt, die Insel zu verlassen, ich solle doch auf dem Land bleiben, die Armut des Südens sei erträglicher, es würde schwer werden, unmöglich vielleicht, aus dieser Arbeit als Hausmädchen wieder herauszukommen. Das ist eine Falle, sagte sie zu mir. Du wartest auf das Glück und sagst dir insgeheim: Diese Woche gehe ich, in der nächsten ganz sicher, der nächste Monat ist der letzte. Aber es geht nicht, Lita, warnte mich meine Mutter. Man kann nicht einfach weg, man kann nicht einfach sagen, es reicht, nein, ich bin es leid, Señora, mein Rücken tut weh, ich gehe. Das ist nicht, wie in einem Laden zu arbeiten oder bei der Kartoffelernte auf dem Land. Das ist eine Arbeit, die man nicht sieht, das sagte meine Mutter. Und noch dazu werden sie dir vorwerfen, dass du klaust, zu viel isst, deine Wäsche zusammen mit der ihren in die Waschmaschine steckst. Und trotz allem, Lita, passiert das Unvermeidliche. Du gewinnst sie lieb, verstehst du? So sind wir, Liebes, so sind wir Menschen. Also geh nicht, hör auf mich. Und wenn du gehst, gewinn sie nicht lieb. Man darf diejenigen nicht lieben, die einem Befehle erteilen. Sie lieben sich nur untereinander.

Ich versprach ihr, dass ich in einigen Monaten mit viel Geld zurückkommen würde. Dass ich ihr einen Flachbildfernseher kaufen würde, glänzende Turnschuhe, zwei Kühe, drei Lämmer. Dass ich das Haus ausbauen würde, ein zweites Bad, ein Gewächshaus. Sie schüttelte den Kopf, während ich unaufhörlich redete. Sturkopf, sagte sie zu mir, Dickschädel, und sie weigerte sich, mich am Busbahnhof zu verabschieden. Sie sagte, ich solle nicht zurückkommen. Ja, sie nicht einmal besuchen.

Der Junge aus dem Bus reiste auch nach Santiago. Er würde als Wachmann in einem Einkaufszentrum arbeiten. Nie wieder würde er in den Sägewerken schuften. Die Kiefern und die gewaltigen Eichen, die er mit seiner Säge fällte, taten ihm leid. Er sagte, er würde in ein paar Jahren mit viel Geld nach Temuco zurückkehren und dann in den Bergen leben. Er erzählte mir von einem Fluss, der nur im Frühling entsprang, und von den zwei Pferden, die er haben würde: Miti und Mota.

Ich schaute aus dem Fenster und zählte weiter die kleinen Gedenkstätten am Straßenrand, deren Licht auf die Landstraße fiel. Wenig später begann es zu dämmern, und meine Lippen wurden ganz spröde von der trockenen Luft des Nordens. Er bot mir einen Schluck von seinem Getränk und die Hälfte seines Wurstbrotes an. Obwohl ich keinen Hunger hatte, nahm ich an und sagte zu ihm: Miti und Mota. Er lächelte, aber seine Augen blieben weiter ernst. Als wir in Santiago ankamen, stieg er hastig aus und verschwand im Fluss der Menge, und ich merkte, dass ich ihn gar nicht nach seinem Namen gefragt hatte. Auf der Welt gibt es zwei Arten von Menschen: Menschen mit Namen und Menschen ohne Namen. Und nur die mit Namen verschwinden nicht.

Ich spürte ein Stechen am Hals von den Stößen des Jungen. Ich versuchte, mich aufzurichten, damit er aufhörte. Es gelang mir nicht. Ich sah, dass sich unter der schwarzen Sturmhaube seine Wangenknochen abzeichneten, die markante Kurve seines Kiefers und die Umrisse seiner Augenbrauen. Wer war dieser Junge. Was wollte er von mir.

Ohne nachzudenken, hob ich meine Hand, berührte den Stoff und die spitzen Knochen darunter. Verwirrt hielt er inne, zahm, als hätte ihn nie zuvor jemand berührt. Dann begann ich, ihm langsam vom Hals her die Sturmhaube hochzuschieben. Es war, als zöge ich ihm eine auf der Haut klebende Kruste vom Schädel.

Ich streifte sie ab und ließ sie neben seine und meine Füße fallen. Er war fast noch ein Kind. Ein Kind und doch kein wirkliches Kind. Ein Wesen, das nicht eine Sekunde lang eine Kindheit gehabt hatte.

So standen wir eine ganze Weile lang da. Meine Hand fuhr über sein warmes Gesicht, meine Finger über sein Kinn. Das Splittern von Glas draußen ließ mich zusammenzucken. Der Junge schien aufzuwachen, packte mich fest am Handgelenk und zischte mir ins Ohr:

Mach den Mund auf.

Meine Beine und Arme wurden hart, meine Finger verkrampften sich. Ich presste die Zähne und Lippen zusammen. Was wollte dieser Mann. Wer war dieser Mann.

Mach den Mund auf, zur Hölle.

Mir war kalt. Eine Kälte, die ein anderes Wort verdient hätte. Der Junge flüsterte. Er schrie nie. Er sprach leise mit mir, nur für sich, für mich, wie man ein Geheimnis erzählt. Er war so groß wie ich, bis hier ging er mir, genau bis hier, aber viel dünner. Und dieser unscheinbare Körper, voller Hass, voller Schmerz, zitterte ebenfalls. Alles an diesem Jungen zitterte.

Mach auf, mach auf. Mach auf, verdammt.

Auf der anderen Seite der Tür, in der Küche, hörte ich das erstickte Weinen des Mädchens und das Schweigen der Señora und des Señor, das nichts mit meinem Schweigen zu tun hatte. Sie waren stumm, beide, vielleicht auch ruhiger, jetzt, wo die Nana in ihrem Nachthemd zur Zielscheibe geworden war, die starre Nana mit ihren aufgerissenen Augen und dem gestopften Mund.

Dumme Schlampe.

Das sagte der Kind-Mann.

Und dann:

Mach jetzt auf, verflucht nochmal, oder ich schieß dir ein Loch in die Fresse.

Ich dachte, er würde mich umbringen. Dass ich ganz bald sterben würde. Und dieser Gedanke war so merkwürdig. Die Vorstellung, dass der Kind-Mann mir eine Kugel in den Mund jagen würde, beruhigte mich. Ich dachte an meine Mama, ihre rissigen Hände, ihre so reine Haut vor dem Zubettgehen, und ich dachte, dass sie in meiner Erinnerung in Sicherheit war, immer würde sie in Sicherheit sein, und ich würde ihr Gesellschaft an jenem fernen Ort leisten, wo sie auf mich wartete.

Also löste ich meine Lippen. Ich öffnete den Mund. Und ich schaute ihm in die Augen, in Erwartung, die kalte Pistole zu spüren, und dann nichts, nichts, nie mehr nichts mehr.

Ich schaute ihn ernst an. Auch er schaute mich an. Unsere Blicke trafen sich, und ich spürte, wie mir die Tränen übers Gesicht liefen. Da beugte sich der Junge nach hinten, zog seinen Speichel hoch und spuckte mir in den Mund.

Scheißsklavin.

Das sagte er.

Dann verließ er das Zimmer, packte den anderen Kerl am Arm, und zusammen rannten sie aus dem Haus.

Die Polizei kam wenige Stunden später. Das Mädchen schlief zusammengerollt im Bett seiner Eltern, wie als es noch ein Baby war, während die anderen um den Esstisch herumstanden und diskutierten.

Die Aussage des Señor wurde aufgenommen. Er sagte nicht, dass man ihm in der Nacht zuvor die Kreditkarten gestohlen hatte, und auch nicht, dass sich in seiner Brieftasche Dokumente mit seiner Wohnadresse befunden hatten. Ebenso wenig erzählte er von seinem Verdacht, wer hinter dem Überfall stecken konnte. Er sagte nicht viel, aber die Señora redete für zwei.

Als sie fertig waren, fürchtete ich, dass sie mich zu einer Aussage nötigen würden. Dass ich sagen müsste, dass der Kind-Mann auseinanderstehende Vorderzähne hatte oder seine Mundwinkel nach oben zeigten, als ob er doch noch glücklich werden könnte. Nichts davon geschah. Als man sich mir zuwandte und ich mich schon fragte, ob ich in der Lage sein würde, zu sprechen, die richtigen Worte zu finden, lasen sie mir die Aussage der Señora vor. Der ältere Polizist fragte mich, ob diese Angaben der Wahrheit entsprachen, und ohne meine Antwort abzuwarten, hielt er mir ein Papier zur Unterschrift hin:

»Estela García, vierzig Jahre alt, ledig, Hausangestellte, erklärt mit dieser Unterschrift, keine physischen Schäden während des Überfalls davongetragen zu haben.«

Unmittelbar darauf steckte er mir, weshalb auch immer, ein Wattestäbchen in den Mund und nahm eine Speichelprobe.

Eine oder zwei Wochen später tauchte die Pistole auf. Wochen, in denen der Señor wie besessen Kampfunterricht nahm, um mit seinen eigenen Händen zu töten, sich selbst zu verteidigen. Hart werden. Kämpfen. Verteidigen, was seines war. Zum Glück kam er nicht auf die Idee, einen Wachhund zu kaufen, der Yany vertrieben hätte, sondern entschied sich schlicht für einen Revolver. Um dem vermaledeiten Verbrecher eine Kugel ins Auge zu schießen. Damit nie wieder jemand dem Herrn Doktor eine solche Angst einjagen würde, dem Herrn des Hauses, der sich vor seiner Tochter, vor seiner Frau, vor seiner Nana in die Hosen gemacht hatte.

Ich war mit einem großen Hausputz beschäftigt. Teppiche ausschütteln. Vorhänge waschen. Kleider umräumen. Von einem Schrank in den anderen. Von einer Schublade in die nächste. Yany schlief in der Waschküche, nachdem sie Wasser getrunken und ihr Brot gegessen hatte. Als sie mich beim Reinkommen begrüßt hatte, hatte sie die ganze Küche durchschnüffelt, jede Ecke, jedes Möbelstück, als ob die Männer noch da wären. Das Mädchen war in der Schule. Der Señor und die Señora auf der Arbeit. Meine Mutter war immer noch tot. Im Fernseher im Schlafzimmer erklärten einige Fischer, dass sie streikten. Sie fingen keine Dornhaie und keine Adlerfische mehr. Sie forderten, dass die großen Boote mit den Schleppnetzen verschwinden sollten. Sie lassen nichts übrig, sagte einer, sogar die Wale bringen sie um. Einmal hatte ich einen Wal gesehen, seine schwarze Flosse im Wasser. Ich dachte erst, es sei ein Stück von einem Reifen, aber meine Mutter sagte zu mir, ich solle warten. Nichts ist, wie es scheint, Lita, das hatte sie gesagt. Und dann plötzlich sprang der Wal.

Als ich schon fast damit fertig war, den Schrank leer zu räumen, wieder ganz in Erinnerungen versunken, bemerkte ich hinten in einer der Schubladen etwas, das mir zuvor entgangen war. Ich dachte, es sei ein einzelner Strumpf, aber der Stoff war glatt. Ich zog den Gegenstand zu mir her, streifte das Tuch ab, in das er eingewickelt war, und sah, dass meine rechte Hand eine Pistole hielt. Habt ihr schon mal eine Pistole in der Hand gehabt? Die wiegt so schwer, dass sie einem beinahe die Hand, ja den ganzen Arm umbiegt, man müsste das ganze Zimmer zurechtbiegen, um das Gewicht dieses Teils auszugleichen.

Das Bild schien mir schief, ich weiß nicht, ob ich das richtig ausdrücken kann: Meine von Rissen durchzogene, von der Arbeit abgenutzte Hand hielt einen schweren Revolver, der zweifellos echt war. Ich legte den Finger auf den Abzug, streckte meinen Arm aus und zielte auf den Schrank. Dort hingen das blaue Jackett des Señor, seine feinen schwarzen Anzüge, seine weißen, hellblauen, grauen, rosafarbenen Hemden, sein Kittel des guten Herrn Doktor und jenes Kleid, das schwarze, das die Señora nie trug, weil sie vulgär darin aussah oder weil es ihre Angestellte einmal anprobiert hatte. Ich strich über all diese Kleider, und es kam mir vor, als fühlte ich ihre Textur unter meinen Fingerspitzen. Ohne nachzudenken, hielt ich mir die Mündung der Waffe an die Schläfe.

Die kalte Kante des Metalls brachte mich aus der Fassung, aber was mich wirklich schaudern ließ, war, dass aus der Mündung der Waffe Rauch aufstieg, als hätte ich wirklich abgedrückt und als läge meine Leiche mitten auf dem Schlafzimmerboden. Ich fragte mich nicht, ob sie geladen war. Davon ging ich aus. In der Waffe lagen fünf Kugeln, und ein Zucken meines Fingers genügte, dass eine von ihnen meinen Schädel durchschlug. Meine Fingerkuppe drückte ein wenig. Mir war kalt und heiß. Heiß und kalt zugleich.

Es ist schon merkwürdig, dass wir alle sterben werden, findet ihr nicht? Alle, ihr auch. Daran gibt es keinen Zweifel. Die Antwort ist die gleiche, ein ums andere Mal. Wenn ihr euch umschaut und eure Mutter anseht, euren Vater, euren Hund, eure Katze, eure Tochter, euren Sohn, die Morgenammer, die Drossel, euren Ehemann, eure Ehefrau, immer lautet die Antwort gleich: ja, ja, ja. Es gibt nur zwei Fragen, die offen sind: wie und wann. Und diese Pistole konnte beide mit absoluter Gewissheit beantworten.

Die Waffe gehörte dem Señor, der Angst des Señor. Ich hatte in der Nacht des Überfalls die Furcht in seinen Augen gesehen. Vielleicht hasste er mich deswegen. Weil seine Angestellte nach all diesen Vorfällen einfach zu viel gesehen hatte. Sie hatte ihn beim Ficken mit seiner Frau gesehen, sie hatte ihn nackt in seinem Zimmer gesehen, sie hatte seine Todesangst gesehen. Und er hatte mehr Angst gehabt als seine Frau. Mehr als seine Tochter. Und sehr viel mehr als seine Hausangestellte.

Ich wickelte die Pistole wieder in das Tuch ein, und als ich sie dorthin zurücklegen wollte, wo sie versteckt gewesen war, entschied ich mich um. Und steckte sie ein, so war es. Ich nahm die Pistole mit in mein Hinterzimmer und versteckte sie unter der Matratze. Für den Fall, dass ich eines Tages oder eines Abends beschloss, auf jene beiden Fragen zu antworten: Wie. Wann.

Die Installateure der Alarmanlage kamen noch in der gleichen Woche. Das Mädchen hatte ins Bett gemacht, und damit es sich wieder sicher fühlen konnte, als die wahre Herrin des Hauses, hatte man eine Sicherheitsfirma beauftragt. Die Señora sagte:

Estela, du machst ihnen die Tür auf.

Und danach:

Und du überwachst sie, verstanden? Du lässt sie nicht aus den Augen.

Es war keine Antwort vonnöten. Vielleicht würde das nie mehr der Fall sein. Meine Mutter hatte mich davor gewarnt: Das ist eine Falle, Lita. Aber meine Mutter war tot. Meine Mutter würde tot bleiben. Und das war wirklich eine Falle, aus der es kein Entrinnen gab.

Sie luden zwei Werkzeugkisten aus dem Transporter und eine Rolle Stacheldraht, den sie um den Zaun des Grundstücks herumwickelten. Ich sah nicht, wann und wie sie ihn unter Strom setzten. Die Señora und das Mädchen waren einkaufen, der Señor in einem Meeting, und ich setzte mich an den Küchentisch, um Weißkraut zu schneiden und Karotten zu reiben.

Als der Draht fertig war, klingelten sie an der Tür. Drinnen installierten sie Sensoren an der Wohnzimmerdecke, automatische Bewegungsmelder, die den Garten beleuchten sollten, und eine nach draußen gerichtete Kamera. Sie legten mir ein Formular zur Unterschrift vor, und ich setzte meinen Namen darunter. Einer von ihnen war sehr groß und hatte einen leichten Buckel. Während ich unterschrieb, sagte er:

Wenn jemand über die Mauer klettert, wird er gebraten wie ein Spiegelei.

Er bleckte seine gelben Zähne, und ich sah, dass seine Mundwinkel nach unten hingen.

Am Abend testete die Señora alle Neuerungen im Haus. Sie sagte, der Code für die Alarmanlage lautete zwei zwei zwei zwei. Sie zeigte mir, wie man sie aktivierte und deaktivierte, und bat mich dann, ein paar Steaks zurechtzuschneiden.

Schön dick, sagte sie, damit sie saftig bleiben.

Ich rammte die Messerspitze in die Plastikfolie, in die das Fleisch eingepackt war, und der metallische Geruch nach Blut breitete sich in der Küche aus. Da landete eine Fliege auf meiner Hand. Glaubt nicht, dass ich schon wieder abschweife. Diese Fliege ist wichtig.

Ich ignorierte sie, solange ich konnte. Ich legte das Stück Fleisch auf das Schneidebrett. Die Klinge fuhr durch das Fett, die Nerven, bis sie schließlich auf das harte Fleisch traf. Die Einkerbungen auf dem Schneidebrett lenkten mich ab, und ich fragte mich, ob man diese Schnittspuren wohl ausblenden konnte. Ein Schnitt und noch ein Schnitt und noch ein Schnitt und noch ein Schnitt. Botschaften derer, die vor mir am Werk gewesen waren. Warnungen an die, die nach mir kommen würden.

Ich legte die Steaks auf einen Teller. Ich wollte sie mit Salz und Pfeffer würzen, als ich feststellte, dass kein Salz mehr da war. Weder im Salzstreuer noch in der Dose, in der ich es für gewöhnlich aufbewahrte, und auch im Vorratsschrank war nichts mehr vorhanden. Ein ganzes Kilo Salz war verschwunden, versteht ihr, was ich damit sagen will? Wisst ihr, wie viel Zeit in einem Kilo Salz steckt? Wochen und Wochen, in denen meine Mutter tot war und ich Salz in ihre Salate, Salz in ihr Rührei, Salz in ihre Lachsfilets in Butter gab. Ein ganzes Kilo Salz war dahin, und ich war immer noch in diesem Haus.

Ich schluckte bitter. Die Fliege saß auf einem Stück Fett. Ihr

Kopf leuchtete in Regenbogenfarben, und sie rieb ihre schwarzen und krummen Vorderbeine aneinander. Ich wedelte mit der Hand, um sie zu verscheuchen, aber sie kam zurück. Ich wedelte wieder mit der Hand, sie flog geräuschvoll davon, und als ich dachte, sie sei endlich verschwunden, flog sie genau auf meine Augen zu. Ich schloss sie, wedelte mit den Händen, aber die Fliege versuchte, in mein Ohr zu kriechen. In beide Ohren. Es war mehr als eine: Ein ganzer Fliegenschwarm fiel über mein Gesicht her. Ich spürte ihre Flügel auf meinen Lidern, ihre Beine, die über meine Trommelfelle strichen. Verzweifelt taumelte ich zurück. Ein, zwei Schritte.

Ich weiß nicht mehr, gegen was ich stieß. Ich spürte einen Schlag im Nacken und etwas Warmes auf meiner Handfläche. Ich öffnete die Augen. Ich lag auf dem Küchenboden. Die Fliege rieb wie besessen ihre Beine auf meinem Knie, und meine Hand umklammerte die warme und rote Klinge des Messers.

Ich versuchte, mich aufzurichten, schaffte es aber nicht. Schwindel überkam mich und ein Gefühl von Ekel, tief in meinem Rachen. Da war Blut an meiner Hand, ein Schnitt in meiner Handfläche, eine Fliege auf meinem Knie, fremde Spucke in meinem Mund, eine Mutter unter der Erde. Alles um mich herum drehte sich. Dann hörte ich dieses Geräusch:

Klack.

Klack.

Klack.

Ich weiß nicht, ob sie es auch gehört hatten. Wahrscheinlich nicht. Womöglich hatte mein Schweigen auch mein Gehör geschärft. Ich atmete mehrmals tief ein und aus, bis ich mich wieder beruhigte. Ich stand auf, wusch meine Hand ab, säuberte die Wunde und wischte das Blut von der Messerklinge. Ich briet die Steaks. Ich machte den Salat an. Ich antwortete nicht,

als sie sagten, das Essen sei schlecht gewürzt, ich konnte nur an jenes Geräusch denken:
 Klack.
 Klack.
 Klack.
 Wie eine Zeitbombe.

Das Mädchen war in jenen letzten Tagen besonders unruhig. Die Señora wollte nicht, dass es in der Woche des Überfalls zur Schule ging. Es schien ihr vernünftig, etwas zu warten, aber der Señor überredete sie. Es war wichtig, zum Alltag zurückzukehren. Sich nicht hängen zu lassen. Normalisieren. Vorankommen. Er selbst brachte es zur Schule, aber schon zwei Stunden später war das Mädchen wieder zurück, mit Bauchkrämpfen und Ausschlag.

Ich erlaubte ihm, in der Küche zu bleiben. Ich schaltete den Fernseher ein, obwohl die Señora ihm verboten hatte, fernzusehen, ehe es nicht seine Hausaufgaben erledigt hatte. Es lief eine Tiersendung. Elefanten, die Jahr um Jahr zu der gleichen Grotte pilgerten, wo sie das Salz von den Wänden leckten und sich dann zum Sterben hinlegten. Yany schlief unterdessen ihre Siesta auf der Türschwelle zur Waschküche. Das Mädchen schien sich bei ihrem Anblick zu freuen, es wollte gleich hingehen und sie streicheln, aber wahrscheinlich kamen ihm die Spuren auf seiner Wade in den Sinn, und so hielt es Abstand. Ich weiß, es war ein Fehler, dass das Mädchen sie zu Gesicht bekam, aber ich brachte es nicht über mich, die Hündin rauszuwerfen. Der älteste Elefant entfernte sich unterdessen von der Herde, trottete allein über einen Pfad voller Bambus und legte sich unter einem schwarzen Himmel nieder, um seinen Tod zu erwarten.

Das Mädchen wandte den Blick vom Bildschirm und fragte mich, warum ich keine Angst gehabt hatte.

Ich gab keine Antwort.

Die anderen Elefanten gingen ihres Weges, ohne sich umzudrehen. Sie liefen etwas gemächlicher, etwas wehmütig oder zögernd, aber sie gingen weiter.

Ich habe dich beobachtet, sagte es. Du hast ihm die Maske abgezogen, Nana.

Ich ging zu dem Mädchen hin, kniete mich neben es und streichelte ihm über den Kopf. Sein Zopf war nur mehr ein Haufen Fransen.

Wie sah sein Gesicht aus?

Ich wollte mir dieses Gesicht in Erinnerung rufen, aber es gelang mir nicht. Immerzu sah ich nur das meiner Mutter vor mir, ihre fast blutleeren Lippen, ihre weichen Augen, die rundlichen, unregelmäßigen Zähne.

Das Mädchen fragte wieder, warum ich keine Angst gehabt hatte.

Mein Papa hat sich vollgemacht, sagte es. Er hat sich in die Hose gepinkelt, ich habe es gesehen.

Ich löste seinen Zopf und begann, ihn neu zu flechten, von Grund auf, Strähne für Strähne. Als ich fertig war, küsste ich es auf die Stirn und fragte mich, ob ich es wohl vermissen würde. Ob ich diese vorlauten Fragen vermissen würde, wenn ich ginge.

Warum sagst du nichts, Nana?

Natürlich würde ich es vermissen. Wie man eben eine Gewohnheit vermisst, bis sie durch eine andere Gewohnheit ersetzt wird.

Ich machte ihm eine Bananenmilch und einen Marmeladentoast, aber es rührte sie nicht an. Es sagte, es habe keinen Hunger, sein Blick war verschlossen, freudlos. Ich versuchte, mich an den Moment zu erinnern, in dem sich dieses Gesicht verwandelt hatte. Müde oder abgekämpft wirkte es. Als ob es schon lange genug gelebt hätte.

Die Milch wurde braun, und die Señora schüttete sie in den

Ausguss, als sie von der Arbeit zurückkam. Einen Moment lang stand sie da und betrachtete die Masse, die in den Abflusslöchern hing, als fände sich darin die Antwort auf die Probleme ihrer Tochter, der Weg, um sie aus dieser Sackgasse hinauszumanövrieren.

Wenig später schaltete sie den Fernseher ein und machte sich einen Teller Salat mit Körnern. Feldsalat und Körner. Kresse und Körner. Radicchio und Körner. In den Nachrichten lief eine Sondersendung. Straßensperren. Barrikaden. Hunderte Vermummte. Plünderungen. Brandstiftungen.

Ich hob den Blick. Es gab Proteste in Santiago, Antofagasta, Valparaíso, Osorno, Puerto Montt, Punta Arenas. Das Bild war in sechs Quadrate unterteilt, die alle gleich aussahen, bis auf eines, in dem ein Journalist eine Frau mit müden Augen interviewte:

Sie wollen, dass wir spuren, sagte sie und blickte entschlossen in die Kamera.

Die Señora schaute die Nachrichten, während sie im Stehen aß. Ohne Eile aß sie ihren Salat auf, räusperte sich, runzelte die Stirn und schüttelte den Kopf von links nach rechts, während im Fernsehen eine Gruppe von Leuten aus Reifen eine Straßensperre errichtete.

Der Señor kam herbei, um zu sehen, was auf den Straßen los war. Sie waren besorgt, wie ich später erfuhr. In der Nähe der Holzfabrik hatte es ebenfalls Proteste gegeben. Sogar die Mitarbeiter der Klinik hatten sich den Märschen angeschlossen. Unzufriedenheit, sagten sie. Ich hörte, wie sie vor dem Fernseher diskutierten: der Chef, die Chefin, das lodernde Feuer auf dem Bildschirm, die vermummten Gesichter. Da keiner dieser Körper ein Gesicht hatte, schien es, als teilten sie sich alle ein einziges. Das war mein Gedanke, oder zumindest kam ich bis dorthin, weil die Señora etwas genervt den Fernseher ausschaltete, etwas irritiert, auch wenn ich wusste, dass sich dahinter vor allem Angst verbarg.

Sobald sie die Küche verlassen hatten, hörte ich wieder dieses Geräusch von draußen: klack, klack, klack, aber ich ignorierte es. Das Mädchen bekam einen seiner Wutanfälle. Es schrie und weinte im Flur, doch bald schon wurde es müde. Die Señora betrachtete diese Müdigkeit, dieses blasse Mädchen ohne Energie, stets den Tränen nahe, und dann ging sie ihren Ehemann suchen, um mit ihm zu sprechen.

Das ist nicht normal, sagte sie.

Er wedelte mit der Hand. Er telefonierte.

Es verging nur ein Nachmittag, oder zwei. Wer weiß das schon.

Ich stand in der Waschküche und trennte Weiß- und Buntwäsche: weiße Handtücher, weiße Unterhosen, weiße Hemden. Es war ein Montag, schreibt das auf. Ich weiß das, weil jeden Montag die Bettwäsche gewechselt wurde. Was sage ich ... gewechselt wurde. Montags wechselte *ich* die Bettwäsche, ich riss die Laken von den Betten, warf sie in die Waschmaschine und sah, wie sie unter dem Gewicht des Wassers versanken. Ein erdrückendes Gewicht, habt ihr daran mal gedacht? Ein Gewicht, das tödlich sein kann. Sogar für eine durchtrainierte und kräftige Person. Eine Person, die schwimmen kann. Ich kann nicht schwimmen, habt ihr das auch notiert? Und trotzdem sprang ich ins Wasser, als ich Julia im Wasser treiben sah.

Die Sonne stand hoch am Himmel, wie eine Orange, weshalb ich beschloss, nicht den Trockner zu benutzen, sondern die Laken auf die Leine zu hängen. Diese schweren Laken, die bald in der Waschmaschine rotieren würden. Yany schnarchte zusammengerollt neben der Maschine. Gelassen. Seelenruhig. Weit weg von der Wirklichkeit. Das Mädchen saß vor dem Fernseher in der Küche, er lief auf voller Lautstärke. Seine Eltern waren auf der Arbeit. Es war ein ruhiger, gewöhnlicher Tag.

Ich war fast fertig mit dem Aufhängen der Wäsche, als das Mädchen in die Waschküche kam und mich fragte, warum man seinen Geburtstag feiern musste. Es war nicht mehr lange hin, und seine Mutter hatte ihm eine Kostümparty versprochen. Es hatte schon sein Kleid. Die Kinder würden als Superhelden gehen, ihre Gesichter unter Monster- und Tiermasken versteckt.

Es wollte wissen, wie wir sicher sein konnten, dass die bösen Männer nicht zurückkommen würden. Dann schwieg es, als dächte es über etwas Wichtiges nach, und fragte mich, warum dieser Mann, der mit der Maske, seinen Papa so sehr hasste, warum er seine Mama hasste.

Hasst er mich auch, Nana?

Das wollte es wissen. Ich strich weiter die Laken glatt, damit sie keine Falten schlügen. Wenn sich irgendwo eine einschlich, bekam man sie nicht mal mehr mit dem Bügeleisen wieder raus. Es war wichtig, die Wäsche so glatt wie möglich aufzuhängen. Das Mädchen verlor die Geduld, als ich nicht antwortete. Es begann zu schreien, zu kreischen, auf meine Beine einzuschlagen. Es hatte Hunger, es war müde, es hatte Panik, dieses Mädchen. Es wollte wissen, warum man feiern musste, wo es doch nicht mehr älter werden wollte. Warum es dieses weiße Prinzessinnenkleid würde tragen müssen.

Sein Gesicht war verzerrt, es war außer sich. Und ich fragte mich, wann dieses Mädchen so der Verzweiflung anheimgefallen war.

Warum die Masken, Nana.

Warum. Warum.

Warum redest du nicht mit mir, fragte es.

Sag etwas zu mir, befahl es.

Sag was oder ich verpetz dich, Nana.

Das war eine Warnung. Ich blickte ihm in die Augen und glaubte, durch es hindurchzusehen: seine Angst, seine Beklemmung, seine grenzenlose Arroganz. Ich hätte ihm antworten können: Dumme Göre, verwöhntes, rotziges Kind, Wörter, die ihm die Grenzen aufgezeigt hätten. Aber meine Stimme war schon viel zu weit fort.

Yany hob angesichts der Drohungen des Mädchens den Kopf und stand alarmiert auf.

Ich verpetze dich, sagte es und rannte ins Haus.

Yany ließ sich wieder auf ihre Hinterpfoten fallen, legte den Kopf auf den Boden und schloss die Augen. Sie kam mir älter vor, und ich dachte mir: genau wie du. Du bist auch älter geworden. Und da wusste ich, in einem Anflug von Klarheit, dass ich so schnell wie möglich fortmusste. Meine Mutter brauchte das Geld nicht mehr. Ich konnte die Hündin mitnehmen. Diese brave Streunerin, die vor sich hin döste, während die Schatten der Laken über ihren fahlen Pelz eines erschöpften Tieres strichen.

Ich vermute, dass mich diese Vorstellung abgelenkt hatte und ich sie deswegen nicht hatte hereinkommen hören. Ich hatte weder das Auto noch die Schlüssel noch die Absätze gehört, die durch die Küche gestöckelt kamen. Nur den Aufschrei und dann meinen von Dornen umrankten Namen.

Estela.

Das sagte die Señora beim Anblick der unbekannten Streunerin, dieser unverschämten, ordinären, potenziell gefährlichen Hündin, die mit einem Satz auf ihren vier Pfoten stand und ihre alten Reißzähne entblößt hatte.

Was geht hier vor, wie kannst du es wagen, keifte sie rasend vor Wut, und ich sah, wie sich Yanys Rückenhaare aufstellten, wie ihre Augen vor Angst schier überliefen.

Das Mädchen stand neben seiner Mutter und zog mit dem Mund eine Grimasse. Sein Ausdruck bewegte sich irgendwo zwischen Wut und Rache und verwandelte es für einen Augenblick in eine Erwachsene. Das Kind und seine Mutter schauten mich mit dem gleichen Gesichtsausdruck an, und ich sah, dass ihrer beider Mundwinkel begonnen hatten, nach unten zu zeigen.

Yany wich zurück und drückte sich gegen die Wand der Waschküche. Ich erinnere mich, dass sie mich ganz entsetzt anschaute, als hätte ich ein Versprechen gebrochen. Die Señora trieb sie unterdessen mit ihrem Körper in die Enge. Sie klatschte in die Hände, breitete die Arme aus und schrie:

Raus, du Hund, raus.

Sie scheuchte Yany zum Ausgang, weg von ihrem Anwesen, weg von ihrer Tochter.

Die Hündin lief mit an die Wand gepresstem Körper zurück, unter dem Dach hindurch, das die Waschküche mit dem Vorgarten verband. Hinter ihr liefen die Señora, das Mädchen und ich.

Im Vorgarten, wenige Meter vor dem Tor, blieb Yany stehen. Ich wusste nicht, was ich tun sollte, wie ich Yany erklären konnte, dass das nicht mein Haus, nicht meine Entscheidung war. Die Hündin stand bewegungslos direkt neben dem Tor, war aber zu erschrocken, als dass sie sich hätte bewegen und fortlaufen können.

Die Señora verlor die Geduld, sie schrie:

Estela, tu etwas.

Und dann:

Hau ab, Hund, raus, raus mit dir.

Yany verharrte weiter vollkommen regungslos. Das Mädchen schluchzte bei all dem Geschrei. Die Señora ruderte wie wild mit den Armen, bis sie sie plötzlich fallen ließ. Sie blickte auf den Gartenschlauch, dann auf die Hündin und traf eine Entscheidung.

Sie zielte auf Yanys Brust und drehte den Hahn voll auf. Die Hündin triefte vor Wasser und begann zu bellen. Es war ein trauriges, verzweifeltes Bellen, das mir das Herz brach, aber das bremste die Señora nicht. Sie hielt den Strahl genau auf ihre Augen gerichtet, und die Hündin, die blinzelnd dastand, ohne recht zu wissen, was sie tun sollte, gab schließlich auf und schlich durch die Gitterstäbe des Tors nach draußen.

In diesem Augenblick blieb die Zeit stehen. Notiert das unbedingt. Die Zeit stockte oder vielleicht fiel ich aus der Zeit, die ohne mich weiterlief. Denn als Yany kurz davor war, zu entkommen, den halben Körper schon draußen und die andere Hälfte noch drinnen, den Schwanz im Garten und den Kopf auf dem Gehweg, hörten wir alle, die Señora, das Mädchen und ich, diesen dumpfen Schlag, klack, wie das Knallen einer Peitsche. Er kam vom Elektrozaun, von den Hochspannungskabeln, vom Stacheldraht auf den Mauern. Und mit diesem Geräusch zischten weiße, rote und gelbe Funken.

Das Licht flackerte im ganzen Block und fiel dann aus. Die Straße wurde dunkel, genau wie das Haus. Die Stille überraschte mich, das Fehlen dieses Geräuschs, dieses Klackens, das ich seit Tagen gehört hatte. Nach wenigen Sekunden kam der Strom zurück. In allen Häusern heulten die Alarmanlagen auf. Alle anderen Hunde jaulten bei diesem schrillen und furchtbaren Lärm.

Ich hielt mir die Hand vor den Mund, als wollte ein Wort entkommen und ich müsste es gerade noch bremsen. Ich fiel neben Yany auf die Knie, die nun ohnmächtig auf dem Boden lag, der Kopf auf dem Gehweg und der Rest des Körpers im Vorgarten. Ich berührte sie, betastete ihren Bauch und fühlte, dass sie atmete. Sie war noch wach, lebendig. Sie hatte überlebt.

Das Mädchen begann loszuheulen. Die Señora schrie ebenfalls:

Fass ihn nicht an, Estela, du kriegst noch einen Stromschlag.

Ihre Stimme klang wie von Ferne, als befände sie sich auf dem Grund des Meeres. Ich beugte mich nach vorn, berührte ihren Kopf zwischen den Gitterstäben und hob ihn mit beiden Händen empor, um ihr in die Augen zu schauen. Das war schon nicht mehr sie. Yany war nicht mehr in diesen Augen, an ihrer Stelle stand ein Flehen, eine verzweifelte Bitte. Sie litt. Ihre Atmung war schwer geworden. Meine Hündin war kurz davor, zu sterben. Das Mädchen hörte nicht auf zu weinen. Die Señora schrie, es solle reingehen, das hier nicht mit ansehen, nein. Aber das Mädchen, dieses Mädchen musste es sehen.

Ich küsste ihren großen Kopf und wünschte, sie wäre augenblicklich tot. Es reicht, dachte ich, es reicht, aber meine Gedanken waren nicht in der Lage, diesem Schmerz ein Ende zu setzen.

Ich stand auf, schaute die Señora an und lief entschlossen ins Haus … was sage ich da, was sage ich. Streicht das bitte.

Es war, als bewegte sich mein Körper von allein, mein Körper ohne mich, denn ich hörte in keinem Moment auf, an Yanys Seite zu sein, nie hörte ich auf, sie zu streicheln, ich ließ sie nicht zurück, aber jene Frau, die ich in der Vergangenheit einmal gewesen war, erhob sich, ging in das Hinterzimmer und tastete mit ihrer Hand nach der Waffe unter der Matratze.

Ich ging mit der Pistole, die mir gar nicht mehr so schwer vorkam, zum Tor zurück und ja, natürlich dachte ich daran, sie zu töten, der Señora eine Kugel ins Herz zu jagen und sie in ihrem Garten umzulegen, mit ihrer eigenen Pistole, ermordet von ihrer Angestellten vor den Augen ihrer einzigen Tochter.

Ich stellte mich neben Yany und sah, dass ihr Bauch zitterte. Zum letzten Mal schaute ich sie an, ich blinzelte sehr langsam, und ohne zu zögern, zielte ich zwischen ihre Ohren, entsicherte die Pistole und schoss ihr in diesen weichen Kopf einer braven Hündin, die auf ewig gutmütig sein würde.

Das Blut spritzte auf meine Schürze, und der Lärm scheuchte einen Schwarm Drosseln auf. Auch mich erschütterte dieser donnernde Lärm. Als wäre ich soeben mit einem Schlag erwacht.

Nun, meine Freunde, möchte ich, dass ihr mir eure volle Aufmerksamkeit schenkt. Ich glaube, ich habe lange genug mit euch gesprochen, um euch zu nennen, wie es mir beliebt. Wenn ihr da seid, auf der anderen Seite, lasst stehen und liegen, was immer ihr gerade tut. Ich weiß, es hat etwas gedauert, manchmal sah es so aus, als würde ich euch von Abzweigung zu Abzweigung führen, aber so ist es nun mal. Ohne Abzweigungen kann man die Hauptstraße unmöglich ausmachen.

Manchmal stellen sich die Tatsachen etwas verwirrend dar. Daran sind die Worte schuld, wisst ihr? Die Worte lösen sich von den Taten, und man schafft es nicht, sie noch einmal beim Namen zu nennen. So ging es mir in diesem Haus: So viel Schweigen führte zu einem Erdrutsch. Die einfachsten Gedanken fielen auseinander, die alltäglichsten Handlungen lösten sich in Luft auf: Wie schlucken, ohne sich zu verschlucken, wie die Luft aus den Lungenflügeln stoßen, wie sie wieder füllen? Wenn das passiert, wird es sehr schwierig, die Wirklichkeit noch zu verstehen. Es fehlen die Worte, könnt ihr mir folgen? Und ohne Worte gibt es keine Ordnung, gibt es keine Gegenwart und keine Vergangenheit. Es ist zum Beispiel nicht möglich zu fragen, ob die Gegenstände uns sehen: ob die Weiden, die Kakteen, die Geranien uns anschauen oder ob nur wir sie anschauen und ihnen unsere Namen aufdrücken: Weide, Kaktus, Geranie. Und ob sie verschwinden, wenn wir nicht mehr sprechen, ob die Welt einfach weiterläuft, intakt und stumm.

Ich weiß nicht, ob ihr mich verstehen werdet. Ich weiß, dass es schwierig ist, vielleicht verworren, aber denkt an die Sonne. Oft verstehe ich kaum, was ihr Zweck ist, warum sie da ist, warum sie so beharrlich ist, so dermaßen hartnäckig, die Sonne, jeden Tag, jeden Morgen, die Sonne, die Sonne, die Sonne. Der Gedanke an die Sonne macht mich wahnsinnig. Selbst wenn der Himmel voller Wolken hängt. Selbst wenn es Nacht ist und sie verschwindet, ist die Sonne stets wahr. Eine wahnwitzige Wahrheit. Eine Wahrheit jenseits meiner Augen und meiner Worte. Und euch, Freunde ... wie soll man euch verstehen. Seid ihr etwa auch wie die Sonne oder werdet ihr verschwinden, sobald ich still bin. Und was denkt ihr über euch, wenn ihr nicht hier seid, wenn ihr euch die Wangen vor dem Spiegel rasiert oder eure Hemden zuknöpft. Wenn ihr euch rausputzt und euch das Gesicht pudert oder die Lippen schminkt. Wer seid ihr. Wie zieht ihr euch an. Wie klingen eure Stimmen. Wer ist fähig, sich hinter eine Wand zu stellen und zu urteilen, ohne seine eigenen Augen zu zeigen.

Alles, was geschah, geschah ohne Vorwarnung, versteht das endlich. Und ohne Vorwarnung ist es sehr schwierig, ja fast unmöglich, ihm zu widerstehen.

Das Mädchen versuchte, sich das Weinen zu verkneifen, aber es gelang ihm nicht.

Ist sie tot?, fragte es mit tränenüberströmtem Gesicht.

Die Señora nickte und sagte:

Ja.

Das Mädchen betrachtete die Waffe, meine Hand, das Blut, die Hündin. Das war der Moment, in dem die Idee geboren wurde. Ich habe keinerlei Zweifel. Eine dunkle Idee, die sich tief im Innern seines aufgeweckten Geistes einnistete.

Die Señora riss mir die Waffe aus der Hand und entlud sie, ich weiß nicht, wie. Vier Kugeln fielen auf den frischgemähten Rasen. Die fünfte steckte jetzt in Yanys weichem und regungslosem Körper. Sie nahm das Mädchen auf den Arm, und auf dem Weg ins Haus drehte sie sich um und sagte:

Kümmere dich um das Tier.
Und dann:
Ich werde sehen, dass man es wegschafft.
Ich schaute sie eine Sekunde lang an, die viel langsamer verging als eine Sekunde. Yany bewegte sich nicht. Sie atmete nicht. Sie bellte nicht. Sie knurrte nicht. Eine lebende Tote. Das war mein Gedanke. Diese Leerstelle zwischen diesen beiden Worten, kaum mehr als ein Blinzeln. Die lebende Yany, die tote Yany. Meine lebende Mutter, meine tote Mutter. Im Tod, dachte ich, verwandelte man sich in reine Vergangenheit. Wurde man nie mehr krank. Er war einfach, schnell. Er war nicht furchtbar, versteht ihr? Nie war er es gewesen. Das Furchtbare, das Schreckliche war das Sterben.

Ich suchte im Schrank eine Mülltüte und ging in den Vorgarten zurück. Ich kniete mich neben Yany und packte sie ein. Sie kam mir unglaublich schwer vor, weshalb ich sie bis zur Waschküche schleifte. Ich ließ sie auf dem Boden neben dem Bügelbrett liegen. Am folgenden Morgen würde jemand kommen. Ein Mann mit Handschuhen, der ihren Körper aufheben und ihn auf seinem Pick-up mitnehmen würde. Ich dachte an den brennenden Körper, den Geruch, die Flammen. Schwindel überfiel mich. Jetzt spüre ich ihn wieder.

Ich weiß nicht, warum ich darauf wartete, dass die Polizei kommen würde. Irgendein Nachbar würde sie vielleicht rufen, aber die Polizei kommt nicht wegen einer toten Streunerin. Ich verließ die Küche und sperrte mich im Hinterzimmer ein. Und während ich mir im Bad die Hände wusch, während ich meine Nägel schrubbte, meine Nagelbetten, jeden Finger, jede Kerbe, bis sie makellos waren, streckte die Señora ein letztes Mal den Kopf herein. Vom Türrahmen dieser Glastür aus, der Glastür, die sich in ihrem Haus befand, in ihrem Viertel, in ihrem Land, auf ihrem Planeten, redete sie und redete und redete.

Du bist wahnsinnig, sagte sie.

Ich antwortete nicht.

Du bist verrückt geworden, Estela. Was fällt dir ein.

Ich weiß nicht mehr, was sie noch alles sagte. Aber ich weiß noch, dass hinter ihr im Fernsehen die Proteste im Stadtzentrum über den Schirm liefen, die Barrikaden in Valparaíso und die Massendemonstrationen auf der Brücke nach Ancud. Dort, weit weg, befand sich der Kanal, der zur Insel führte. Und im Innern der Insel, mitten auf dem Land, befand sich das Haus meiner Mutter. Dort und nicht in Santiago war mein Platz.

Das Mädchen hatte der Señora alles erzählt. Dass die Hündin seit Monaten ins Haus kam. Dass sie Yany hieß. Dass sie es Wochen zuvor in die Wade gebissen hatte. Es erzählte ihr von der dicken und rosigen Ratte. Vom Blut, das über sein verwundetes Bein geflossen war. Es sagte, die Nana hätte sie gezwungen, den Küchenboden zu putzen. Dass es ihr versprochen hatte, das Geheimnis zu bewahren. Dass sie es mit einem Wattebausch mit Alkohol gesäubert hatte. Die Señora musste diese beiden Narben gesehen haben, ohne ihren Augen zu trauen. Der Rest war Geschrei, sonst nichts. Dann beruhigte sie sich. Schließlich sagte sie zu mir, sie werde mir einen zusätzlichen Monat bezahlen, aber dafür solle ich so bald wie möglich verschwinden, sie wolle mich nie mehr wiedersehen.

Morgen früh bist du weg, das waren die Worte der Señora Mara López.

Ein paar Stunden später, als sie sich müde geschrien hatte, war der Señor an der Reihe.

Er kam in die Küche, ohne mich anzusehen, und teilte mir von jenseits der Zimmertür mit, er habe einen Scheck auf den Tresen gelegt.

Es gibt Grenzen, sagte er.

Für alles gab es eine Grenze.

Der Scheck liegt immer noch dort, schaut ruhig nach. Ein Scheck für einen Monat, damit ich binnen dreißig Tagen eine andere Anstellung fände und Kackreste aus einem anderen Klo eines anderen Hauses einer anderen hochwohlgeborenen Familie kratzte.

Es war drei Uhr morgens, als ich aufwachte. Oder vielleicht war ich wach gewesen und hatte in der Nacht wieder nicht geschlafen. Ich richtete mich auf, setzte mich auf den Bettrand und hatte folgenden Gedanken: Sieben Jahre sind vergangen, sieben Weihnachten, sieben Neujahrsfeste. Du warst sieben Jahre jünger, deine Hände weniger rau, weniger rau auch deine Stimme.

Im Licht der Nachttischlampe suchte ich nach ebenjenem schwarzen Rock, der weißen Bluse und den abgenutzten Turnschuhen. Ich öffnete meine Haare und kämmte sie. Die Spitzen reichten mir fast bis zur Hüfte, und diese Berührung irritierte mich. So als stünde da eine Unbekannte im Zimmer. Jene andere Frau, sieben Jahre jünger, jene, die an ihrem ersten Arbeitstag die Schürzen mit den falschen Knöpfen gesehen hatte: Montag, Dienstag, Mittwoch, Donnerstag, Freitag, Samstag.

Ich ging durch den Garten hinaus auf die Straße. Die Zweige des Maquibaumes strichen über die Straßenbeleuchtung und warfen Schatten, die auf dem Boden zu blinzeln schienen. Es kam mir seltsam vor, so lange Zeit in diesem Haus gelebt zu haben und diese Schatten nicht zu kennen, ihre Formen auf dem Asphalt. Im Süden erkannte ich mit geschlossenen Augen das Summen jedes Insekts, die Schritte der Geier auf dem Dach und die Schatten der Bäume in den Vollmondnächten. Es war das erste Mal, dass ich um diese Uhrzeit draußen war. Und das letzte Mal, dachte ich und lief weiter die Straße hinunter.

Ich dachte nicht daran, dass ich auf Carlos treffen würde, ich war nicht losgegangen, um ihn zu suchen. Ich wollte einfach den Kopf frei bekommen, Luft schnappen, nachdenken. Oder vielleicht sterben, wisst ihr? Dass ein Auto die Kontrolle verlöre und über meine Beine rollte. Ein fataler Treffer, der mich in das Trio des Todes einreihen würde: meine Mutter, Yany und ich, das perfekte Ende dieser Geschichte. Aber es kam auf dem ganzen Weg nicht ein einziges Auto vorbei, und Carlos war da. Er balancierte auf einem Stuhl gegenüber dem kleinen Supermarkt, die Nacht war klar und wolkenlos, als ob nichts Schlimmes vorgefallen wäre, als ob nichts weiter passieren könnte. Ich sah, wie das Glimmen seiner Zigarette die Umrisse seines Mundes erleuchtete. Das Bild habe ich noch vor mir: Mann mit Mund, Mann ohne Mund. Und wer weiß, warum ich entschlossen auf ihn zulief.

Er sah mich nicht, als ich über den Gehweg lief, und auch nicht, als ich durch die Tankstelle marschierte und den Zapfsäulen und den leeren Kanistern auswich. Er bemerkte mich nicht einmal, als ich schon einen Schritt vor seinem Stuhl stand, und für eine Sekunde überkamen mich Zweifel. Vielleicht saß er gar nicht wirklich da. Vielleicht hatte mich doch ein Auto überfahren, oder ich saß weiter im Hinterzimmer und versuchte zu schlafen, und alles war ein Alptraum, aus dem ich nie erwachen würde.

Immer schon hatte mir der Geruch nach Benzin gefallen, keine Ahnung, ob ich das schon erwähnte. Wie er einem in den Kopf kriecht und dort wabert, wie eine Entzündung. Ich nahm diesen Geruch wahr und bekam unmittelbar einen wahnsinnigen Durst. Einen Durst, wie ich ihn habe, seit ihr mich hier eingesperrt habt. Niemand sollte je so einen Durst wie diesen verspüren. Ihr nicht und ich auch nicht. So viel Durst, dass ich mir das Ende eines Tankstutzens in den Mund stecken, den Hebel drücken und mir das Benzin in den Hals fließen lassen wollte.

Als ich nur noch einen Schritt von Carlos entfernt war,

schrak er zusammen. Ich sah, wie sich seine Augen vor Angst verkrampften, und war erleichtert, dass er mich sehen konnte.

Was ist los, fragte er und sprang auf.

Er war kaum größer als ich. Von Weitem, wenn ich zum Einkaufen ging, wirkte er korpulent, aber er war dünn und drahtig in seinem zu großen Overall. Mit diesem Ölfleck mitten auf der Brust. Was für ein Mensch reibt sich den Dreck aufs Herz. Was für ein Mann, dachte ich, während ich ihn von oben bis unten musterte.

Als er sich beruhigt hatte, lachte er auf und sprach auch wieder.

Geht's dir gut?, fragte er mit zärtlicher Stimme.

Haben sie dir etwas angetan? Geht es Daisy gut?

Ich konnte mich nicht mehr an das letzte Mal erinnern, dass ich meine eigene Stimme gehört hatte. An die letzte Person, die mich gefragt hatte, wie es mir ging, wie ich mich fühlte. Am Telefon hatte meine Mutter mir diese Frage immer gestellt. Wie geht's dir, kleines Fohlen? Warum kommst du nicht endlich, sture Ziege? Ich wusste nicht, was ich ihm antworten sollte. Ob sie mir etwas angetan hatten. Wann, was.

Die Lichter der Straße warfen einen feinen und schmutzigen Schein. Es war warm in jener Nacht. Carlos' Gesicht glänzte. Seine Miene war ernst, etwas erschöpft, wie die von jemandem, der zu viel gearbeitet hatte. An seiner rechten Kotelette zeigten sich erste graue Haare. Verfrühte graue Haare für eine ebenso verfrühte Erschöpfung. Ich ging zu ihm hin und berührte ihn in der Überzeugung, dass er nichts fühlen würde. Ich weiß, das klingt seltsam, was ich sage, aber das waren meine Gedanken: dass mein Schweigen auch meine Haut aufgelöst hatte und er mich nicht würde sehen, mich nicht würde spüren können.

Sofort merkte ich, dass er schwitzte, und die Feuchtigkeit an meinen Fingerspitzen irritierte mich. Ich fragte mich, ob ich wohl auch schwitzte, ob sein Körper Wärme an mich abgab. Carlos wartete meine Antwort nicht ab. Wie konnte er wissen, ob es mir gut ging, ob es Yany gut ging.

Er beugte sein Gesicht zu mir hin, und ich konnte seinen Atem riechen. Tabak, Hunger, ein leichter Anflug von Alkohol.

Estela, sagte er.

Es gefiel mir, meinen Namen in seiner Stimme zu hören, ihn aus seinem Mund zu hören. Er machte noch einen Schritt auf mich zu, fasste mein Kinn und schaute mich an. Meine Brust berührte den dunklen Fleck auf seinem Overall. Er hatte große Augen, dieser Carlos, voller Erwartungen, und ich, warum auch immer, verspürte das Verlangen, die meinen zu schließen.

Er lehnte seinen Körper gegen mich, und seine Hand schob mir mit einem Ruck den Rock hoch. Ich hörte, wie er auf einer Seite aufriss. Hier, seht ihr? Ich wollte diesen Rock nicht ruinieren, aber Carlos riss ihn genau hier entzwei. Ein Riss, den ich würde ausbessern müssen. Mit Nadel und Faden würde ich diesen Rock geduldig flicken müssen.

Er schob ihn mir ganz zerrissen bis hoch zur Hüfte. Und von der Hüfte zog er mir mit einem Ruck den Slip hinunter bis zu den Knöcheln. Ich hörte, wie der Reißverschluss seines Overalls sich öffnete, und ich spürte, wie sich seine Brust auf meine presste. Sein Körper war kräftig und warm, und diese Berührung gefiel mir. Mir brach der Schweiß auf der Stirn aus. Mein Durst und die Hitze wurden noch größer. Carlos spreizte meine Beine mit seinen Beinen und drang mit einer Bewegung in mich ein. Er bewegte sich heftig in mir. Ich spürte, wie wir beide atmeten. Wie er mir ins Ohr knurrte. Ein zahmes, heiteres Knurren, das mich aus irgendeinem Grund traurig machte.

Als er fertig war, drehte ich mich um und zog meinen Slip

hoch. Es war immer noch Nacht. Eine endlose Nacht. Er wollte mich umarmen, ich solle doch noch eine Weile bleiben.

Warum so eilig, sagte er, während ich meine Kleider richtete.

Er verstand nichts. Nie würde er es verstehen. Es gibt Menschen, die ahnungslos durchs Leben gehen. Mit ihren tadellosen Mundwinkeln.

Er zog den Reißverschluss seines Overalls hoch, und ich sah, wie der schwarze Fleck auf seinem Herzen wieder zum Vorschein kam. Ein Schatten, dachte ich. Der Schatten dieses Herzens. Und mit diesem Gedanken drehte ich mich um und ging zurück zum Haus.

Auf dem Rückweg lief ich mitten auf der Straße. Kein Auto kam vorbei, auch kein Tier, aber als ich vor dem Eingangstor stand, konnte ich mich nicht bewegen. Es erschien mir unmöglich, dass der Schlüssel in meiner Hand diese Tür öffnen konnte. Und dass sich neben dem Tor zwischen den Büschen diese Lücke und damit der Beweis für Yanys Tod befand. Ich erinnerte mich an diese Hände, meine Hände, wie sie den toten Körper in die Mülltüte gestopft hatten. Alles war wirklich passiert. Alles passierte wirklich weiterhin.

Vielleicht habt ihr mich nicht richtig verstanden. Womöglich wisst ihr nicht genau, wovon ich spreche. Habt ihr einmal einen Gegenstand mit den Augen fixiert, bis die Ränder der Wirklichkeit zu vibrieren begonnen haben? Habt ihr einmal ein Wort so oft ausgesprochen, bis es sich zerlegt hat? Probiert es mal aus, kommt schon. Mal sehen, ob ihr so endlich den Unterschied zwischen Wirklichkeit und Unwirklichkeit versteht.

Yany. Yany. Yany. Yany. Yany. Yany. Yany. Yany. Yany. Yany.

Yany war tot. Meine Mutter war tot. Aber der Tod kommt immer drei Mal, ohne Ausnahme.

Ich habe keine Ahnung, wie spät es war. Vier, fünf. Es war noch immer dunkle Nacht. Die Señora schlief. An ihrer Seite ruhte der Señor. Im Zimmer nebenan das Mädchen. Ich dagegen würde nicht wieder schlafen gehen. Und da waren noch andere wie ich, wie Carlos, die nachts ebenfalls nicht schliefen.

Ich ging in den Schuppen, holte einen Spaten und ging wieder in den Garten. Genau gegenüber dem Loch, durch das Yany rein- und rausgegangen war, wo ich selbst sie getötet hatte, begann ich, ein Loch auszuheben. Die Erde war steinig und fest, sie ließ sich kaum aufbrechen. Ich versuchte es so lange, bis mir der Schweiß über den Hals lief. Ich kam kaum durch die Oberfläche und musste erschöpft innehalten. Ich betrachtete den steinigen Boden, den Spaten in meiner Hand. Das war nicht ihr Platz. Das konnte nicht ihr Platz sein.

Ich trat hinaus auf die Straße und schaute mich suchend um. Ich brauchte nicht lange, um ein Stück Erde unter einem blühenden Ceibobaum zu erspähen. Ich begann, neben seinen Wurzeln ein großes, ausreichend breites Loch zu graben. Dort, in jener Straße, die immer ihr Zuhause gewesen war. Ich kam nur langsam voran mit dem Loch. Jeder Spatenstich tat mir weh. Niemand schien mich zu hören. Als ich fertig war, ging ich in die Waschküche, hob die Tüte hoch und trug sie nach draußen. Ich holte ihren Körper hervor und legte ihn vorsichtig auf den Grund, als könnte ich ihr wehtun.

Eine ganze Weile lang betrachtete ich sie. Das stumpfe Fell, ihre sich unter der Haut abzeichnenden Knochen, den krummen Rücken, die Ballen ihrer schwarzen und schwieligen Pfoten. Ich bedeckte sie bis oben hin mit Erde, bis meine Yany verschwunden war.

Ich stand auf, schüttelte die Erde von mir und stellte fest, dass die Sterne kaum noch zu sehen waren. Der Himmel begann seine Farbe zu ändern, von Schwarz zu einem kräftigen Violett. Ich sah, wie aus dem Innern dieser Dunkelheit die Cordillera hervortrat, und dachte, dass diese Berge trotz der Nacht, trotz der Tatsache, dass ich sie selten betrachtete, immer wirklich waren. Immer würden sie wirklich sein, ganz egal, ob jemand sie anschaute. Und vielleicht würden im Innern eines noch tieferen und wahreren Dunkels meine Mama und Yany auch weiter wirklich sein.

Ich ging ins Haus und setzte Wasser auf, um mir einen Tee zu machen. Den letzten Tee vor meiner Abreise. Ich hörte das Geräusch in jenem Moment, just als ich den Wasserkocher anstellte. Ein ungewöhnliches Geräusch, wie von gurgelndem Wasser. Zuerst dachte ich, der Kocher sei kaputtgegangen. Dass die Señora einen neuen würde kaufen müssen. Ich konnte beinahe ihre Stimme hören: Estela, noch ein kaputtes Gerät, woher hast du nur diese zwei linken Hände? Doch dann hörte ich das Geräusch noch einmal und verstand, dass es aus dem hinteren Teil des Gartens kam.

Ich ging ins Esszimmer, ohne die leiseste Ahnung, findet ihr das nicht seltsam? Ich ging hinein, ohne etwas zu ahnen, und erst als ich aus dem Fenster schaute, sah ich es: einen weißen Fleck mitten im Wasser.

Passt ihr auch auf? Falls ja, dann schreibt mit, jetzt kommt, was ihr hören wolltet.

Zuerst zögerte ich. Ich hatte die ganze Nacht nicht geschlafen, es wurde gerade erst hell und womöglich dachte ich deshalb: Du bist müde, du bist traurig, da ist nichts, das kann nicht sein. Das Mädchen schläft in seinem Bett, sagte ich mir, in seinem himmelblauen Pyjama, auf seinem aufgelösten Zopf. Vermutlich blinzelte ich mehrmals, als könnte ich nicht begreifen, was ich da sah. Es schien ein Fehler vorzuliegen, versteht ihr? Eine weiße Silhouette, die auf dem Wasser schwebte, und das Haar, das wie ein dunkler Ölfleck dort trieb. Sein Gesicht schaute nach unten, die Arme waren weit geöffnet. Und es war, als ob erst dieses stille Wasser mir wieder die Augen öffnete.

Vielleicht vergingen nur ein paar Sekunden, vielleicht auch

viel mehr Zeit. Sekunden, die sich wie Stunden anfühlten. Tage, die wie Jahre schienen. Ich verharrte regungslos auf der anderen Seite der Scheibe. Das muss ich zugeben: Meine Reaktion war nicht die angemessenste. Ich konnte nur an eine Sache denken, ein einziger hartnäckiger Gedanke hallte in meinem Kopf. Das Mädchen würde bald aufwachen, und ich würde ihm die Haare kämmen, es überreden müssen, ein Brot zu essen, die Schuhe anzuziehen, und wenn ich ins Wasser springen, wenn ich im Schwimmbecken untergehen würde, dann würde ich mich verspäten und es nicht schaffen, seine Milch rechtzeitig warm zu machen, ihm das Haar zu flechten, das Frühstück für seine Eltern zuzubereiten und die Tassen zu den Tassen zu räumen, die Löffel zu den Löffeln, die Messer zu den Messern. Dieser Gedanke machte mich fertig. Und dann sah ich es endlich. Ich sah den Körper des Mädchens kopfüber im Wasser treiben.

Ich rannte nach draußen und stürzte mich, ohne nachzudenken, ins Wasser. Mit ebendiesen Turnschuhen, mit ebendiesem Rock, mit dieser Bluse, mit meinem offenen und langen Haar ging ich im Wasser unter. So war es: Die Frau, die sieben Jahre lang auf dieses Mädchen aufgepasst, die ihm die Windeln gewechselt, die Schnürsenkel gebunden, mit ihm gespielt hatte, die Putzfrau, die Nana, die nicht schwimmen konnte, sprang in den Pool.

Das Wasser schlug über mir zusammen und schoss mir in Mund und Nase. Ich strampelte, schlug mit den Armen und riss dort unten die Augen auf. Schatten sah ich, und die dunklen Umrisse des Mädchens. Ich war dabei, zu ertrinken, versteht ihr? Bald würde ich tot sein, meine Füße tasteten nichts als Wasser, und nichts als Wasser war auch zwischen meinen Fingern. Es war ein eigenartiger Moment. Ich verspürte keine Angst. Nur eine endlose Stille war da, die mich ganz langsam umfing. Ich hörte auf, meine Arme zu bewegen und mich zu wehren. Und was ich dann spürte, war eine vollkommene Leichtigkeit. Schweigend ertrank ich. Alles war vorbei. Die Montage, Dienstage, Mittwoche, Donnerstage, Freitage, Samstage. Das Dreckige und das Saubere. Die Wirklichkeit und die Unwirklichkeit.

Ich weiß nicht, was dann geschah. Nichts wahrscheinlich. Ich ließ mich treiben. Ich gab mich mit Leichtigkeit dem Tod hin. Meine Beine jedoch begannen sich zu bewegen. Meine Arme, meine Füße schlugen gegen das Wasser. Ich begann verzweifelt zu strampeln, mit einem einzigen Gedanken im Kopf:

Nein.

Nein.

Nein.

Nein.

Ich weiß nicht, woher dieser Impuls kam, was diesen Wunsch auslöste. Das war alles, nur diese vier Buchstaben und weiter nichts. Das reichte, um mich wie an einem Angelhaken wieder ans Ufer zu ziehen.

Ich riss den Kopf aus dem Wasser, hielt mich am Beckenrand fest, stützte meine Unterarme auf die Kieselsteinchen und sog die ganze Luft der Stadt, die ganze Luft des Planeten in mich ein. Ich hustete, und wie ich hustete. Erst nach einer Weile gelang es mir, herauszukommen und mich neben das Becken zu legen. Meine offenen, erstarrten Augen blinzelten wieder. Ein Tiuque kreiste mit weit gespannten Flügeln in großen Bahnen über dem Haus. Einige bleiche Wolken zogen über die Äste der Bäume hinweg. Und unter den Wolken und den Ästen, unter den Schwingen des Tiuque lag ich und lebte.

Ich atmete mehrmals tief durch, bis mir das Herz nicht mehr bis zum Hals schlug. Ich richtete mich auf, streckte den Arm aus und zog am Ärmel seines Kleides, um das Mädchen an den Beckenrand zu befördern. Es war schwierig, es zu bewegen.

Der Gürtel um seine Taille hatte sich im Filter des Beckens verfangen. Ich musste mit viel Kraft ziehen, damit ich ihn losbekam. Er trieb weiter im Wasser wie ein Zeichen, dieser rosafarbene Gürtel.

Mühsam zog ich es nach oben, packte es am Arm und legte es auf den Boden. Meine erste Reaktion war, ihm die Augen zu schließen. Auch sein Kleid richtete ich ihm über den Beinen, und die Arme bettete ich zu beiden Seiten seines Körpers. Es sah wunderschön aus in diesem weißen Kleid, das es so sehr verabscheut hatte. Wunderschön mit geschlossenen Augen und geschlossenem Mund und dem abgeschlossenen Leben.

Ich betrachtete es lange, als wartete ich drauf, dass es aufwachte. Es würde nicht mehr aufwachen. Die Erinnerungen, die sich in sein Gedächtnis eingegraben hatten, würden mit ihm zerfallen, genau wie ich nur eine seiner Erinnerungen war. Ich weiß nicht, was ich fühlte. Es ist auch nicht von Bedeutung. Ich fragte mich, ob ich womöglich seine Lieder, sein Gerenne durch den Flur, seine ständige Genervtheit vermissen würde. Und die Antwort lautete ja, natürlich würde ich es vermissen. Und zugleich lautete sie nein, auf keinen Fall.

Ich stand auf und betrachtete das Haus vom Garten aus. Dieses so wirkliche Haus mit seiner wirklichen Terrasse und seinen Zimmern und seinen ebenso wirklichen Bädern. Erst da, vor dem Haus, fielen sie mir wieder ein: die Señora und der Señor. Und ich fragte mich, wie dieses Unglück sich in den Zügen jenes Mannes spiegeln würde, wie diese Nachricht sich in das verhärmte Gesicht jener Frau hineinfressen würde.

Vollkommen durchnässt lief ich über den Hof und ging durch das Esszimmer zurück ins Haus. Meine Schritte hinterließen eine nasse Spur auf dem Teppich und auf dem Parkett im Flur, dunkle Flecken, die ich nicht mehr würde reinigen müssen. Ich ging weiter und blieb eine Sekunde vor ihrer Schlafzimmertür stehen, doch ich verharrte nicht lange und ging dann, ohne anzuklopfen, hinein.

Die Señora lag schlafend auf dem Rücken, ihre Zahnschiene war blutig. Der Señor, zusammengerollt wie ein Kind, schnarchte leise. Ich weiß nicht, wie lange ich sie anschaute. Zu meinen Füßen hatte sich schon eine Pfütze gebildet, als ich die Kälte spürte und mich der Wecker aufschrecken ließ. Es war sieben Uhr morgens. Ihr Tag stand vor der Tür.

Die Señora tastete nach dem Nachttisch und schaltete den Wecker aus. Sie richtete sich auf, rieb sich die Augen, und mir schien, dass sie ihnen kaum traute. Ihren Augen, meine ich, und dass sie sie deshalb rieb, bis ich ganz eindeutig vor ihr stand.

Was ist passiert, fragte sie.

Der Satz war noch länger, aber ich verstand ihn nicht richtig. Ihre Stimme weckte den Señor. Alarmiert richtete er sich auf. Er wusste schon, was passiert war, natürlich wusste er es. Er schaute die Frau an, die am Fußende seines Bettes stand, schluckte und setzte zu reden an:

Julia, sagte er und stand auf.

Niemand von beiden traute sich, einen weiteren Schritt zu tun. Niemand von beiden sagte ein Wort. Zum ersten Mal in all diesen Jahren gaben sie mir ausreichend Zeit, die richtigen Worte zu finden. Und da stand ich, ganz still, als ob dieser Tag Millionen von Stunden und ich unbegrenzt Zeit zu reden hätte.

Viele Male hatte ich mich während meiner Schweigezeit gefragt, was meine ersten Worte sein würden. Ob sie etwas Neues oder etwas Schönes benennen würden oder ob ich nie wieder sprechen und das Neue, das Schöne in meinem Innern aufgehoben bleiben würde. Das Merkwürdige ist, dass sie einfach heraussprudelten. Als ob diese Worte, eins nach dem andern, aus meinem Mund rutschten. Es war eine deutliche Stimme, die da hervorkam, voll und sanft. Eine Stimme, die vom Schweigen rau geworden war, aber die Wahrheit sprach.

Das Mädchen ist tot, sagte ich.

Und ich hörte, was ich sagte.

Ich war nicht in der Lage, ihre Reaktion abzuwarten.

Ich ging aus dem Zimmer in den Flur, vom Flur in den Vorgarten und weiter zum Tor, ich öffnete es und verließ endgültig dieses Haus.

Zunächst trottete ich langsam auf dem Gehweg dahin, unentschlossen, als wüsste ich nicht, wohin ich mich wenden sollte. Bald aber schon wurden meine Schritte fester, und ich konnte nicht mehr anhalten.

Ich nahm die Hauptstraße und steuerte unmittelbar die Tankstelle an. Als er mich sah, hob Carlos die Hand und lächelte. Dann bemerkte er meine durchnässte Kleidung, mein tropfnasses Haar, und seine Hand erstarrte in der Luft, als könne er sie nicht mehr bewegen. Mir schien, als zögere er, zu sprechen, als fehlten ihm die Worte.

Geht's dir gut?, fragte er dann.

Er nahm meine Hände, aber ich zog sie weg. Seine waren warm, und diese Wärme ließ mich spüren, wie kalt meine waren. Ich fühlte meine durchnässte Kleidung. Meine Haare tropften auf meinen Rücken. Meine nassen Füße quietschten in meinen abgewetzten Turnschuhen. Er hatte ein Recht darauf, es zu erfahren, dachte ich, während ich ihn so anschaute. Auch er hatte die Hündin geliebt, selbst wenn er ihr einen anderen Namen gegeben hatte.

Yany ist tot, sagte ich.

Langsam begann die Hitze aufzusteigen. Eine trockene, drückende Hitze, vor der es kein Entkommen gab. Ich räusperte mich und sprach weiter.

Meine Mama ist auch tot. Und das Mädchen ...

Ich hielt inne. Das Trio war nun vollständig.

Carlos wollte wissen, was passiert war. Ich antwortete nicht auf seine Frage. Was taten die Gründe zur Sache. Der Verkehr schwoll ganz langsam an. An der Einfahrt zur Tankstelle bildeten die Autos eine Schlange.

Ich fahre in den Süden, sagte ich plötzlich.

Der Klang meiner Stimme gefiel mir. Oder vielleicht waren es auch diese Worte, die ich viel, viel früher hätte aussprechen sollen.

Carlos stand perplex da und starrte mich an. Und ich fragte mich, ob in meinen Augen wohl das Land zu sehen war, die Apfelbäume, die Brachvögel, die Regenschauer über dem Meer.

Ein Auto hupte, damit Carlos es bediente. Der Tankwart sollte seine Arbeit machen und auftanken. Die Scheiben wischen. Luft und Ölstand prüfen. Dafür gab es Trinkgeld. Carlos machte eine Geste mit dem Arm, die allen in der Schlange bedeutete, sie sollten weiterfahren.

Ich bemerkte seinen schnellen Atem, wie seine Brust sich aufblähte. Er war lebendig, dachte ich, und dieser Gedanke freute mich. Carlos setzte wieder zu reden an, diesmal mit entschlossenerer Stimme.

Lass uns ins Zentrum fahren, sagte er. Jetzt sofort.

Ich verstand nicht, welches Zentrum er meinte, das Zentrum von was, wohin, aber ich stellte keine Fragen. Es gab nichts mehr zu reden. Ich würde diese Stadt ein für alle Mal verlassen.

Ich ging zurück auf den Gehweg und marschierte entschlossen die Straße hinunter. Das wisst ihr vermutlich schon, aber Carlos folgte mir. Zu keinem Zeitpunkt drehte ich mich um, ich sagte ja schon, dass ich nicht zurückschauen wollte, doch er lief hinter mir her wie ein Schatten. Ich hielt ihn nicht auf, sprach aber auch nicht mit ihm. Alles, was ich wollte, war, so schnell wie möglich diesem Haus zu entkommen. Und das Zimmer der Angestellten und das tote Mädchen hinter mir zu lassen.

Ich wollte sie vergessen, versteht ihr, sie mir aus dem Gedächtnis reißen. Doch so schnell ich auch lief, ich sah sie weiter vor mir: den Señor, seinen weißen Kittel, die weißen Manschetten seiner Hemden; die Señora, wie sie vor dem Spiegel ihre ersten Falten kaschierte; und das Mädchen, dieses wütende Mädchen, das so früh zu laufen gelernt hatte, und zu sprechen und seine Angestellte herumzukommandieren. Das Mädchen mit seinen aufgerissenen Augen, dessen träger Körper im Schwimmbecken trieb; das Mädchen, das ich nie hätte liebgewinnen sollen und das ich doch ohne Zweifel liebte. So sind wir, dachte ich und konnte die Stimme meiner Mama hören. So sind wir Menschen, sagte ich mir wieder, und der Satz trieb mich weiter an.

Ich sah, dass eine Ecke weiter die Autobahn anfing. Ich sagte ja bereits, dass in jenem Viertel keine Busse verkehrten, und das war an diesem Tag nicht anders. Und wenn man nur zu Fuß zum Busbahnhof gelangte, dann würde ich das eben so machen. Ich weiß nicht, wie lange ich lief. Die vorbeischießenden Autos dröhnten in meinen Ohren, die Sonne stand hoch am Himmel, der Seitenstreifen war schmal und gefährlich, aber nichts davon hielt mich auf. Auch Carlos hielt mich nicht auf. Fragt ihn, er ging hinter mir. Ich schaute nur nach vorn und war bereit, bis aufs Land zurückzulaufen und den Kanal zur Insel zu durchschwimmen. Ich wollte nur weg. Weg aus dieser gelben und braunen Stadt, in die ich niemals hätte kommen sollen.

Nachdem ich lange marschiert war, begann die Autobahn unterirdisch zu verlaufen. Alles wurde dunkel und unübersichtlich. Ein ohrenbetäubender Lärm. Ich war gerade erst einige Schritte im Tunnel gegangen, als ein Lastwagen mich anhupte. Erschrocken blieb ich stehen. Meine Kleider und die Schuhe wogen schwer. Man bekam kaum Luft dort unten zwischen all dem Lärm, der Dunkelheit und den Ölflecken auf dem Asphalt.

Die Autos hörten nicht auf, an mir vorbeizurasen. Das Hupen nahm kein Ende. In dem Moment kamen mir Zweifel, das weiß ich noch. Ich hatte keine Ahnung, schreibt das auf, ob das alles wirklich geschah. Ob ich überhaupt noch auf dieser Welt war oder die Welt sich ohne mich weiterdrehte. Sie mussten mich überfahren haben, oder noch schlimmer: Ich hatte das Mädchen gerettet, hatte es aus dem Wasser gezogen, und jetzt war es mein Körper, der kopfüber und mit Schürze im Wasser trieb, und der Beweis für meinen Tod war der Ort, an dem ich mich in diesem Tunnel befand, viel zu weit weg von seinem Eingang und viel zu weit weg von seinem Ausgang.

Aber dort vorn ist doch der Ausgang, sagte ich mir. Das Licht am Ende des Tunnels wurde immer heller. Ich lief weiter auf dem Randstreifen und fragte mich, was danach passiert sein mochte. Ob die Señora oder der Señor wohl die Polizei gerufen hatten. Oder ob sie sich beim Anblick der Leiche ihres Kindes mit Tabletten vollgestopft hatten, er, sie, alle im Haus verstreuten Tabletten. Oder ob sie vielleicht, nachdem ich gegangen war, die Kugeln im Gras gesucht hatten. Und ob die Señora womöglich die kleine Pistole genommen und jedem von ihnen eine Kugel ins Herz gejagt hatte. Vater und Mutter, Mann und Frau, Chef und Chefin, in einträchtiger Stille.

Draußen blendete mich das Licht. Nur mit Mühe gewöhnte ich mich an diese Wirklichkeit, die langsam wieder Gestalt annahm. Ich merkte, dass es um uns herum keine großen Häuser mehr gab. Auch die Parks und die breiten Gehwege fehlten. Ich sah Erde. Ich spürte Staub. Und die Menschen, mehr Menschen, als ich je zuvor gesehen hatte. Sie kamen aus den Geschäften, aus den Metro-Stationen, aus den Gebäuden und Büros.

Zunächst fand ich nichts dabei, was wusste ich denn. Ich war schon viel zu lang unterwegs, hatte viel zu viel gearbeitet. Ich wollte nur so bald wie möglich zum Busbahnhof kommen, also lief ich weiter entlang des Pfads, der neben dem alten, heute ausgetrockneten Flussbett verlief. Die Hitze trieb den Passanten um mich herum und auch Carlos, der plötzlich neben mir auftauchte, den Schweiß auf die Stirn. Durchgeschwitzt und rot vor Hitze stand er da auf dem glühenden Pflaster.

Du wärst beinahe überfahren worden, sagte er und lief weiter neben mir her.

Neben ihm lief eine Frau und dann noch eine und daneben ein Mann. So viele Leute, dachte ich. Und alle hatten sie ihre Jobs, ihre Arbeitszeiten, ihre Vorgesetzten. Alle schienen sie den gleichen Weg zu haben. Das fiel mir in jenem Moment auf. Alle gingen gemeinsam in die gleiche Richtung.

Ich lief neben Carlos her, bis wir die Alameda erreichten, und erst dort verstand ich, was vor sich ging. Es waren Tausende von Personen, das wisst ihr bestimmt schon. Tausende Männer und Frauen und weitere Tausende, die herbeiströmten und die Straße füllten. Ich merkte, dass ich meine Schritte nicht mehr spürte. Dass ich beim Sprechen meine eigene Stimme nicht mehr hörte. Sie gingen unter zwischen all den Schritten, all den Stimmen der Abertausend anderen. Es waren so viele Leute, dass alle Häuser und Gebäude leer sein mussten. Alle außer diesem einen Haus. Dem Haus mit dem Fernseher, in dem stets die Nachrichten liefen.

Unsere Körper schoben sich zusammen, bis es nicht mehr weiter voranging. Ich blieb stehen, und auch Carlos hielt neben mir an. Ich erinnere mich genau an seinen offenen, heiteren Blick. So sollte ein Mensch einen anderen anschauen.

Carlos packte mich am Arm, damit wir noch ein wenig weiter vorangingen. Ich wollte mich nicht bewegen. Die Beine taten mir weh, die Füße, und trotzdem schob ich mich zwischen diesen Tausenden von Körpern voran. Ich merkte auch, dass mir die Augen wehtaten. Irgendetwas, das über meine Lider kratzte, hinderte mich daran, weiter in die Ferne zu schauen. Ich rieb mir die Augen, sie brannten. Die Haut in meinem Gesicht brannte. Das musste die Müdigkeit sein, dachte ich, bis ich sah, wie ein dichter und weißer Rauch sich zwischen meinen Füßen ausbreitete.

Die Luft wurde schwer und stechend, und nur mit zusammengekniffenen Augen konnte ich sehen, was ein paar Meter um mich herum vor sich ging. Einsatzwagen, Uniformen, Helme, Blaulicht. Hier beginnt der Teil, den ihr besser kennt als ich. Eine Explosion, noch eine. Flüche, Schreie. Ich spürte, wie meine Trommelfelle rissen, mir der Rauch in die Augen stieg. Das Gas, das immer dichter wurde, zerfraß mir die Augen. Carlos' Stimme schrie einen Satz, den ich nicht verstand. Alles ging sehr schnell. Die Leute um mich herum rannten los und versuchten zu entkommen. Ich bekam keine Luft. Ich erstarrte inmitten der Schreie. Die Uniformierten rannten auf uns zu. Als Nächstes würde es mich treffen. Mein Herz schlug mir bis zum Hals, sonst hörte ich nichts, und plötzlich war da ein Bild. Ich schweife nicht wieder ab, glaubt mir, es war genau so: Meine Mama trank einen Tee und schaute mich an, während der Dampf ihre Brillengläser beschlug, und auch Yany schaute mich an, die vor ihren Füßen lag, und bei ihnen war auch das Mädchen, das Yanys Kopf streichelte. Es hatte keinen Sinn, Angst zu haben. Angst vor was, was hatte ich noch zu verlieren?

Ich begann, mit all den Leuten zu rennen, und sah, dass Carlos weiter an meiner Seite war. Er packte mich an der Hand und zog mich mit sich, während wir rannten. Andere schrien, liefen weg, duckten sich hinter Autos. Sie hatten Straßensperren errichtet, Schüsse waren zu hören, es roch nach Rauch. Zwischen den Flammen erspähte ich einen Streuner, der die Polizisten anknurrte. Einer von ihnen ging zu ihm hin und trat dem Tier gegen den Kopf. Der Hund verstummte. Erschrocken wich er zurück. Ich spürte, wie mein Atem schneller ging, wie es in meiner Brust brannte. Carlos packte mich, schaute mir in die Augen und sagte nur ein einziges Wort:

Lauf.

Er zeigte auf eine Ecke. In einer kleinen Gruppe setzten wir uns von der Menge ab. Schwärme von Männern und Frauen rannten von einer Seite zur anderen. Wir fanden uns in einer engen Straße wieder, wo einige Jungs Pflastersteine herausrissen. Sie brachen sie mit Pickeln heraus, nahmen sie und rannten auf die gegenüberliegende Seite, die Polizei hinter ihnen her. Und dann kamen sie auch von vorne. Wir sitzen in der Falle, dachte ich und senkte den Kopf.

Ich sah, dass zwischen den Pflastersteinen schwarze, unberührte Erde zum Vorschein kam. In meiner Erinnerung war es, als hätte ich eine Entdeckung gemacht inmitten des Chaos: schwarze Erde und auf ihr, wild entschlossen, Carlos. Er nahm einen Stein, richtete sich auf und schaute mich an. Seine Augen tränten von dem Gas, auf der Brust prangte sein schwarzer Fleck.

Wie lange denn noch, sagte er, oder zumindest schien es mir so.

Der Lärm wurde ohrenbetäubend, noch mehr Gas hüllte uns ein. Ich verlor Carlos aus dem Blick. Ich weiß nicht, ob er den Stein warf oder nicht. Es war unerträglich heiß. So viel Feuer, so viel Sonne, so viele Körper auf engstem Raum. Wie durstig ich war. Wie viel Zeit verstrichen war. Wie viele Frühstücke, wie viele Mittagessen. Wie viele Putzstunden, wie viel Schmutz. Ich spürte, wie sich meine Finger verkrampften. Meine Fäuste ballten und öffneten sich. Ich bückte mich und klaubte ebenfalls einen der Steine auf. So war es, ich gebe es zu, ich packte mit meiner Hand einen Pflasterstein.

Dann überkam mich ein Gefühl, von dem ich Zeugnis ablegen will. In meinen Eingeweiden brach eine Wunde auf, hier, genau hier, und der Schmerz zwang mich dazu, innezuhalten. Ich verstand, dass ich nicht mehr wegkommen würde. Ich würde es nicht zum Busbahnhof schaffen. Ich würde nicht in Richtung Süden fahren. Einige Minuten noch, und ich würde mitten auf dieser Straße das Bewusstsein verlieren. Es war, als ob ich in Flammen aufginge, versteht ihr? Als ob auch ich loderte. Das war das Letzte, was ich meinem Herzen, das Letzte, was ich meinen Beinen abverlangen konnte.

Mit der Hand über dem Kopf rannte ich los. Ich rannte, wie ich nie zuvor gerannt war. Die Hand, die ich so oft benutzt hatte, um zu kochen und zu waschen und zu flicken und zu bügeln, und die ihr hingegen nur gebraucht, um anzuklagen und zu richten, hielt diesen Pflasterstein fest umklammert zwischen den Fingern. Zugleich hatte diese Hand aufgehört, meine Hand zu sein. Es war die verschlissene Hand meiner Mama, die Steine am Strand aufhob, das Haar eines fremden Mädchens flocht, das Bad putzte, den Boden wischte, so wie meine Hände das Bad und den Boden geputzt hatten. Und in dieser unserer hohlen Hand ruhte nun jener Stein, den wir, den ich mit einer überwältigenden Kraft von mir warf.

Ich blieb stehen und schaute nach oben. Über meinem Kopf flog dieser Stein im Sonnenlicht gemeinsam mit Hunderten anderen Steinen. Ich hörte ihn nicht zu Boden fallen. Es war unmöglich, ihn genau auszumachen. Ich verharrte erschöpft, ohne zu wissen, wo ich hinlaufen sollte. Das Letzte, was ich sah, war die Cordillera. Das Abendrot des Himmels. Dann verspürte ich einen Schlag im Nacken und danach überhaupt nichts mehr.

An diesem Ort wurde ich wieder wach. In diesem Zimmer schlug ich die Augen auf. Ich erinnere mich nicht, wie ich hierherkam. Ich weiß nicht, wie lange ich bewusstlos war. Ich muss geträumt haben, wie ich über diese steilen Stufen nach unten gebracht wurde, Stockwerk um Stockwerk in eine immer größer werdende Dunkelheit. Genauso muss diese Vision, wie ich mit meiner Mama auf dem Land gemeinsam den Acker bearbeite, ein Traum gewesen sein, ihre Hände und meine im Schlamm, bis sie mir sagt, dass ich gehen soll, weil sie noch etwas Wichtiges zu Ende bringen muss.

Der Schmerz hier hinten im Nacken riss mich aus diesem Traum. Ich glaube, das war der Moment, in dem ich euch um Wasser bat, daran müsst ihr euch noch erinnern. Und während ich ungeduldig und verzweifelt vor lauter Durst wartete, betrachtete ich diese abgesplitterten Wände, die von außen verriegelte Tür, den Spiegel, hinter dem ihr euch versteckt, und da kam mir der folgende Gedanke: Niemand vermag der Gefangenschaft so zu widerstehen wie ich.

Ich weiß nicht, ob es erstickt ist, ob es der Gürtel des Kleides am Schwimmen hinderte oder ob es sich einfach dem Tod überließ, wie jene Elefanten im Dschungel. Oder ob es wie der Feigenbaum starb, weil sich vor ihm eine unerträgliche Zukunft erstreckte. Das ist auch nicht mehr von Belang. Ich will nicht mehr über seinen Tod sprechen. Was man nicht benennt, kann vergessen werden, und ich will es nicht mehr benennen.

Ich bin fertig, versteht ihr? Das hier ist mein Schluss. Ich sagte, dass ich euch nicht anlügen würde, und ich habe Wort gehalten. Es ist Zeit, dass ihr eures haltet und mich gehen lasst.

Ich muss zurück in den Süden, auch wenn ich ein leeres Haus vorfinden werde. Ich muss den Boden reparieren, das Dach, den Gemüsegarten neu einsäen. Die Maquibeeren ernten und die Äpfel, die Brombeeren und die Johannisbeeren. Und schlafen, wann immer ich schlafen will. Und essen, wann immer ich essen will. Und nachts im Bett das Klopfen des Regens hören, dieser langen, feinen Schauer, die mich bis zum Morgengrauen in den Schlaf lullen.

Jetzt bitte ich euch darum, dass ihr euch von euren Stühlen erhebt. Ja, ich wende mich ein letztes Mal an euch.

Steht auf, sucht den Schlüssel und öffnet diese Tür.

Das ist ein Befehl, so wahr ihr ihn hört. Ein Befehl der Angestellten.

Ich habe alles gesagt. Ich bin am Ende meiner Geschichte angelangt.

Von nun an könnt ihr nicht mehr behaupten, dass ihr von nichts gewusst habt. Dass ihr nichts gesehen habt. Dass ihr nichts gehört habt. Dass ihr die Wahrheit nicht kanntet.

Also steht auf jetzt, los. Ich habe lange genug gewartet.

Ich bin hier, hier drin. Die Tür ist immer noch verriegelt.

Ich höre euch nicht auf der anderen Seite. Ihr müsst mir aufmachen.

Hallo?

Hört ihr mich?

Ist da wer?